W. Hummel

HEYNE BÜCHER

SCIENCE FICTION

Herausgegeben
von Wolfgang Jeschke

Von Lyon Sprague de Camp erschienen in der Reihe
HEYNE SCIENCE FICTION & FANTASY:

Der Schmetterlingsthron (06/3439)
Die Uhren von Iraz (06/3484)
Die Räder der Zeit (06/3575)
Das Orakel der Fremden (06/3584)
Ein Yankee bei Aristoteles (06/3719)
Neu-Arkadien (06/3728)
Ein Dämon mit kleinen Fehlern (06/3747)

Zusammen mit Fletcher Pratt:
An den Feuern des Nordens (06/3768)
Die Kunst der Mathemagie (06/3814)
Die stählerne Festung (06/3854)
Der grüne Magier/Die Mauer der Schlangen (06/3881)
Geschichten aus Gavagans Bar (06/3887)

Conan-Saga:
Conan (06/3202)
Conan von Cimmerien (06/3206)
Conan der Pirat (06/3210)
Conan der Wanderer (06/3236)
Conan der Abenteurer (06/3245)
Conan der Krieger (06/3258)
Conan der Thronräuber (06/3263)
Conan der Eroberer (06/3275)
Conan der Rächer (06/3283)
Conan von den Inseln (06/3295)
Conan der Barbar (06/3889)
Conan der Schwertkämpfer (06/3895)
Conan der Befreier (06/3909)
Conan der Freibeuter (06/3972)
Conan und der Spinnengott (06/4029)
Conan von Aquilonien (06/4113)

Krishna-Zyklus:
Die Königin von Zamba (06/4086)
Die Suche nach Zei (06/4087)
Die Rettung von Zei (06/4088)
Die Geisel von Zir (06/4089)
Die Jungfrau von Zesh (06/4090)
Der Turm von Zanid (06/4091)

Sachbuch:
New York lag einst am Bosporus (01/7001)

L. Sprague de Camp

Die Rettung von Zei

Dritter Roman des Krishna-Zyklus

Fantasy-Roman

Deutsche Erstveröffentlichung

WILHELM HEYNE VERLAG
MÜNCHEN

HEYNE-BUCH Nr. 06/4088
im Wilhelm Heyne Verlag, München

Titel der amerikanischen Originalausgabe
THE HAND OF ZEI
Deutsche Übersetzung von Joachim Pente
Das Umschlagbild schuf Paul R. Alexander

Redaktion: Friedel Wahren

Printed in Germany 1984
Umschlaggestaltung: Atelier Ingrid Schütz, München
Satz: Schaber, Wels
Druck und Bindung: Elsnerdruck GmbH, Berlin

ISBN 3-453-31054-3

1

An einem schönen klaren Morgen ging rot die Sonne über der Banjao-See auf. Die drei Monde Krishnas, die (was auf jenem Planeten nur sehr selten geschieht) alle gleichzeitig in Opposition zur Sonne standen, verschwanden nacheinander am westlichen Horizont.

Die aufgehende Sonne, von den Krishnanern Roqir und den Terranern Tau Ceti genannt, warf ihre rötlichen Strahlen schräg über eine riesige treibende Tangmasse. Nahe am nördlichen Rand dieser morastartigen Ausdehnung blitzte eine Bewegung auf: ein kleines Schiff, das sich langsam entlang dem ausgefransten Rand des treibenden Kontinents aus Terpahla-Seetang nach Osten bewegte.

An einem einzigen Mast hing ein nach oben spitz zulaufendes dreieckiges Lateinersegel, das sich in der schwachen nördlichen Morgenbrise kaum blähte. Um das kleine Schiff schneller voranzubringen, saßen zu beiden Seiten des Decks je sieben breitschultrige krishnanische Ruderer, jeder an einem Riemen. Am Heck hielt ein untersetzter knorriger alter Krishnaner das Steuer. Auf den Bug war ein starrendes Augenpaar gemalt. Auf dem Querbalken am Heck stand in hakenförmigen Lettern der Name des Schiffes: *Shambor*.

Vorangetrieben von ihrem Segel und den vierzehn Rudern, bewegte sich die *Shambor* langsam der aufgehenden Sonne entgegen, wobei sie hier und da ihren Kurs änderte, um schwimmenden Schollen und Teppichen aus Terpahla auszuweichen. Nach jedem Ausweichmanöver indes nahm der Steuermann wieder Kurs auf ein bestimmtes Ziel, das einige Bogenschußweiten entfernt vor ihnen trieb: ein primitives kleines Floß, dessen zerfetztes Segel träge in der schwachen Brise flatterte.

Auf den halbverfaulten Planken dieses Floßes lagen zwei Gestalten und spähten mit vorgehaltener Hand zu dem herannahenden Schiff hinüber. Auf den ersten Blick sahen die beiden wie Krishnaner aus – ein Mann und eine Frau. Das heißt, sie waren ziemlich von gleicher Größe und Statur wie Terraner, bis auf ein paar kleine Unterschiede.

So hatte ihre Haut eine leicht olivenfarbene Tönung, und das dunkle Haar der Frau war eindeutig als grün zu bezeichnen. Der Schädel des Mannes hingegen war kahlgeschoren. Auf seinem Skalp begannen jedoch bereits unübersehbar struppige bräunliche Stoppeln zu sprießen. Ihre Ohren waren größer als die von Erdenmenschen: nach oben hin liefen sie spitz zu, was ihnen ein koboldhaftes Aussehen verlieh. Auf der Stirn, genau über den inneren Enden der Augenbrauen, wuchs ihnen ein Paar gefiederter Antennen, gleichsam ein Paar zusätzlicher Augenbrauen. Diese Antennen, die an die Fühler von Motten erinnerten, dienten den Krishnanern als Riechorgan.

Die Frau war jung, groß und von herrlich vollkommenen Proportionen. Sie hatte dunkle Augen und eine aristokratische klassische Nase. Bekleidet war sie mit den dürftigen Resten eines durchsichtigen Gewandes, das sie bis auf Knielänge gerafft hatte. Das Kleid war freilich so zerfetzt, daß sie ebensogut keines hätte zu tragen brauchen. Der rechte Schulterträger war gerissen und enthüllte von der Schönheit des Mädchens mehr, als viele Erdbewohner noch als schicklich erachtet hätten. Die nackten Füße waren an mehreren Stellen wundgeschürft.

Der Mann war groß und muskulös. Als schön konnte man seine grobknochige Gestalt mit den knotigen Gelenken und den übergroßen Händen und Füßen allerdings nicht gerade bezeichnen. Er trug einen fleckigen, verblichenen blauen Anzug, der aus einer kurzen Reithose und einer Jacke mit silbernen Knöpfen bestand. Dazu trug er bis zu den Waden reichende dünne Lederstiefel. Neben ihm auf dem Deck lag ein zerbeulter Schmuckhelm aus dünnem Silber, aus dem ein Paar fledermausartiger Silberschwingen ragte.

Der Anzug war die Uniform der Mejrou Qurardena, was man ungefähr mit ›Zuverlässige Expreß-Gesellschaft‹ übersetzen könnte. In dieser Verkleidung hatte der Mann den

Versuch unternommen, in den Sunqar (so der Name des treibenden Sumpfes) einzudringen und zwei Personen zu befreien, die dort von Piraten, den Bewohnern jener düsteren Region, festgehalten wurden. Geglückt war ihm dies nur bei einer dieser Personen: dem Mädchen an seiner Seite.

Außer dem Mann und der Frau lagen auf den Planken des Floßes vier Bretter, etwas über eineinhalb Meter lang, zu rohen Skiern zurechtgeschnitten, zusammen mit den Seilen, die als Bindung gedient hatten, und den Rudern, die die Flüchtenden als Balancierstangen benutzt hatten. Auf diesen Skiern waren der Mann und die Frau in der Nacht zuvor aus der Siedlung der Morya Sunqaruma – der Freibeuter des Sunqar – entkommen. In den vielen Jahrhunderten krishnanischer Geschichte war niemals zuvor jemand auf die Idee gekommen, diese Fortbewegungsmethode zur Überquerung des ansonsten unüberwindlichen Terpahla-Teppichs zu verwenden.

Das Floß war von Terpahla umschlossen: ein Gewirr braunen Seetangs, das von traubenartigen Zusammenballungen purpurfarbener Bläschen an der Wasseroberfläche gehalten wurde. Wenn man über den Rand des Floßes in die Tiefe schaute, konnte man manchmal den Schimmer einer blitzartigen Bewegung erhaschen: die Fondaqa, die großen giftigen Aale des Sunqar, die ihrer Beute nachjagten.

Der Mann auf dem Floß jedoch hatte andere Sorgen, als das Meeresleben des Sunqar zu studieren. Mit gerunzelter Stirn spähte er in die Ferne, dem näher kommenden Schiff entgegen, das sich als kaum erkennbares blaßweißes Dreieck über der sumpfigen Fläche erhob. Hin und wieder schweifte sein Blick nach Süden, zu der Hauptmasse des schwimmenden Kontinents aus Terpahla. In dieser Richtung wurde der Horizont von einer gewaltigen Ansammlung herrenloser Schiffswracks unterbrochen. Hier verrotteten im unbarmherzigen Griff der Schlingpflanzen einträchtig nebeneinander die Schnabelgaleeren von Dur und die tonnenförmigen Rundschiffe aus Jazmurian.

Selbst die heftigen Stürme der krishnanischen Subtropen

vermochten die Oberfläche des Sunqar nicht in Wallung zu bringen; zu dicht und zu fest war der riesige Terpahla-Teppich, als daß sie mehr als ein leises Kräuseln seiner Oberfläche hätten bewirken können. Gelegentlich jedoch hob sich der Sumpf und geriet in heftige Wallung, wenn das schreckliche Meeresgetier des Planeten die See schier erbeben ließ. Die am meisten gefürchtete aller Arten war der Gvam oder Harpunenfisch.

Doch zur Zeit wütete kein Monster in der Tiefe. Träge und glatt lag die Oberfläche da. Unter der langsam aufgehenden Sonne herrschten Stille und Dunst und der beißende Gestank des fauligen Tangs.

Doch auch Menschenwerk erhob sich hier. Die Morya Sunqaruma hatten eine schwimmende Stadt aus Wracks errichtet. Vom Rande des Rankenteppichs bis zu ihrer Siedlung hielten sie einen Zugang frei. Von hier aus brachen sie von Zeit zu Zeit auf, in wiederhergestellten Wracks oder mit Schiffen, die sie aus dem Holz von solchen gebaut hatten, um den Völkern und Seefahrern der Drei Meere ihren Willen aufzuzwingen.

Als der Mann auf dem Floß nun zu der Siedlung hinüberblickte, sah er dünne blaue Rauchfahnen aus der bunt zusammengewürfelten Anhäufung improvisierter Hausboote aufsteigen: Gleichzeitig mit ihrem häuslichen Tagwerk begaben sich die Morya an ihre Hauptbeschäftigung, die Produktion von Janru. Dies war jene erstaunliche Droge, gewonnen aus Terpahla und mit Parfüm versetzt, die jeder Frau (gleich ob Erdenfrau oder Krishnanerin) die Macht verlieh, jedem beliebigen Mann ihren Willen aufzuzwingen. Auf dunklen Wegen wurde die Droge vom Sunqar auf die Erde geschmuggelt, wo sie große soziale Verheerungen anrichtete.

Als der Mann auf dem Floß erneut zur *Shambor* hinüberschaute, murmelte er: »Ja, es ist unser Schiff, aber ...«

»Aber was, O Snyol?« fragte die Frau.

»Aber sie hätten nicht das Segel setzen dürfen, mein Schatz. Mit einem Teleskop würde es jeder von der Siedlung aus sofort sichten. Entweder haben meine Leute den Verstand verloren, oder ... oder es sind nicht meine Leute.«

Der Mann hatte Gozashtando gesprochen, die allgemein an den Westküsten der Drei Meere verbreitete Sprache. Er sprach es mit starkem Akzent, angeblich dem Dialekt von Nyamadze, der antarktischen Region Krishnas, aus der er zu stammen behauptete. Ein in solchen Dingen Erfahrener hätte seinen Akzent indes leicht als den eines Erdbewohners erkannt.

Der Mann war nämlich weder Snyol von Pleshch, ein verbannter Offizier und Abenteurer aus dem kalten Nyamadze, noch der Expreßbote Gozzan, als der er sich ebenfalls mehrmals ausgegeben hatte. In Wirklichkeit war er Dirk Cornelius Barnevelt, geboren im Staat New York, Vereinigte Staaten von Amerika, Terra. Die Spitzohren, die Antennen zwischen den Brauen und der grünliche Hautton waren künstlich, angefertigt und mit geschickter Hand aufgeklebt und aufgetragen vom Friseur von Novorecife, dem Außenposten der Viagens Interplanetarias auf Krishna.

Außerdem war Barnevelt Angestellter der Firma Igor Shtain Limited. Tatsächlich war er der PR-Mann und Ghostwriter dieser Firma. Hauptaktionär der Firma war der Forscher Shtain selbst, der ferne Länder und Planeten bereist und Filme sowie Unmengen von Datenmaterial sammelte und mitbrachte, aus welchen Barnevelt dann Artikel und Vorträge zusammenschrieb. Dritter im Bunde war ein Schauspieler, der, als Shtain zurechtgeschminkt, diese Vorträge dann hielt. Im Zeitalter der Spezialisierung hielt sich die Firma überdies noch einen Xenologen, der der Öffentlichkeit klarmachte, was sie von den Daten zu denken hatte, die der furchtlose Shtain gesammelt hatte.

Zei – so der Name der leichtgeschürzten Dame an Barnevelts Seite – sagte unvermittelt: »Gestern abend, als der Tumult auf dem Schiff losbrach, da wolltet Ihr jenen Erdenmenschen mitnehmen, der bei den Sunqaruma lebte. Ihr stecktet ihn in die leere Schatzkiste und ließt ihn wegtragen. Ihr wißt doch, wen ich meine – jenen gedrungenen kleinen Wicht mit runzligem roten Gesicht, blauen Augen und stacheligem grauen Haar, welches sowohl auf seiner Oberlippe als auch auf seinem Schädel sproß.«

»Ja.«

»Nun, Ihr verspracht mir doch, mir beizeiten den Grund für diese Eure Schrulle zu verraten. Mich dünkt, daß nun die Zeit für ein volles Geständnis gekommen ist. So antwortet denn, Herr: warum diese Grille?«

Barnevelt ließ sich mit der Antwort so lange Zeit, daß sie schließlich ungeduldig nachhakte: »Nun, mein teurer Herr?«

»Der Mann«, sagte Barnevelt bedächtig, »ist Igor Shtain, ein Terraner, welcher auf geheimnisvolle Weise aus dem Gesichtskreis der Seinen verschwand. Ich versprach den Erdbewohnern in Novorecife – gegen ein angemessenes Entgelt, versteht sich –, daß ich versuchen würde, ihn zu finden und zu retten. Nun, wie Ihr selbst gesehen habt, möchte er gar nicht gerettet werden. Offenbar hat dieser Dinosaurier, der die Piratenbrut anführt, dieser Sheafase, Freund Shtain mit seiner osirischen Zauberkunst so verhext, daß dieser nicht mehr weiß, wer er ist, und sich für einen Freibeuter des Sunqar hält. Als ich mich zu dieser Rettungsexpedition verpflichtete, wußte ich natürlich noch nicht, daß man mich auch zu Eurer Rettung anheuern würde.«

»Wie traurig, daß mein armseliges Ich nun durch schieres Versehen den Erfolg Eurer tapfren Rettungstat zunichte gemacht hat!«

»Ach, redet keinen Unsinn, Liebste! Ich rette lieber eine wie dich als ein Dutzend Shtains. Gebt mir einen Kuß!«

Abermals gab Barnevelt ein Beispiel jener irdischen Sitte, die er Zei schon während ihrer gemeinsamen Wartezeit auf dem Floß mehrfach in vivo demonstriert hatte. Abgesehen von dem natürlichen Vergnügen, das ihm das Schmusen mit diesem prachtvollen Geschöpf bereitete, hoffte er, sie auf diese Weise von weiteren Fragen abzuhalten.

Zudem war er mehr als nur ein wenig verliebt in sie und vermutete, daß sie – soweit man das im Umgang mit einer fremden Gattung überhaupt sagen konnte – ihm gegenüber dieselben Gefühle hegte. Angefreundet hatten sie sich während der Zeit, als er und George Tangaloa, der Xenologe, in Ghulinde, der Hauptstadt von Qirib, geweilt hatten. Obwohl Zei die einzige Tochter von Königin Alvandi war, hatte eine Verknüpfung von Umständen dazu geführt, daß Barnevelt und Tangaloa während ihres Aufenthaltes in Ghulinde als willkommene und gerngesehene Gäste im Palast ein- und ausgegangen waren. Während dieser Zeit waren sie damit beschäftigt gewesen, eine Expedition auszurüsten, die angeblich nach Gvam-Steinen suchen sollte, in Wirklichkeit aber eine Suchexpedition nach dem verschwundenen Shtain war.

Doch dann hatten die Piraten des Sunqar Ghulinde überfallen und Zei verschleppt. In dem dabei entbrennenden Kampfgetümmel war Tangaloa verwundet worden. Wutentbrannt hatte die grimmige alte Königin Alvandi den stets heiteren Samoer als Geisel genommen und Barnevelt, der immer noch unter seinem Decknamen Snyol firmierte, dazu erpreßt, eine Expedition zur Rettung ihrer Tochter zu starten. Obwohl er hinsichtlich Zei Erfolg gehabt hatte, waren zwei Rettungstaten auf einmal doch zuviel des Guten gewesen. So kam es denn, daß Shtain, der sich immer noch für einen Sunqaruma hielt, in der Piratensiedlung zurückgeblieben war.

Die gewagte Rettungsaktion und die brillante Idee, auf Skiern den ansonsten unpassierbaren Tangteppich zu überqueren, hatten Barnevelts ohnehin schon hohes Ansehen in den Augen der Prinzessin naturgemäß noch weiter steigen lassen. Tatsächlich waren sie vor einer Stunde, als sie ihre durchnäßten Sachen ausgezogen und zum Trocknen am Maststag aufgehängt hatten, gefährlich nahe daran gewesen, ihrem beiderseitigen Verlangen nachzugeben.

Zwei Naturen hatten in Barnevelt erbittert um die Vorherrschaft gerungen. Die eine war das gesunde junge Tier, das sich mit jeder Faser seines Körpers nach der Vereinigung sehnte; die andere war der vorsichtige, kühl abwägende Geschäftsmann. Und letzterer hatte ihn eindrücklich gewarnt, daß Intimitäten mit der Prinzessin ihn den Kopf kosten könnten.

Denn Qirib war ein Matriarchat, in dem die Königin sich alljährlich einen neuen Prinzgemahl aussuchte. Sobald das Jahr um war, wurde der alte König hingerichtet und im Zuge eines feierlichen religiösen Zeremoniells gebraten und verspeist. Dieses Fest, das *Kashyo,* war durch den schon erwähnten Piratenüberfall unterbrochen worden. Dabei hatte der alte König Kaj, sein schmähliches Ende am Bratspieß vor Augen, dem Henker das Beil entrissen und in einer letzten Aufwallung aufflackernder Männlichkeit gegen die Eindringlinge geschwungen. Worauf er sein Leben gelassen hatte.

Barnevelt, der wußte, daß Königin Alvandi zugunsten ihrer Tochter abdanken wollte, hatte im Geist ein Jahr der Glückseligkeit für sich vorausgesehen – gefolgt indes von Henkerblock und Bratspieß. Während seine Impulse noch miteinander im Kampf gelegen hatten, war die *Shambor* am Horizont aufgetaucht. Ihr Anblick hatte die Waagschale zugunsten vorsichtiger Selbstbeherrschung ausschlagen lassen.

Zei küßte ihn flüchtig, hörte jedoch nicht mit ihren Fragen auf. Sie war zwar von sanftem freundlichen Wesen, aber schließlich war sie eine Prinzessin und von daher gewohnt, mit allen Leuten außer ihrer Mutter nach Belieben umzuspringen.

»Dann war also«, bohrte sie weiter, »Eure Geschichte von den Gvam-Steinen bloß erfunden, um uns zu täuschen?«

»Nicht ganz. Ich hoffte tatsächlich, ein paar von den Steinen zu entdecken, für den Fall, daß es mit Shtain nicht klappen sollte.« (Immer genügend Wahrheit mit deinen Lügen vermengen und umgekehrt, sagte er sich, dann wird es um so schwieriger, Wahres von Falschem zu trennen.)

»Dann ist also keiner von uns beiden das, was er zu sein scheint.« Sie wandte den Blick erneut zur *Shambor,* die indes kaum näher gekommen zu sein schien. »Werden die denn niemals nahe genug herankommen, um unsere Zweifel endlich zu zerstreuen?«

»Sie müssen im Zickzack fahren, um nicht im Tang stekkenzubleiben; dadurch dauert es natürlich länger, bis sie hier sind.«

Ihr Blick schweifte zur Piratensiedlung, die jetzt im Sonnenlicht deutlich sichtbar war. »Gibt es keine Möglichkeit, vom Schicksal des jungen Zakkomir zu erfahren?«

»Leider nicht. Er ist ganz auf sich gestellt.«

Zakkomir war ein junger Qiribu, ein Mündel der Krone, der sich aus Bewunderung für die Heldentaten des vermeintlichen Generals Snyol von Pleshch Barnevelts Expedition angeschlossen hatte. Während der Kämpfe auf den Schiffen waren sie getrennt worden. Zakkomir war in die eine Richtung, Zei und Barnevelt in die andere geflohen.

Barnevelt spähte wieder zur *Shambor* hinüber. »Bei Bakh, der da am Ruder, das ist doch Chask, mein Maat!« Er sprang auf, winkte und schrie: »Chask! Schiff ahoi! Wir sind hier! Es wird noch einige Zeit dauern«, sagte er zu Zei. »Hoffentlich sehen uns die Sunqaruma nicht.«

»Es ist ein Wunder, daß sie überhaupt noch gekommen sind, uns zu retten, nachdem sie selbst doch schon in Sicherheit waren. Snyol von Pleshch muß ja wirklich ein Mann sein, für den seine Leute durchs Feuer gehen!«

»So toll ist es nun auch wieder nicht, mein Schatz. Ehrlich gesagt ist Chask der einzige, auf den ich mich wirklich verlassen kann, und ich bin mir sicher, daß ich es in der Hauptsache ihm zu verdanken habe, daß das Schiff hier ist.«

Barnevelt gestand ihr, daß er gleich zu Anfang der Expedition den Fehler gemacht hatte, die Mannschaft durch zuviel Nachsicht und Demokratie zu verwöhnen. Als dann einer von ihnen von einem Seeungeheuer vom Deck gerissen und verschlungen worden war, hatten die übrigen – durch seine vorher an den Tag gelegte Nachgiebigkeit ermutigt – gefordert, er solle kehrtmachen. Dabei wäre es um ein Haar zu einer Meuterei gekommen, und nur mit viel Mühe war es ihm gelungen, sie zur Weiterfahrt zu bewegen.

»Dieser neunmalkluge junge Wichtigtuer Zanzir ist die eigentliche Ursache des ganzen Ärgers«, knurrte er säuerlich. »Statt ihn in seiner Dreistigkeit noch zu bestärken, hätte ich ihn gleich bei der ersten Gelegenheit abschieben sollen.«

Als die *Shambor* sich jetzt nur noch wenige Meter von ihnen entfernt durch den Tangteppich zwängte, fiel Barnevelt siedendheiß ein, daß er auch noch andere Pflichten hatte, als Prinzessinnen zu retten und sich über aufmüpfige Matrosen aufzuregen. Er stand erneut auf, streckte dem Schiff die Faust entgegen und schwenkte sie langsam hin und her. Der große Ring an seinem Finger war nämlich in Wirklichkeit eine Hayashi-Filmkamera, mit der er jetzt die Ankunft der *Shambor* filmte.

Igor Shtain Limited hatte mit den Cosmic Features einen Vertrag über fünfzigtausend Meter Film über den Sunqar abgeschlossen. Eine der Aufgaben Tangaloas und Barnevelts war es, möglichst viel zu filmen, um die Firma vor dem Bankrott zu bewahren. Zwar war es nach den Vorschriften des Interplanetarischen Rates verboten, technische Geräte nach Krishna einzuführen, die dort noch nicht bekannt waren, aber im Falle der Hayashi-Kameras hatte man eine Ausnahme gemacht, weil sie so klein und unauffällig waren, daß kaum zu befürchten war, daß sie das Kulturgefüge Krishnas durcheinanderbringen würden. Außerdem war die Kamera mit einem Selbstzerstörungsmechanismus ausgerüstet, der dafür sorgte, daß sie in einen Regen aus winzigen Rädchen und Linsen zerstob, wenn ein Laie versuchte, sie zu öffnen.

»Was ist das?« fragte Zei. »Schleudert es einen Zauberbann?«

»Was Ähnliches. Zieht Eure Sandalen an. Wir gehen.«

Er hob Zei über die Reling und kletterte selbst an Bord, wobei er sich verdrießlich einzureden versuchte, daß er froh sein konnte, seinen Gelüsten widerstanden zu haben und somit der Gefahr entronnen zu sein, beim nächsten Kashyo-Fest als Terraburger zu enden. Gleichzeitig aber flüsterte ihm die weniger praktische Seite seiner Natur – seine romantische Träumernatur – ein: *Ah, aber du liebst sie doch! Und eines Tages werdet ihr vielleicht doch irgendwie vereint sein ... irgendwie ... irgendwo ... eines Tages ... eines schönen Tages ...*

2

Als Barnevelt und Zei über die Reling geklettert kamen, beorderte Chask einen anderen Mann ans Ruder, kam zu ihnen geeilt und rief: »Sie ist es! Die Prinzessin Zei höchstselbst! Die Meeresgötter waren unserem Unternehmen hold!«

Als er vor der Prinzessin niederkniete und gerührt Barnevelts Daumen ergriff, da sah er beinahe selbst aus wie ein knorriger alter Meeresgott.

Barnevelt winkte dem Rest der Mannschaft zu, grinste und rief: »Seid gegrüßt, Männer!«

Die Seemänner, die auf ihren Ruderbänken saßen und, die Arme auf die Ruder gestützt, von der Anstrengung verschnauften, schauten ihn schweigend an. Ein paar erwiderten seinen Gruß mit einem dünnen Lächeln, aber der Rest blickte düster drein. Mit einem kalten Schauer des Selbstzweifels wurde Barnevelt bewußt, daß es ihm nicht mehr gelungen war, sich mit den Männern zu einem wenigstens einigermaßen guten Verhältnis zusammenzuraufen, seit er ihnen den Wunsch abgeschlagen hatte, die Expedition abzubrechen und umzukehren.

»Ist es Euer Wunsch, daß wir so schnell wie möglich Kurs auf die Straße von Palindos nehmen, Kapitän?« Chasks Stimme riß ihn aus seinen Grübeleien.

»Gewiß!«

»Zu Befehl, Sir! Alle Mann rückwärtsrudern!« Und als die *Shambor* sich aus dem Rankenwerk gelöst hatte: »Steuerbordbank vorwärtsrudern! ... Stop! ... Und jetzt alle zusammen! ... Schot anholen! ...Und jetzt rudert um euer nichtsnutziges Leben, ehe die Sunqar-Galeeren euch finden. Vorwärts, auf Nordostkurs, mit vollen Segeln, Halunken!«

Er wandte sich Barnevelt wieder zu. »Was widerfuhr Euch, Herr, und wo ist der junge Phantast, der Euch begleitete?«

»Komm mit uns in die Kabine!« sagte Barnevelt. Während

Barnevelt Zeis wundgeriebene Füße mit Beständen aus dem Erste-Hilfe-Schrank salbte und verband, bereitete Chask ihnen einen Imbiß und erzählte ihnen, wie es ihnen nach ihrer Trennung von Barnevelt ergangen war.

»Wir lagen, wie Ihr Euch erinnert, an dem Pier fest, und plötzlich legt sich noch eine Schaluppe neben uns, und heraus springt eine Horde Piraten und läuft rasch die Laufplanke zu der großen Galeere herauf. Gleich darauf springt einer unserer Männer vom Deck der Galeere in die Salzbrühe, klettert über den Schandeckel und schreit, es sei alles verloren, und wir müßten sofort fliehen. Während wir noch zaudernd dastehen und uns unschlüssig sind, ob wir wirklich ablegen sollen, solange noch Hoffnung besteht, stürzen schon johlend und mit blanker Waffe die Piraten des Sunqar die Laufplanke herunter und wollen über uns herfallen.

Da legten wir sofort ab. Zuvor jedoch kappten wir noch hurtig die Takelage der anderen Schaluppe, um ihnen die Verfolgung zu erschweren. Wir ruderten mit voller Kraft, Tumult und Kampfeslärm in unserem Kielwasser zurücklassend, und bald darauf waren wir den Verfolgern unter dem schützenden Mantel der Nacht entschlüpft. Doch statt, wie die Verfolger wähnten, Zuflucht in der Weite des Ozeans zu suchen, versteckten wir uns in Wahrheit hinter einem Wrack, das am Rande des Terpahla lag, und lenkten so die Verfolger, die auf Hörweite an uns vorbeiruderten, in die Irre. Im Morgengrauen verließen wir unser Schlupfloch, und da wir weit und breit keine Piratenschiffe sichteten, machten wir uns, Eurer Order eingedenk, auf den Weg zum verabredeten Treffpunkt.«

»Gut«, sagte Barnevelt. »Aber warum holtet ihr nicht das Segel ein, als es hell geworden war? Damit ludet ihr die Sunqaruma ja geradezu ein, euch zu verfolgen.«

»Die Männer wollten es so, Sir. Es behagte ihnen nicht, das Schiff ganz allein mit der Kraft ihrer Arme vorwärtszubewegen. Es kostete mich in der Tat schon Mühe genug, sie dazu zu überreden, ihre Flucht noch einmal zu unterbrechen und Euch hier abzuholen.«

Chask starrte Barnevelt mit anklagendem Blick an, aus welchem deutlicher, als alle Worte es hätten ausdrücken können, zu lesen war: *Schließlich warst allein du es, der die Disziplin auf diesem Schiff verdorben hat; also schieb gefälligst nicht mir die Schuld in die Schuhe!* »Und nun, Kapitän, wollt Ihr mir nicht erzählen, wie es Euch erging?«

Barnevelt gab soviel von seiner Geschichte preis, wie er für klug hielt. »Während wir in der Kabine über die Bedingungen für die Freigabe der Prinzessin verhandelten, warf ich eine Rauchbombe. In dem dadurch entstehenden allgemeinen Durcheinander brachten Zakkomir und ich zwei Piraten zur Strecke. Wir brachten Sheafase, den osirischen Anführer der Piraten, in unsere Gewalt und verschafften uns mit ihm als Geisel freien Abzug. Die Prinzessin nahmen wir mit. Aber wie das Pech es will, läuft uns draußen ein Mann über den Weg, den ich von früher her kannte und der jetzt einer der Piraten des Sunqar ist. Er erkennt mich trotz meiner Vermummung als Expreßbote und schlägt sofort Alarm. Uns blieb keine andere Wahl, als Sheafase laufenzulassen und die Flucht zu ergreifen. Zakkomir lockte die Verfolger in die eine Richtung, damit Zei und ich Zeit hatten, in die andere zu entkommen. Wir schafften es hierherzugelangen, indem wir Bretter an unsere Füße banden und damit den Tangteppich überquerten.«

»Der junge Fatzke hat mehr Mut, als ich gedacht hätte. Was ist aus ihm geworden?«

»Ich weiß es nicht. Doch sag, warum sind die Männer so trübsinnig? Man sollte vermuten, daß sie eigentlich froh sein müßten, daß sie uns wiederhaben.«

»Hierfür gibt es zwei Gründe: Erstens ... ich hoffe, Ihr verzeiht meine Offenheit ... gefällt ihnen diese Reise nicht, weil sie schon vier Tote gefordert hat – fünf sogar, wenn Ihr den jungen Zakkomir mitrechnet. Wie Ihr wißt, Herr, ist manch einer in seinem Heimathafen tapfer wie ein Yeki, wenn er eine gefährliche Reise plant; doch wenn die Gefahr ihm ins Gesicht schaut, bekommt er es mit der Angst zu tun – wie Kugh der Kühne in der Sage. Und obzwar, wie ich glaube, die größten Gefahren hinter uns liegen, fürchten sie doch die schwere Hand des Sunqar auf ihrer Schulter, ehe sie nicht in sicherer Entfernung sind.

Und zweitens: Da ist der junge Zanzir, der Euch tödlich haßt, weil Ihr ihn vor seinen Kameraden bloßgestellt habt, nachdem er sich vor ihnen seiner Vertrautheit mit Euch gerühmt hat. Überdies wuchs er in Katai-Jhogorai auf, wo es weder Könige noch Adlige gibt, und dort machte er sich jenen verderblichen Gedanken von der Gleichheit aller Menschen zu eigen. Und so behauptet er denn, daß das Leben meiner Herrin Zei – faßt meine Worte nicht als Unehrerbietigkeit auf, edle Prinzessin! – auf der Waage der Götter nicht mehr wiege als das eines gemeinen Seemanns. Und dieses eine Leben gegen vier oder fünf von ihren Leben einzuhandeln, wäre kein Tauschgeschäft, sondern Mord und Unterdrückung. Und so hat er die Mannschaft aufgehetzt ...«

»Was!« rief Zei mit vollem Mund.

»Denkt nicht schlecht von mir, o Herrin ...«

Sie schluckte und sagte: »Euch laste ich keine Schuld an, guter Chask. Mich erstaunen nur die von Euch geäußerten Gedanken. Es sind entweder die Eingebungen eines Genies oder die wirren Ergüsse eines Geisteskranken.«

»Wie auch immer, solches scheint in Katai-Jhogorai Gesetz zu sein ...«

»Warum hast du nichts gegen den Kerl unternommen?« fragte Barnevelt rasch dazwischen, um zu verhindern, daß sich das Gespräch zu einem Seminar über Regierungsformen auswuchs. »Jeder weiß, daß man auf einem Schiff auf hoher See keine Demokratie walten lassen kann.«

Insgeheim mußte Barnevelt sich eingestehen, daß er nicht aufrichtig war. Schließlich war er von der Annahme ausgegangen, daß es doch möglich war, ein Schiff nach demokratischen Prinzipien zu führen, und er war immer noch der Ansicht, daß es einiges gab, was für Zanzirs Standpunkt sprach. Aber diese Überlegungen behielt er im Augenblick wohl besser für sich. Die Toten konnte man damit nicht wieder lebendig machen, und außerdem waren die Männer aus freien Stücken hier; keiner konnte sich beklagen, er wäre nicht rechtzeitig über die Gefährlichkeit der Expedition aufgeklärt worden.

»Ich nehme mir die Freiheit, Herr, Euch Eure eigene ausdrückliche Order zu Beginn dieser Expedition ins Gedächtnis zu rufen: ›Keine *Brutalitäten*!‹ sagtet Ihr. Damit ist nun die Gelegenheit für einen raschen Dolchstoß in der Dunkelheit vertan, zumal Zanzir jetzt natürlich darauf bedacht ist, sich in der Nähe seiner fanatischsten Parteigänger zu halten ...«

»Meine Herren!« Die Kabinentür flog auf, und ein Seemann streckte den Kopf herein. »Eine Galeere ist hinter uns her!«

3

Sie hasteten nach draußen. In der Morgensonne leuchtete ein Segel am Horizont auf, auf halber Strecke zwischen ihnen und dem entschwindenden Sunqar. Barnevelt kletterte den Mast hinauf. Aus der Höhe konnte er den Rumpf unter dem Segel und die rhythmisch eintauchenden Ruderreihen auf beiden Seiten ausmachen. Und er gewahrte noch ein weiter entferntes zweites Segel.

Er stieg herunter und sah sich auf Deck um. Der junge Zanzir, der gerade auf der vordersten Backbord-Ruderbank ruderte, erwiderte grimmig seinen Blick, so als wollte er ihm verbieten, etwas zu sagen.

Barnevelt rief den Bootsmann und Zei in die Kabine, schloß sodann den Waffenschrank auf und entnahm ihm Schwerter für sich und Chask sowie einen langen Dolch für Zei.

»Jetzt siehst du, warum es ein Fehler war, das Segel zu setzen. Ich habe den Verdacht, daß unser junger Hitzkopf insgeheim plant, über uns herzufallen, sobald die Piratenschiffe näher gekommen sind, und uns dann als Gegenleistung für seine Freiheit an sie auszuliefern.«

»Das wäre möglich«, räumte Chask ein, »obwohl ehrliche Seemänner die Sunqaruma fürchten wie die Pest; sie halten sie nämlich nicht für Menschen, sondern für Automaten, welche zum Leben erweckt werden durch den teuflischen Zauber des Ungeheuers, das den Morast regiert.«

»Also aufgepaßt!« sagte Barnevelt eindringlich. »Wenn einer eine falsche Bewegung machen sollte, so töte ihn und wirf ihn über Bord. Ab sofort gilt in Sachen Disziplin ausschließlich *dein* Urteil.«

Die Spur eines Lächeln huschte über Chasks Gesicht. Nur mit Mühe konnte er seinen Triumph verbergen.

»Und nun«, fuhr Barnevelt fort, »will ich unseren Kurs berechnen. Ich möchte, daß du mir dabei hilfst.« Er wandte sich Zei zu. »Ihr solltet besser etwas seefestere Kleidung anziehen. Das Fähnchen, daß Ihr da anhabt, löst sich langsam in nichts auf.«

Er schloß die Kleidertruhe auf und entnahm ihr ein paar grobe Kleidungsstücke. Dann breitete er seine Karte auf dem Tisch aus und machte sich an die Arbeit. Schwerer Seegang aus nördlicher Richtung warf die *Shambor* hin und her und machte die Positionsberechnung zu einer mühseligen Angelegenheit.

Als Barnevelt schließlich fertig war, sagte Chask: »Kapitän, wenn wir nicht bald unseren Kurs ändern, schneiden die Sunqaruma uns von der Palindos-Straße ab.«

»Machen wir uns an die Arbeit«, erwiderte Barnevelt entschlossen. Er setzte seinen zerbeulten Silberhelm auf, um sich keinen Sonnenbrand auf seinem nackten Schädel zu holen, und schritt hinaus auf Deck.

Der Nordwind hatte mächtig aufgefrischt und blies vom Bug her das Salzwasser in einem Sprühregen schräg über das Deck. Manchmal waren die Wellen so hoch, daß das Wasser durch die Ruderöffnungen hereingespritzt kam. Schon längst konnten die Ruderer wegen des schweren Seegangs keinen gleichmäßigen Rhythmus mehr einhalten. Zwischen den einzelnen Ruderschlägen mußten sie mit dem Ruder in der Luft innehalten, bis der Steuermann in einem günstigen Augenblick rief: »Rudert!«

Barnevelt erklomm erneut den Mast, wobei er sich fest an die Sprossen klammern mußte, um nicht durch die Stampfbewegungen des Schiffes abgeschüttelt zu werden. Der Wind sang in der Takelage, die Seile knarrten, und das Segel war zum Zerreißen gespannt. Die Galeere, die sie verfolgte, war merklich näher herangekommen. Doch auch sie hatte mit denselben Schwierigkeiten zu kämpfen. Dann und wann sah Barnevelt Gischt aufspritzen, wenn sie sich mit ihrem Bug in einen Wellenberg bohrte. Da sie größer und schwerfälliger war als die *Shambor*, tauchte sie tiefer ein als die erstere, die mehr wie ein Korken auf den Wellen ritt. Er konnte jetzt sehen, daß die Galeere ein Zweimaster war, mit einem großen Hauptsegel vorn und einem kleinen Besansegel achtern.

Als Barnevelt wieder unten war, rief Chask: »Fertigmachen zur Wende!« Der Maat mußte mehrere Männer von den Rudern abziehen, weil er bei dieser Windstärke jede verfügbare Kraft zum Umlegen des Segels brauchte. »Steuer hart leewärts! Baumniederholer langsam schießen lassen! Schot loslassen! Wetterstage abfieren!«

Während Barnevelt das komplizierte Manöver beobachtete, hegte er die Befürchtung, daß ein plötzlicher Windstoß das Segel zerreißen könnte, das jetzt frei im Wind flatterte und zerrte wie eine riesige dreieckige Fahne. Oder daß der jetzt völlig ungestagte Mast weggerissen werden könnte. In beiden Fällen wäre es um sie geschehen gewesen. Sie trieben mit beängstigender Fahrt vor dem Wind, obwohl die restlichen Ruderer mit aller Kraft rückwärts ruderten.

Das Deck dröhnte unter den Füßen der Besatzung, die wie eine Ameisenherde umherlief und mit dem Segel kämpfte. Schließlich gelang es ihnen, unter viel Hauruck, Geächze und Gebrüll die Rahe in eine vertikale Lage zu bringen und mit einem halsbrecherischen Manöver auf die andere Seite des Masts zu schwenken.

»Ruder hart Backbord! Schot einholen! Und jetzt volle Fahrt voraus!«

Die Rahe schwenkte in ihre normale Schrägstellung, jedoch auf der anderen Seite des Mastes. Die Maststage wurden wieder festgemacht, und das Segel blähte sich und ächzte, als der Wind hineinfuhr. Die Besatzung nahm ihre Plätze auf den Ruderbänken ein. Wieviel einfacher, dachte Barnevelt, ginge das Ganze mit einem simplen Stagsegel, wo man lediglich das Ruder scharf herumreißen und sich schnell ducken mußte, wenn der Baum über das Deck schwenkte. Außerdem konnte man damit härter am Wind segeln. Er bezweifelte, daß sie sechseinhalb Knoten machten. Selbst ein irdischer Rahsegler (falls ein solcher überhaupt noch existierte) würde genausoviel Fahrt machen; überdies konnte er viel schneller halsen.

Zei, die neben ihm im Heck stand, sagte: »O Snyol, sagt an, wozu dieses Manöver? Wird das Piratenschiff uns jetzt nicht den Weg abschneiden?«

»Nicht, wenn es seine Segel gebraucht. Es müßte schon dasselbe Manöver durchführen wie wir, und bei solch schwerem Seegang nützen ihm seine Ruder allein nicht viel ...« Er blickte stirnrunzelnd zum Himmel, auf die See und auf die eigene Takelage. »Wenn wir in einen richtigen Sturm geraten, dann muß die Galeere sich sputen, daß sie schnell wieder nach Hause in den Sunqar kommt. Aber wir wären auch nicht viel besser dran. Mit einer solchen Takelung läßt sich bei einem Sturm nicht kreuzen. Wir müßten dann vor dem Wind segeln, um nicht unterzugehen, und das würde bedeuten, daß wir wieder im Sunqar landen würden.«

»Und was ist, wenn der Wind sich völlig legt?«

»Dann kriegen sie uns auch. Sie haben mehr als hundert Mann an den Rudern, und wir haben bloß vierzehn.«

Er überlegte: Wenn es ihnen gelänge, ihren Vorsprung vor der Galeere bis zum Einbruch der Nacht zu halten, würde es ihnen dann vielleicht gelingen, in der Dunkelheit zu entwischen? Nein, unmöglich – nicht bei drei Monden, die gleichzeitig schienen. Bei Regen oder Nebel würde die Sache anders aussehen, aber das gegenwärtige Wetter deutete weder auf das eine noch auf das andere hin. Und dann war da auch noch die zweite Galeere, deren Segel von der Mastspitze aus immer noch deutlich zu erkennen war.

»Ihr verzeiht«, unterbrach Zei seine Gedanken, »aber ich fühle mich unwohl und muß mich zurückziehen ... *würg*!«

»Aber geht an die Reling auf der Leeseite!« brüllte Barnevelt – doch leider zu spät.

Als Zei sich unter Deck begeben hatte, um sich hinzulegen, kam Chask herauf und sagte: »Käpitän, da ist noch ein Punkt, den Ihr bedenken müßt. Unser Trinkwasser geht langsam zur Neige; leider hatten wir im Sunqar nicht die Möglichkeit, unseren Vorrat aufzufrischen. Bei einem solchen Ruderwettlauf schwitzen die Männer ihr Wasser sehr schnell aus, müßt Ihr wissen.«

»Rationier es!« befahl Barnevelt und beobachtete dabei die Galeere der Verfolger, auf der sich jetzt hektische Betriebsamkeit breitmachte.

Wie kleine braune Ameisen auf einem Strohhalm schwärmten drüben jetzt Matrosen die Masten hinauf und befestigten die Segel mit Seisingen. Obwohl er mit der Affenarbeit des Segelhandhabens Erfahrungen hatte, war Barnevelt heilfroh, daß er jetzt nicht mit ihnen dort oben sein mußte, die schwankende Rahe zwischen die Knie geklemmt wie ein Rodeo-Reiter, die klammen Finger in das glitschigfeuchte Segeltuch gekrallt.

Nach und nach schrumpften die Segel der Galeere zusammen, bis sie schließlich zu einem schmalen Bündel gerollt an den Rahen anlagen. Dann sanken die Rahen herunter auf das Deck. Die Galeere kreuzte das Kielwasser der *Shambor* und fuhr auf nördlichem Kurs weiter. Barnevelt vermutete, daß die Galeere versuchen würde, sich windwärts vor die *Shambor* zu legen und erst dann wieder die Segel zu setzen, da die Schwierigkeit, einen Lateinsegler zu lavieren, mit der Größe des Segels wuchs und die *Shambor* aufgrund ihrer geringeren Größe in diesem Punkt ohnehin im Vorteil war.

So vernarrt Barnevelt in die Segelei war – in diesem Augenblick hätte er eine Menge für eine nette kleine Allis-Chalmers oder Maybach-Gasturbine im Heck gegeben.

Der lange krishnanische Tag schleppte sich hin. Barnevelt ging in die Kabine, nahm eine Mütze Schlaf und rasierte sich die verräterisch sprießenden Stoppeln auf dem Schädel ab. Die Männer murrten wegen der Wasserknappheit, verstummten indes sofort, als Barnevelt mit der Hand am Schwertgriff und grimmig entschlossener Miene an ihnen vorüberschritt.

Die einzige Abwechslung, die der Nachmittag mit sich brachte, war ein kleines Flugtier, das, offenbar durch den heftigen Wind auf das Meer hinausgetrieben, an Bord geflattert kam und sich erschöpft in der Takelage festklammerte. Es sah aus wie ein unbehaarter kleiner Affe mit Fledermausflügeln. Barnevelt schlug sich die Zeit damit tot, indem er es von seinem luftigen Sitz herunterlockte und zähmte. Als der Abend nahte, fraß es ihm schon aus der Hand.

Endlich wurde es Abend. Der grünliche Himmel blieb klar und wolkenlos. Im Westen versank die rote Sonne Roqir hinter der Galeere, die jetzt in bedrohlich geschrumpftem Abstand querab von der *Shambor* durch die Wellen stampfte. Ihre Segel hoben sich als schwarze Silhouetten gegen den roten Ball Roqirs ab. Die Sterne gingen auf. Ihr harter Glanz war ungewöhnlich für diese ansonsten dunstigen Regionen. Barnevelt suchte und fand Sol, die Erdensonne, am Himmel. Auf der Sternkarte des Achten Abschnitts, in dem die Cetischen Planeten lagen, befand sich Sol fast auf einer Linie mit Arcturus. Jetzt gingen auch, fast gleichzeitig, die drei Monde Krishnas auf: der große Karrim, Golnaz, der mittlere des Dreigestirns, und der kleine Sheb. Wie die drei Bären, dachte Barnevelt, und ich selbst in der Rolle von Goldköpfchen.

Der Wind ließ ein wenig nach. Als Barnevelt den Blick nach Norden schweifen ließ, gewahrte er eine gewaltige Hochdruckzone über der Sabadao-See, die eine Schicht dichter Kaltluft nach Südwesten zum Sunqar sandte.

»Wie lange hält eine solche Strömung für gewöhnlich an?« fragte er Chask.

Der Maat vollführte eine Handbewegung, die dem irdischen Achselzucken entsprach. »Vielleicht einen Tag, vielleicht auch vier oder fünf. Sie wird ganz schlagartig abflauen, und dann wird wieder eine Woche lang Flaute über dieser stinkenden See liegen. Ich freue mich jetzt schon darauf, wenn wir wieder in der Zone der beständigen Westwinde sind.«

Die Männer wurden zusehends müder, obwohl die *Shambor* genug Leute für zwei volle Rudermannschaften an Bord hatte. Aber die Galeere kam trotzdem nicht näher; offenbar war auch ihre Besatzung der Erschöpfung nahe.

»Außerdem«, erklärte Chask, »ist es unwahrscheinlich, daß sie versuchen, uns in der Dunkelheit einzuholen. Dazu ist ein so kleines Schiff wie die *Shambor* viel zu wendig. Und Katapulte und Armbrüste in der Nacht einzusetzen, das hieße – selbst bei dem Licht der drei Monde –, sinnlos Geschosse zu vergeuden. Wollt Ihr nicht ein wenig schlafen, Kapitän?«

Barnevelt hatte sich schon eine ganze Weile mit dem Gedanken getragen, selbst eine Schicht an den Rudern zu übernehmen, obwohl er voraussah, daß Chask das mißbilligen würde. Doch abgesehen davon war er sich auch nicht sicher, ob ihn dies in den Augen der Mannschaft nicht sogar herabsetzen würde. Seine anfänglichen Versuche, sie als Gentlemen zu behandeln, schienen jedenfalls fehlgeschlagen.

Überdies glaubte er nicht, daß seine Muskelkraft entscheidend zur Beschleunigung der *Shambor* beitrüge. Zwar war er eindeutig die größte Person an Bord, und nach krishnanischem Standard war er sicher alles andere als ein Schlappschwanz (er hatte den Vorteil, auf der Erde mit ihrer etwas größeren Schwerkraft aufgewachsen zu sein), aber er verfügte nicht über die muskelbepackten Schultern und schwieligen Hände dieser Ruderprofis. Daher zog er es schließlich doch vor, Chasks Rat zu befolgen und sich während der Nacht mit dem Steuermann an der Ruderpinne abzulösen.

Die ganze Nacht über hing die Galeere wie ein schwarzer Schatten hinter ihnen, ein drohendes dunkles Etwas, das sich, umrahmt von einer phosphoreszierend gischtenden Wasserlinie und im Mondlicht weiß aufblitzenden Ruderspritzern, schemenhaft gegen den Nachthimmel und die dunkle Wasserfläche abhob. Auf keinem der beiden Schiffe brannte Licht.

Gegen Ende der zweiten Wache, als die Nacht sich ihrem Ende zuneigte, weckte Barnevelt Chask mit den Worten: »Ich habe mir überlegt, daß wir mit einer veränderten Takelung den Halunken davonsegeln könnten.«

»Was redet Ihr da, Käpt'n? Ein Trick aus den Polarregionen, den Ihr jetzt bei uns ausprobieren wollt? Mitten in einer solchen Verfolgungsjagd die Takelung zu verändern, ist meiner Meinung nach – verzeiht die Offenheit, Herr! – blanker Wahnsinn, selbst wenn Euer Plan noch so gut sein sollte. Bis Ihr Eure neue Takelung hängen habt ...«

»Ich weiß, aber sieh selbst!« Barnevelt deutete mit dem Finger auf die Segel der Galeere, die jetzt im Licht der aufgehenden Sonne rosa schimmerten. »Sie kommen immer näher heran, und nach meinen Berechnungen erreichen wir die Meerenge nicht vor Mittag. Und bei diesem Tempo holen sie uns mit Sicherheit vorher ein.«

»Seid Ihr dessen sicher, Herr?«

»Ganz sicher. Wir kommen immer weiter nach Westen ab. Das bedeutet, daß wir auf jeden Fall früher oder später noch einmal kreuzen müssen, und bei diesem Abstand hieße das, sie praktisch auf Bogenschußweite zu schneiden. Das aber wäre unser sicheres Verderben.«

»Unsere Lage ist in der Tat sehr ernst, Sir. Aber was sollen wir tun?«

»Ich werde es dir erklären. Wenn wir unser Manöver sorgfältig vorbereiten und es dann mit allen verfügbaren Leuten auf einmal blitzschnell durchführen, könnten wir es schaffen, daß unsere Takelung hängt, bevor sie uns einholen. Und wir haben immer noch eine bessere Chance, wenn wir es jetzt sofort machen, ehe der Wind wieder auffrischt und sie noch näher herankommen.«

»Verzweifelte Bedingungen verlangen nach verzweifelten Maßnahmen, wie schon Nehavend sagt. Doch nun sagt, was wir tun sollen.«

»Wähl ein paar Männer aus, denen du trauen kannst, und bring sie in die Kabine.«

Eine halbe Stunde darauf lag Barnevelts Plan auf dem Tisch. Er selbst war bei weitem nicht so zuversichtlich, wie er tat, aber ein Versuch, so aussichtslos er auch scheinen mochte, war immer noch besser, als tatenlos zuzusehen, wie die Galeere sich mit der Unerbittlichkeit eines Uhrzeigers Zentimeter um Zentimeter heranschob.

Sein Plan war kein geringerer, als das gegenwärtige Lateinersegel in ein Marconi- oder Bermudasegel zu verwandeln.

Als erstes ging einer der Männer an der Unterkante des Segels entlang und schnitt in regelmäßigen Abständen Löcher hinein, während ein anderer eine Rolle Tau in kurze Stücke schnitt, die lose um die Rahe geschlungen werden sollten, welche bei der neuen Anordnung als Mast dienen würde. Als alles bereit war, übernahm Chask das Steuer und drehte die *Shambor* mit dem Bug in den Wind. Das Segel killte, und die Ruderer, die wußten, daß sie jetzt keine zusätzliche Antriebsquelle mehr hatten, tauchten ihre Ruderblätter mit doppelter Kraft ein.

Die Galeere, die das Manöver beobachtet hatte, drehte sich ebenfalls in den Wind und ließ ihre Segel erschlaffen. Barnevelt sank das Herz fast in die Hose, als er erkannte, daß die Galeere jetzt, da beide Schiffe unabhängig vom Wind waren, lediglich die Hypthenuse eines gedachten rechtwinkligen Dreiecks entlangzufahren brauchte, um ihnen den Weg abzuschneiden.

»Segel einholen!« brüllte Chask, und die große Rahe kam herunter. Sie nahm die ganze Länge der *Shambor* ein.

Die Matrosen warfen Barnevelt düstere Blicke zu. Einen ertappte er sogar dabei, wie er sich an die Stirn tippte. Aber Chask ließ ihnen keine Zeit zum Murren: Ein wahres Maschinengewehrfeuer von Befehlen jagte ein paar von ihnen zum Mast, wo sie die Stage abfieren und die Keile herausschlagen mußten, die den Mast hielten. Alsdann stellte Chask am Bug, am Heck und an den Seiten je ein paar Matrosen zum Halten der Geitaue auf. Andere hoben den Mast aus seiner Spur und setzten das untere Ende auf das Deck neben die Fischungen. Das Flugtier, das Barnevelt gezähmt hatte, kreiste unterdessen aufgeregt quietschend um die Mastspitze.

Währenddessen schnitt der Matrose, der Löcher in die Unterkante des Segels geschnitten hatte, auch Löcher in das Liek, während ein anderer die Stroppen durchschnitt, mit denen das Segel an der Rahe befestigt war. Als dies geschehen war, faßten alle Mann bis auf die Ruderer an, um die Rahe an die Stelle des Masts zu setzen. Durch kräftiges Ziehen am Fall hievten sie die nackte Rahe hinauf zur Spitze des alten Masts, der jetzt als Spill diente, und beförderten ihr unteres Ende mit einem kräftigen *Hauruck* in die jetzt leeren Fischungen des alten Masts. Das hohe Rundholz schwankte bedenklich, die Männer an den Geitauen schrien erschreckt auf; doch schließlich fuhr der Mast mit einem dumpfen Aufprall, der das Schiff erzittern ließ, in seine Halterung und wurde mit vereinten Kräften an seinen Platz gedrückt und mit Keilen befestigt. Danach senkten sie den alten Mast langsam auf das Deck, indem sie die Geitaue an die Rahe verlegten und das alte Fall fierten.

Die Galeere, deren Segel inzwischen beschlagen waren, hatte weiter Boden gutgemacht. Barnevelt hörte, wie mit dem Wind schwache Rufe herübergeweht kamen.

Als der erheblich höhere neue Mast in Stellung gebracht und befestigt war, hißten sie die kurze Seite des Segels an den ehemaligen Mast, indem sie ein dünnes Tau durch die vorbereiteten Löcher zogen und es spiralförmig um das Holz wanden. Danach befestigten sie die mittelgroße Seite des Segels an der ehemaligen Rahe, die jetzt als Mast diente. Diesmal jedoch benutzten sie kein langes einzelnes Tau wie zuvor bei der Rahe, also dem Ex-Mast, sondern schufen eine lockere, gleitende Befestigung, indem sie die vorher zurechtgeschnittenen kurzen Taustücke einzeln durch die Löcher im Liek fädelten, dann lose um den Mastbaum (die ehemalige Rahe) schlangen und mit Reffknoten dergestalt befestigten, daß sie als quasi feste Gleitringe fungierten. Jetzt konnte das Segel aufgezogen werden.

»Beeilt euch, Halunken!« brüllte Chask. »Hurtig, hurtig!«

Die Stimmen auf der Galeere waren jetzt deutlicher zu hören. Der letzte Arbeitsgang bestand darin, das Joch, das früher den Ex-Mast gekrönt hatte, an der Ex-Rahe festzumachen, und zwar locker genug, damit der ehemalige Mast, der jetzt der Baum war, frei schwingen konnte, aber auch fest genug, um ihn festzuhalten.

Auf der Galeere ging mit lautem Getöse ein Katapult los. Ein schwarzer Punkt schwoll zu einer Bleikugel an, die in hohem Bogen über das Wasser gesaust kam und nur zwei Ruderlängen neben der *Shambor* hineinplumpste.

»Prinzessin, ab in die Kajüte!« rief Barnevelt Zei zu.

»Ich bin kein Feigling. Mein Platz ist ...«

»In die Kajüte, verdammt noch mal!« Als er sah, daß sie gehorchte, wandte er sich zu Chask um. »Glaubst du, die Zeisung hält?«

»Sie muß wohl, Käpt'n.«

Ein scharfes Zischen wie von einer Peitsche ließ Barnevelt zusammenzucken. Als er zur Galeere hinüberschaute, sah er, wie ein Mann am Bug gerade eine schwere Armbrust spannte. Gleich darauf zischte ein zweiter Bolzen herüber, der ihn nur um einen knappen Meter verfehlte.

Die endlos scheinende Arbeit an der neuen Takelung schien indes endlich geschafft. Das Segel war voll gehißt. »Falleine belegen!« ertönte Chasks Kommando.

Das Segel flatterte killend im Wind. Eine Minute später würden sie wissen, ob Barnevelts gewagte Konstruktion hielt, was sie versprach. Wenn er an dem zerbrechlichen neuen Mast hochblickte, wurde ihm angst und bange, aber für Reue war es jetzt zu spät. Er sprang die Stufen zur Achterhütte hinauf und übernahm das Steuer von dem Seemann, der es während des Umbaus gehalten hatte.

Wieder dröhnte der Katapult. Das Geschoß segelte an Barnevelt vorbei, schlitterte ein paar Meter über das Deck und riß mit lautem Krachen ein Stück Backbordreling weg. Die Ruderer zuckten erschreckt zusammen, als es an ihnen vorbeisauste, und gerieten aus dem Takt. Der mit Leuten dicht besetzte Bug der Galeere war bedrohlich nahe.

Barnevelt schwenkte die lange Ruderpinne nach Backbord. Die *Shambor* reagierte sofort, ihre Nase drehte sich nach Steuerbord. Der Wind fuhr in das Segel, bügelte die Falten heraus und füllte es. Die *Shambor* krängte so stark, als der Wind mit voller Kraft zupackte, daß auf der Leeseite Wasser durch die Ruderpforten hereinbrach und die Ruderer erneut aus dem Takt gerieten. Sie richtete sich jedoch sofort wieder auf, als Barnevelt mit der Pinne korrigierte.

Das Zischen der Armbrustpfeife wurde von einem harten trommelartigen *Plop* untermalt, als zwei der Pfeile durch das straff gespannte Segel fuhren. Barnevelt konnte die zwei kleinen Löcher von seiner Position am Steuer aus erkennen. Hoffentlich fangen sie nicht an zu reißen, dachte er mit einem unbehaglichen Gefühl im Magen. Das Segel ist sowieso schon unsicher genug mit all den ungeösten Löchern.

Chask, der die Ruderer inzwischen wieder in ihren Rhythmus gebracht hatte, trat neben ihn. »Mich dünkt, wir gewinnen Vorsprung, Käpt'n.«

Barnevelt riß seinen Blick von den beiden Löchern im Segel los und schaute sich kurz um. Tatsächlich, die Galeere schien wieder eine Idee kleiner geworden zu sein ... oder war das pures Wunschdenken?

Wieder erklang das scharfe, gellende Geräusch des Katapults. Aus dem Augenwinkel sah Barnevelt die Kugel vorbeizischen – genau auf den Mast zu! Das fehlte ihnen jetzt noch, daß ihnen durch einen dämlichen Glückstreffer der Mast abgerissen wurde!

Immer näher kam das Geschoß auf den Mast zu ... und sauste um Haaresbreite an ihm vorbei. Es rasierte mit einem harten Krachen das Kajütendach, prallte ab und verschwand im Wasser. Sofort folgte eine weitere Armbrustsalve. Ein Pfeil traf unmittelbar neben ihm auf das Holz der Decksbeplankung, jedoch in einem zu spitzen Winkel, um steckenzubleiben. Er schlitterte über das Deck und fiel ins Wasser.

»Die schießen aufs Geratewohl; zum genauen Zielen ist der Abstand bereits zu groß«, frohlockte Chask. »Gleich sind wir ganz außer Schußweite.«

Und in der Tat – das nächste Katapultgeschoß landete bereits ein ganzes Stück hinter ihnen im Wasser. Der Abstand zur Galeere wuchs jetzt deutlich. Barnevelt, der immer noch gespannt wie ein Flitzbogen war, warf erneut einen Blick über die Schulter. Die Galeere, deren Besatzung merkte, daß sie mit Ruderkraft allein auf verlorenem Posten war, begann hastig, ihre Segel wieder aufzuziehen.

Indes, als die Minuten verstrichen, zeigte sich immer deutlicher, daß die *Shambor* mindestens einen Strich härter am Wind laufen konnte als ihre Verfolgerin – nicht zuletzt dank Barnevelts geschickter Hand, der, den Blick auf das Segel geheftet, die Hand wie ein Seismograph auf der Pinne, alles aus der neuen Takelung herausholte, was der Wind hergab. Dies hatte zur Folge, daß die beiden Schiffe, die jetzt auf einem – wenn auch nur geringfügig – voneinander abweichenden Kurs liefen, sich zusehends voneinander entfernten. Die Galeere, die jetzt ebenfalls gute Fahrt machte, zog nach einer Weile auf gleiche Höhe mit der *Shambor*, aber viel zu weit mit dem Winde, um ihnen gefährlich zu werden.

Barnevelt wartete ab, bis er die Galeere gänzlich im Profil hatte, und riß dann das Steuer scharf herum. Ohne zu zögern, luvte das Schiff an und krängte in den neuen Kurs. Die Galeere schrumpfte schnell zusammen, da die beiden Schiffe jetzt voneinander wegsegelten. Barnevelt sah, wie sich auf dem Deck der Galeere hektische Betriebsamkeit ausbreitete. Doch bis die Lateinsegel endlich in mühseliger Prozedur umgelegt waren, lag die Galeere schon zu weit zurück, als daß man Einzelheiten hätte erkennen können.

Als die Sonne sich dem Meridian näherte, war die Galeere bereits so weit zurückgefallen, daß ihre Ruder hinter der Wasserkrümmung verschwunden waren. Wer jedoch erwartete, die Verfolger würden sich in verblüfftem Zorn zurückziehen, sah sich bald getäuscht. Obwohl die Aussichten, die unter Barnevelts fachmännischer Hand rasch enteilende *Shambor* noch abzufangen, immer weiter sanken, blieb die Galeere ihnen unverdrossen auf den Fersen.

Die *Shambor* machte unterdessen so gute Fahrt, daß Barnevelt den Befehl gab, die Rudermannschaft auf acht Leute zu reduzieren, damit die übrigen sich ausruhen konnten. Er hatte auch das Gefühl, daß sich die Stimmung der Männer und damit ihre Haltung ihm gegenüber ein wenig gebessert hatte.

Nun, da die Spannung von ihm gewichen war, fiel ihm auf, wie hungrig er war. Er hatte während der letzten angespannten achtundvierzig Stunden kaum etwas zu sich genommen, und das Tier in ihm begann zu protestieren. Er übergab Chask das Steuer und begab sich zur Vorderkajüte, in der Hoffnung, in Zeis Gesellschaft einen kleinen Imbiß einnehmen zu können.

»O Kapitän!« rief eine Stimme hinter ihm. Er drehte sich um und schaute in die Gesichter von drei Matrosen, unter ihnen der streitbare Zanzir.

»Ja, bitte?«

»Wann bekommen wir Wasser, Herr?« fragte Zanzir. »Wir sterben vor Durst.«

»Ihr bekommt eure nächste Ration zu Mittag.«

»Wir wollen sie aber sofort, Kapitän. Ohne sie können wir nicht weiterrudern. Ihr wollt sie uns doch nicht abschlagen, oder?«

»Ich sagte«, erwiderte Barnevelt, und seine Stimme wurde um eine Spur schärfer, »ihr bekommt eure nächste Ration zu Mittag. Und das nächste Mal, wenn ihr mich sprechen wollt, holt ihr euch gefälligst erst bei Chask die Erlaubnis ein!«

»Aber, Kapitän ...«

»Jetzt reicht es aber!« brüllte Barnevelt, dessen Wut noch durch das Bewußtsein gesteigert wurde, daß er selbst nicht ganz schuldlos an der Undiszipliniertheit seiner Mannschaft war. Er drehte sich auf dem Absatz um und setzte seinen Weg zur Kajüte fort. Aus dem unterdrückten Gemurmel der drei hinter seinem Rücken hörte er deutlich die Worte heraus: »... hält sich wohl für einen großen und mächtigen Herrscher, wie ...?«

»Was fehlt meinem Herrn?« empfing ihn Zei. »Ihr macht ein Gesicht wie Qarar, als er vom König von 'Ishk betrogen wurde.«

»Mir geht's prächtig«, knurrte Barnevelt und ließ sich auf eine Bank fallen. »Wie wär's mit einem kleinen Happen zur Stärkung, Mädchen?« Er war zu müde, um sich noch groß

Gedanken darüber zu machen, daß dies nicht gerade die übliche Anrede für eine Prinzessin war. »Das heißt, falls Ihr wißt, wie man etwas zu essen zubereitet.«

»Und warum sollte ich das nicht wissen?« fragte sie, wobei sie in den Regalen herumkramte.

»*Aaah*«, gähnte er. »Nun, ich dachte, als Kronprinzessin kriegt man solche banalen Künste nicht unbedingt beigebracht.«

»Könnt Ihr ein königliches Geheimnis bewahren?«

»Hm.«

»Meine Frau Mutter hielt mich, eingedenk der Revolutionen, die bedauernswerterweise die alte Ordnung in Zamba und anderswo gestürzt haben, schon sehr früh dazu an, die Künste der gemeinen Hausfrauenschaft zu erlernen, auf daß ich, komme, was da wolle, niemals in die Verlegenheit gerate, mich nicht selbst nähren und kleiden zu können. Mögt Ihr ein paar von diesen getrockneten Früchten? Mir scheint, die Würmer haben sie noch nicht zu ihrer Heimstatt erkoren.«

»Fein. Gebt mir dazu den Laib Badr und das Messer.«

»Bei allen Göttern im Himmel!« rief sie verblüfft aus, als sie sah, welche Mengen er zu verputzen gedachte. »Aber ich wähne langsam, daß Heldentaten auch mit einem Heldenappetit einherzugehen scheinen. Mein Leben lang habe ich die Legenden von Qarar und seinesgleichen gelesen. Doch da ich nur unsere verzärtelten einheimischen Gecken kannte, dachte ich, bis ich Euch traf, daß Männer von solcher Tapferkeit nur in Heldenliedern und Legenden existierten.«

Barnevelt warf Zei einen mißtrauischen Blick zu. Obwohl er sie von allen Krishnanern, die er kannte, am liebsten mochte, glaubte er doch, den Entschluß gefaßt zu haben, sich nicht in ernsthaftere Beziehungen mit der Dame einzulassen.

Er sagte: »Ihr freut Euch also nicht darauf, Königin zu werden und jedes Jahr einen frischen Qiribu als Gatten zu bekommen?«

»O nein! Doch obgleich es mir sogar ausgesprochen mißfällt, mangelt es mir doch an Stärke oder Schlauheit, die Ereignisse aus ihren vorgezeichneten Bahnen zu werfen. Es ist leicht, groß zu reden – so wie die Heldin in Harians *Die Verschwörer* –, man müsse die Bequemlichkeiten und Privilegien des hohen Standes um der Liebe willen aufgeben. Dies in die Tat umzusetzen, ist eine ganz andere Sache. Doch beneide ich mitunter gewöhnliche Weiber in barbarischen Ländern, die mit echten, starken Männern wie Euch vermählt sind, die sie beherrschen, wie meine Mutter ihre Gatten beherrscht. Denn obwohl in Qirib die Herrschaft des Weibes Gesetz und Sitte ist, befürchte ich, daß ich von meinem Wesen her keine Herrscherin bin.«

Barnevelt spielte sekundenlang flüchtig mit dem Gedanken an eine Revolution in Qirib, mit Zei in der Rolle von Shaws *Bolschewistenkaiserin*. Aber er war zu müde, um den Gedanken weiter auszuspinnen.

»He!« rief er. »Ich will nicht mehr Wasser, als mir zusteht!«

»Aber Ihr seid der Kapitän ...«

»Nur meinen Anteil, keinen Tropfen mehr!«

»Solche Skrupel! Man könnte meinen, auch Ihr hättet bei den Republikanern von Katai-Jhogorai gelebt.«

»Das nicht gerade, aber ich sympathisiere mit Ihren Ideen.« Er versteckte ein Gähnen hinter der Hand und streckte sich auf der Bank aus, während Zei den Tisch abräumte.

4

Als nächstes merkte er, daß Chask ihn wachrüttelte.

»Sir!« sagte der Maat aufgeregt. »Der Wind hat sich gelegt, und die Galeeren holen wieder auf!«

Barnevelt setzte sich auf und blinzelte verschlafen seinen Maat an. Er spürte sofort, daß das Schiff weniger schaukelte als vorher. Der Wind war nahezu verstummt.

Er eilte nach draußen. Zwar wehte von Norden her noch immer eine leichte Brise, aber so schwach, daß sie kaum noch das Segel zu füllen vermochte. Das Meer lag fast glatt da. Chask hatte inzwischen wieder eine vollzählige Mannschaft an die Ruder beordert.

Die Galeere hinter ihnen hatte den gleichen Abstand wie zu dem Zeitpunkt, als er in die Kajüte gegangen war. Zweifelsohne hatte die *Shambor* die Distanz vergrößern können, während er schlief, doch mit dem Abflauen des Winds hatte sie diesen Vorsprung schnell wieder eingebüßt. Auch die zweite Galeere, die sie tags zuvor aus dem Auge verloren hatten, war jetzt wieder auf Sichtweite herangekommen. Sie lag jedoch noch so weit zurück, daß man nur ihre Mastspitzen ausmachen konnte, und das auch nur, wenn die *Shambor* von einer besonders hohen Welle emporgehoben wurde.

Ohne Wind war es nur eine Frage der Zeit, wann die Galeeren sie einholen würden. Vor ihnen war noch immer keine Spur von den ersehnten nördlichen Gestaden der Banjao-See zu entdecken. Doch die Sonne stand hoch. Es mußte um Mittag sein.

»Sag ihnen, sie sollen rudern, was das Zeug hält«, sagte Barnevelt.

»Sie tun, was sie können, Sir. Aber der Wassermangel beraubt ihre Muskeln der gewohnten Kraft.«

Seinen Berechnungen nach mußte die Straße von Palindos bald am Horizont auftauchen. Mit einigem Glück, so schätzte er, würden sie gerade noch vor der verfolgenden Galeere durch die Meerenge schlüpfen können.

»Schön, dann sind wir in der Sabadao-See«, erriet Chask seinen Gedanken. »Aber was nützt uns das? Diese Halsabschneider werden uns sogar in den Hafen von Damovang folgen.«

»Gewiß«, brummte Barnevelt, der mit gerunzelter Stirn seine Karte studierte. »Und wenn wir an Land gehen und uns in die Wälder schlagen?«

»Dann werden sie ebenfalls an Land gehen und uns jagen, und da sie zu Hunderten nach uns suchen können, besteht am Ergebnis dieser Suche kein Zweifel. Welche Möglichkeit seht Ihr sonst noch?«

»Wie wäre es, wenn wir eine der Landzungen der Meerenge umfahren und uns in irgendeiner kleinen Bucht verstecken, sobald wir außer Sicht sind?«

»Laßt mich mal sehen, Sir.« Chask tippte mit seinem klobigen Finger auf die Karte. »Die Ostküste der Sabadao-See ist an dieser Stelle sehr felsig. Die Gefahr, dort auf Grund zu laufen, ist sehr groß. Die Westküste hat auch ein paar Felsen, aber viel offenen Strand und wenige Versteckplätze. Fossanderan hätte vielleicht an der Nordflanke ein paar geeignete Buchten, aber Ihr werdet nie und nimmer einen braven Seemann dazu überreden können, auf dieser verwunschenen Insel zu landen.«

»Ach, Schnickschnack! Fürchten sie sich etwa vor den sagenumwobenen Tiermenschen?«

»Das ist keine Sage, Käpt'n. Ich selbst habe jedenfalls schon das Geräusch gehört, das von den Trommeln dieser Dämonen herrühren soll. Ob Sage oder nicht, die Männer werden jedenfalls nicht gehorchen.«

Barnevelt ging wieder hinaus auf Deck. Ein Chor heiserer Stimmen empfing ihn: »Wasser! Wasser, Käpt'n!« »Wasser, bitte!« »Wir wollen sofort Wasser!«

Die Galeere schob sich immer näher heran. Der Wind hatte sich bis auf gelegentliche matte Windstöße völlig gelegt. Das Segel hing schlaff am Mast. Barnevelt mußte an

Chasks Prophezeiung von der eine Woche dauernden Flaute denken.

Er gab Befehl, den Männern ihre Mittagsration Wasser zu geben, was sie, wie er hoffte, für einige Zeit beruhigen würde. Doch angesichts der geringen Menge wurde ihr Murren nur noch lauter.

Die Galeere war jetzt wieder klar sichtbar. Ihre Ruder hoben und senkten sich mit mechanischer Präzision in der nun fast vollkommen glatt daliegenden See. Auch die zweite Galeere hatte deutlich an Boden gutgemacht.

Ein Matrose im Bug rief: »Land in Sicht!«

In der Tat, ein Streifen bewaldeter Bergkuppen schob sich über den Horizont: die Hügel Fossanderans. Barnevelts kleiner geflügelter Freund sah sie ebenfalls und flog nach Norden davon.

Barnevelt begab sich zurück in die Kajüte, um seine Berechnungen zu korrigieren und den Kurs für den östlichen Kanal festzulegen. Zei beobachtete ihn schweigend mit großen dunklen Augen.

Er überflog seine Berechnungen ein zweites und drittes Mal. Diesmal sah es in der Tat so aus, als würde die Galeere sie im Hals des Ostteils der Meerenge überholen. Warum dann überhaupt den Versuch wagen? Das übliche Hoffen auf ein Wunder. Vielleicht schlug die Galeere ja leck, oder in letzter Sekunde brach eine Meuterei an Bord aus ...

Zu schade, daß der Westteil der Meerenge nicht tief genug für die *Shambor* war! So hätte er die Galeere vielleicht in eine Untiefe locken können.

Aber war er wirklich nicht tief genug? Bei der derzeit herrschenden Konstellation von drei Vollmonden war auf Krishna eine Rekordflut zu erwarten. Zwar waren die Gezeitenunterschiede in diesen Regionen für gewöhnlich nicht sonderlich groß – zum einen wegen des begrenzten Umfangs der Gesamtwasseroberfläche des Planeten, zum anderen aufgrund des komplizierten Kräfteverhältnisses zwischen der Sonne Roqir und den drei Monden. Aber bei dieser einen Gelegenheit würden die Fluten alle gleichzeitig auftreten, so daß durchaus mit einer Flut von irdischer Größenordnung zu rechnen war.

Barnevelt holte das Handbuch hervor, das er in Novorecife gekauft hatte. Der Anblick des Buches erinnerte ihn an Vizqash bad-Murani, den Krishnaner in terranischen Diensten, bei dem er das Buch erworben hatte. Dieser Vizqash hatte später versucht, ihn bei einem Picknick einer Bande von Kidnappern und Mördern in die Hände zu spielen. Noch später hatte er, als maskierter Edelmann verkleidet, in der Taverne in Jazmurian eine Schlägerei angezettelt. Schließlich hatte er sich als ein Pirat des Sunqar entpuppt, der Barnevelts schon fast gelungene Flucht mit Zei und Shtain in letzter Sekunde vereitelt hatte.

Barnevelt hatte jetzt keinen Zweifel mehr, daß alle diese Ereignisse in Zusammenhang miteinander standen. Er war sicher, daß die Morya Sunqaruma ihn nicht mehr aus den Augen gelassen hatten, seit er an Bord der *Amazonas* in Novorecife gelandet war. Er mußte grinsen bei dem Gedanken, daß ausgerechnet das Buch, das Vizqash ihm verkauft hatte, das Mittel sein konnte, die hinterhältigen Machenschaften dieses Halunken zu durchkreuzen.

Das Buch hatte sich zusammen mit seinen übrigen Sachen voll Wasser gesogen, als er bei seiner Flucht über den Terpahla-Teppich in ein Wasserloch gefallen war. Er mußte beim Auseinanderfalten der Seiten – eigentlich ein langer zickzackförmig gefalteter Papierstreifen – sehr vorsichtig zu Werke gehen, wollte er sie nicht zerreißen und die Schrift unleserlich machen. Einmal geöffnet jedoch, stellte sich das Buch als eine wahre Fundgrube heraus. Es enthielt nicht nur Tabellen zum Berechnen der Mondumlaufbahnen, sondern auch eine Tabelle, die einen exakten Überblick über das zeitliche Zusammenspiel zwischen den Bewegungen der einzelnen Monde und den von ihnen verursachten Flutwellen bot. Aus dieser Tabelle ließ sich ersehen, wann und wo die jeweiligen Flutwellen auftraten und welchen Umfang sie hatten.

Majbur, Jazmurian, Sotaspé, Dur ... Da war sie, die

Straße von Palindos. Barnevelt tat einen Freudenschrei, als er feststellte, daß an dieser Stelle die Flut am Aufgang Karrims lediglich um eine knappe krishnanische Stunde hinterherhinkte, und daß die Fluten von Golnaz und Sheb dem Aufgang ihrer Monde mit einer noch geringeren Verzögerung folgten.

»Chask!« rief er.

Zwar machte Chask ein recht unschlüssiges Gesicht, als Barnevelt ihm seinen Plan unterbreitete, aber er konnte nicht umhin zuzugeben, daß ihnen keine andere Möglichkeit blieb, als die Flucht durch den Westteil der Meerenge zu probieren, zumal sie ihn kurz nach Mittag erreichen würden. Zu dem Zeitpunkt und noch einmal kurz nach Mitternacht erreichte die Flut ihren Höchststand.

Die *Shambor* schwenkte nach Backbord und hielt auf den Kanal zu; die Galeeren folgten ihr. Die bewaldeten Hügel der Halbinsel, die sich von Westen her zur Meerenge hin senkten, wuchsen immer näher heran. Während sie durch das glasklare Wasser pflügten, wuchs das Land aus dem Wasser empor, bis es schließlich so aussah, als wäre die Insel ein Teil des Festlands. Als sie noch näher herankamen, öffnete sich vor ihnen die westliche Durchfahrt.

Immer noch verringerten die Galeeren ihren Abstand zur *Shambor*. Barnevelt blickte mit einem Schaudern nach hinten. Würden sie einem weiteren Sperrfeuer ausweichen müssen?

Einer der Seemänner rief resigniert: »Es hat keinen Sinn, Käpt'n. Wir sind verloren!« Andere fielen in den Chor der Verzweiflung ein: »Sie kriegen uns, lange bevor wir eine Zuflucht gefunden haben ...« »Ergeben wir uns ehrenhaft ...«

»Haltet den Mund, ihr alle!« brüllte Barnevelt. »Ich werde euch hier rausholen, bevor ...«

In diesem Moment begann ein Matrose – nicht Zanzir, sondern ein älterer, größerer Bursche – auf die Mannschaft einzureden. »Dieser eingebildete Kapitän schert sich einen Dreck um euer Wohlergehen. Den interessiert bloß seine königliche Metze. Werfen wir sie doch beide den Fischen zum Fraß vor ...«

Gleich bei den ersten Worten des Mannes zückte Barnevelt sein Schwert und ging auf ihn zu. Der Matrose, der Barnevelts nahende Schritte hörte, wirbelte herum und fuhr mit der Hand nach seinem Messer. Ein paar andere folgten seinem Beispiel.

Barnevelt sprang vor, und ehe der Meuterer nach ihm stechen oder stoßen konnte, schlug er ihm die flache Seite seiner Schwertklinge gegen die Schläfe. Der Mann taumelte seitwärts über das Deck und stolperte ausgerechnet durch die Lücke in der Reling, die das Katapultgeschoß hinterlassen hatte. Ein heiserer Entsetzensschrei, *Platsch*, und weg war er.

Barnevelt hatte nicht die Absicht gehabt, den Mann zu töten, er hatte ihn lediglich betäuben wollen. Aber nun sah er sich durch die Umstände plötzlich gezwungen, hart zu bleiben: anhalten und den Mann aus dem Wasser fischen kam nicht in Frage: dazu war die Galeere ihnen zu dicht auf den Fersen. Nun gut, jetzt würde den Leuten jedenfalls klarwerden, daß er es ernst meinte. Er bedauerte nur, daß es nicht Zanzir gewesen war, denn er steckte mit Sicherheit hinter der ganzen Sache.

»Sonst noch einer?« fragte er in die Runde, um einen möglichst markigen Klang in der Stimme bemüht.

Keiner antwortete. Er schritt langsam den Mittelgang ab und schaute jedem einzelnen hart in die Augen. Einem, der seinem Blick nicht lange genug standhielt, hieb er mit der flachen Seite seines Schwertes auf den völlig nackten Rükken.

»Und jetzt legt auch in die Riemen, Burschen, sonst geht's euch verdammt dreckig!« Ich und Kapitän Bligh, dachte er schmunzelnd bei sich.

Sie passierten einen Felsen. »Chask, du übernimmst das Ruder. Stell ein paar Männer in den Bug; sie sollen die Tiefe ausloten. Ich selbst klettere auf den Mast und – auch das noch!«

»Was ist denn, Käpt'n?«

»Unsere neue Takelung hat keine Webeleinen. Bring mir schnell einen Hammer, ein paar lange Nägel und ein Stück Tau!«

Als er die gewünschten Sachen beisammen hatte, machte er sich daran, den Mast hinaufzuklettern. Das war alles andere als ungefährlich, zumal das an seinem Gürtel baumelnde Schwert und die Gegenstände, die er bei sich trug, ihn in seiner Bewegungsfreiheit einschränkten und der einzige Halt, der sich ihm bot, in den Seilringen bestand, die die Stagkante des Segels am Mast hielten, und diese waren reichlich wacklig. Als er etwa zwei Drittel der Masthöhe bewältigt hatte, schlug er zwei der Nägel in den Mast, formte aus einem mitgebrachten Tau eine Schlinge, machte diese an den Nägeln fest und setzte sich hinein. Dieser ›Mastkorb‹ war zwar weder sicher noch komfortabel, aber wenigstens konnte er nun von oben aus anhand der verschiedenen Grünschattierungen des Wassers die Tiefe ihrer Fahrrinne abschätzen. Von hinten hörte er das Knirschen und Aufklatschen der Galeerenruder.

»Einen Strich backbord!« rief er nach unten. »Jetzt ein bißchen mehr nach Steuerbord. Jetzt vorsichtig geradeaus ... etwas langsamer ...«

Jede Sekunde konnten sie auf Grund laufen. Die Erschütterung würde ihn mit Sicherheit aus seinem Ausguck schleudern. Keine besonders angenehme Vorstellung ... Er spähte angestrengt nach Stellen, wo das Wasser dunkler war. Eine leichte nördliche Gezeitenströmung in der Meerenge half der *Shambor* voran.

Als er eine gute Fahrrinne entdeckt hatte, wagte er einen Blick nach achtern. Die Galeere hatte weiter aufgeholt und suchte sich ebenfalls einen Durchgang. Etwa zwei Hoda dahinter kam ihr Schwesterschiff. Die Rufe der Matrosen, die auf der Galeere loteten, drangen zur *Shambor* herüber wie ein Echo der Rufe ihrer eigenen Leute im Bug, nur daß die angegebenen Maße unterschiedlich waren.

Barnevelt konzentrierte seinen Blick auf eine gefährliche

Stelle, wo eine hellgrün leuchtende Sandbank die Durchfahrt völlig zu versperren schien.

Plötzlich drangen laute Rufe an sein Ohr: »Sie sind auf Grund gelaufen! Das Piratenschiff ist auf Grund gelaufen!«

Ha! dachte er bei sich. Mein Plan hat also doch funktioniert! Doch immer noch wagte er nicht, daß Wasser vor ihnen aus den Augen zu lassen. Es wäre wirklich zu dumm gewesen, wenn er das Piratenschiff in eine Untiefe gelockt hätte und eine Minute später selbst auf Grund gelaufen wäre.

Eine plötzliche Erschütterung, die durch den Mast lief, sagte ihm, daß die *Shambor* ebenfalls Grundberührung hatte. »Rudert mit voller Kraft!« schrie er hinunter. »Eine Haaresbreite mehr nach Steuerbord!«

Die Ruder tauchten ein, zogen durch – und die *Shambor* kam wieder frei. Vor ihnen lag soviel dunkelgrünes Wasser, wie man sich nur wünschen konnte.

Barnevelt blies erleichtert den Atem aus und schaute zurück. Die Galeere strampelte wie ein auf dem Rücken liegender Käfer, um wieder freizukommen, ihre Ruderblätter wühlten das Wasser rings um sie herum zu einem weißen Gischtkranz auf. Die zweite Galeere hatte – offenbar auf ein Flaggensignal hin – nach Steuerbord abgedreht und war jetzt im Profil auf Ostkurs zu sehen.

Barnevelt vermutete, daß das zweite Schiff Befehl erhalten hatte, die Durchfahrt durch den Ostkanal zu nehmen und die *Shambor* in der Sabadao-See abzufangen. Unter diesen Umständen war es natürlich nicht angezeigt, einfach munter nach Qirib weiterzusegeln, so als ob sie nun aller Sorgen ledig wären. Hatte die zweite Galeere sie erst einmal auf hoher See entdeckt, dann ging dasselbe Spiel wieder von vorn los, nur daß es diesmal keine Meerenge und keinen Nordwind geben würde, die sie noch einmal aus der Klemme retten konnten.

Was die *Shambor* jetzt dringend brauchte, war ein Versteck, in dem sie gleichzeitig ihre Wasservorräte auffrischen konnte. Die Männer übertrieben ihre Erschöpfung nicht.

Barnevelts eigene Kehle fühlte sich an wie ein Stück Pergament, das mindestens zweitausend Jahre in einer ägyptischen Grabkammer gelegen hatte. Wenn seine Matrosen sich aus Aberglauben davor fürchteten, auf Fossanderan zu landen, dann würden die Piraten möglicherweise ähnlich reagieren.

»Hart steuerbord!« befahl er Chask. »Und such an der Nordküste von Fossanderan eine Bucht, die sich vielleicht als Flußmündung entpuppen könnte.«

»Aber Käpt'n ...«

»Nun mach schon, und guck mich nicht so erstaunt an! Du hast richtig gehört, ich sagte Fossanderan!«

Chask brachte die *Shambor* mit einem Kopfschütteln auf Ostkurs. Als sie in die Sabadao-See kamen, verschwand die gestrandete Galeere hinter den Vorgebirgen Fossanderans. Der Wind frischte ein wenig auf. Nunmehr auf Vorwindkurs, machten sie recht gute Fahrt. Die bewaldete Felsküste glitt rasch an ihnen vorüber.

Nachdem eine knappe krishnanische Stunde verstrichen war, sagte Barnevelt: »Das hier sieht mir nach einer geeigneten Stelle aus. Könnte ein kleines Flußtal sein.«

»Sagt hinterher nicht, ich hätte Euch nicht rechtzeitig gewarnt, Sir«, sagte Chask und steuerte die Küste an.

Sofort schrien die Männer, die sehr still geworden waren, seit der Meuterer über Bord gegangen war, wie aus einem Mund: »Die verwunschene Insel!« Dann brüllte alles wild durcheinander: »Unser verrückter Kapitän bringt uns in die Heimat der Dämonen!« »Jetzt ist alles verloren!« »Er muß selbst ein Dämon sein!« »Überallhin, nur nicht dorthin!« »Lieber verdursten wir!«

Erneut gelang es Barnevelt, sie mit einem drohenden Blick zum Schweigen zu bringen. Doch die Ruderer ließen in ihrem Elan immer mehr nach, bis sie schließlich ihre Ruderblätter nur mehr eintauchten und wieder hoben, ohne durchzuziehen. Das half ihnen jedoch auch nicht viel, da der Wind die *Shambor* ohnehin auf die Küste zutrieb.

»Der erste, der versucht, ohne Befehl rückwärtszurudern,

bekommt es mit mir zu tun«, fauchte Barnevelt grimmig. »Zei! Kommt heraus! Wir gehen an Land. Holt die Wassereimer!«

Die *Shambor* glitt langsam in die Bucht, bis Baumäste über das Deck wischten und gegen die Takelung schlugen. Chask befahl, das Segel einzuholen und den Anker zu werfen. Dann eilte er nach vorn. Barnevelt sprang vom Bug in das knietiefe Wasser und half Zei ebenfalls herunter.

»Frisches Wasser!« rief er und deutete auf eine Stelle, wo ein kleines Bächlein sich deltaförmig über den Sand ausbreitete.

Die Männer liefen ebenfalls zum Bug. Ein paar sprangen hinunter, tranken und füllten die mitgebrachten Eimer, die die an Bord Gebliebenen in einer Kette zum Wassertank des Schiffes weiterreichten. Obwohl Barnevelt ebenso durstig war wie sie, zwang er sich in einer Aufwallung von Eitelkeit, so lange mit dem Trinken zu warten, bis alle anderen getrunken hatten. Mit einem Grinsen wandte er sich an Zei.

»Jetzt können wir dem alten Qvansel sagen, daß seine drei Monde uns tatsächlich das Leben gerettet haben – aber nicht mit Hilfe okkulter astrologischer Kräfte, sondern vermittels der guten alten Schwerkraft.«

Chask kam als letzter an Land. Er kam axtschwingend auf Barnevelt zu und sagte: »Mir gefällt das nicht, Herr. Wir sollten besser alle bewaffnet sein, falls die Tiermenschen plötzlich auftauchen. Andererseits wäre es eine unverzeihliche Narretei, bei der gegenwärtig herrschenden Stimmung in der Mannschaft Waffen auszugeben. Aber wird sind auch knapp mit Brennholz, und da dachte ich ...«

»Bis jetzt habe ich noch keine Geister oder sonstige Waldungeheuer gehört oder gesehen«, erwiderte Barnevelt. »He, was ist das denn da?«

Wie auf Kommando rannten alle Matrosen zurück zur *Shambor* und kletterten an Bord. Bevor Barnevelt und Chask überhaupt reagieren konnten, hatten sie schon damit begonnen, den Anker zu lichten und rückwärts zu rudern. Das Schiff setzte sich langsam in Bewegung.

Barnevelt und Chask bekamen den Anker gerade noch zu fassen, bevor er über die Bordwand verschwand, und zogen aus Leibeskräften, so als könnten zwei Mann der Kraft von vierzehn Rudern etwas entgegensetzen. Plötzlich wich die Spannung aus dem Ankertau, und Barnevelt und Chask landeten mit einem *Platsch* auf dem Hinterteil. Jemand hatte das Tau gekappt.

Während Barnevelt noch mit recht dümmlichem Gesicht im seichten Wasser saß, glitt die *Shambor* immer schneller aus der Bucht. Die Matrosen riefen höhnisch: »Lebt wohl, Kapitän!« »Mögen die Dämonen Euch angenehme Träume bringen!« Am lautesten schrie Zanzir: »Vielen Dank für das schöne Schiff, Käpt'n. Wir werden unser Glück damit machen!«

Hinterherzuschwimmen hatte keinen Zweck. Die *Shambor* hatte bereits das offene Wasser erreicht. Das Segel ging hoch, und gleich darauf schwang das Schiff herum und verschwand Richtung Nordosten. Wenige Augenblicke später war es außer Sicht, und Barnevelt, Zei und Chask standen allein am geheimnisumwitterten Gestade Fossanderans.

5

Ich hätte diesen jungen Großkotz gleich beim ersten Mal, als er uns eine Kostprobe seiner Dreistigkeit gab, davonjagen sollen«, knurrte Barnevelt.

Er fragte sich jetzt, was aus der *Shambor* werden würde. Er hatte die Absicht gehabt, die neue Takelung wieder umzubauen, sobald sie außer Gefahr gewesen wären, um Ärger mit den Viagens wegen der unzulässigen Einführung einer technischen Neuerung auf Krishna zu vermeiden.

»Auch hätten wir nicht beide gleichzeitig das Schiff verlassen dürfen«, sagte Chask zerknirscht. »Diese Dummheit geht auf meine Kappe.«

»Statt jetzt lange herumzufeilschen, wer wohl die meiste Schuld an unserer Situation trägt«, meldete sich die Prinzessin zu Wort, »sollten wir lieber unsere nächsten Schritte überlegen.«

»Die Prinzessin ist fürwahr ein Quell der Weisheit«, sagte Chask anerkennend. »Je eher wir von dieser verwunschenen Insel fortkommen, desto eher werden wir wieder zu Hause sein. Dank der Götter haben wir diese Axt und das Stück Ankertau. Ich schlage vor, Käpt'n, wir bauen ein Floß, indem wir Baumstämme mit diesem Tau zusammenbinden. Damit paddeln wir nach Westen zum Festland; von dort aus schlagen wir uns dann weiter zur Straße von Shaf nach Malayer durch, die nicht weit westlich von hier verläuft.«

»Das Tau reicht höchstens für zwei Stämme«, sagte Barnevelt. »Wir werden wohl oder übel rittlings darauf sitzen müssen, so als ritten wir einen Aya.«

Chask fand einen geeigneten Baum und fällte ihn. Er war noch damit beschäftigt, ihn von seinem Astwerk zu befreien, als sich ein fürchterliches Getöse aus den Wäldern ringsum erhob.

Eine Horde von Wesen brach aus dem Unterholz und rannte auf die drei zu. Sie waren von annähernd menschlicher Größe und Gestalt, jedoch mit Schwänzen ausgestattet. Ihre Köpfe hatten entfernte Ähnlichkeit mit denen irdischer Paviane. Sie waren nackt, stark behaart und schwangen steinzeitliche Keulen und Speere.

»Lauft!« kreischte Chask.

Die drei rannten zur Mündung des Bachs und liefen dann westwärts entlang der Küste, die an dieser Stelle in Form eines konkav gewölbten Strandes verlief und in einem felsigen Vorgebirge endete. Barnevelt und Zei überholten Chask, der ein ganzes Stück kleiner war als sie und Mühe hatte, mit ihnen Schritt zu halten. Hinter ihnen hörten sie das Geheul der Tiermenschen. Barnevelt hörte, daß sie aufholten.

Ein plötzliches Verstummen des Lärms ließ Barnevelt einen Blick nach hinten werfen. Was er sah, erfüllte ihn mit Grauen. Chask war über einen Stein gestolpert und hingefallen. Bevor er sich wieder aufrappeln konnte, hatten die Tiermenschen ihn erreicht und sich auf ihn gestürzt. Barnevelt blieb stehen und griff nach seinem Schwert, doch im selben Moment wurde ihm klar, daß Chask unter dem Hagel von Schlägen und Stichen sein Leben schon ausgehaucht haben mußte. Sich jetzt den Wilden entgegenzuwerfen, hätte bedeutet, sein eigenes Leben sinnlos zu opfern.

Er rannte weiter. Sie hetzten den Felsen hinauf und suchten sich, von Fels zu Fels springend, einen Weg über das Vorgebirge, bis sie wieder auf einen schmalen Streifen flachen Strandes gelangten.

»*Ao,* Zei!« keuchte Barnevelt. »Hier hinein!«

Gleich am Anfang des Strandes stand ein großer alter Baum, der von der Brandung so stark unterspült worden war, daß seine riesigen Wurzeln freilagen. Der Baum neigte sich bedrohlich zum Meer hin, und der nächste Sturm würde ihn vollends entwurzeln und ins Wasser kippen lassen; doch bis dahin bildete die kleine Höhle, die die Flut unter ihm freigespült hatte, ein ideales Versteck.

Die beiden krochen zwischen den Wurzeln hindurch in den kleinen Hohlraum. Dabei lösten sie einen Hagel loser

Erdbrocken aus, der ihnen auf den Kopf prasselte und gleichzeitig eine ganze Anzahl vielfüßiger Kriechtiere aufscheuchte, die sich ebenfalls im Schutz der kleinen Höhle verkrochen hatten. Eines davon verirrte sich unter Barnevelts Jacke und kroch dort hektisch herum, auf der verzweifelten Suche nach einem Ausgang. Barnevelt klopfte sich wie ein Wilder auf der Brust herum, um das störende Biest zu zerquetschen, dessen Füße unangenehm auf der Haut kitzelten. Nach mehreren vergeblichen Versuchen hatte er es endlich erwischt. In seinem Todeskampf biß es ihm so heftig in die Brust, daß er die Zähne zusammenbeißen mußte, um nicht einen lauten Schmerzensschrei auszustoßen.

Sie krochen so tief in den Hohlraum hinein, wie es eben ging. Als sie sich wieder umdrehten, stellten sie fest, daß sie von ihrer Stelle aus den Strand schon nicht mehr sehen konnten: Die Baumwurzeln, die vom Dach ihres Refugiums herabhingen wie Barten vom Gaumen eines Wals, bildeten einen dichten Vorhang.

Gut, dachte Barnevelt, wenn ich von innen nichts sehen kann, dann können uns die Verfolger folglich auch nicht von draußen sehen. Aber wie sieht's mit Fußspuren aus? Zwischen dem nassen Sand und der Uferböschung, auf der der Baum stand, lag ein schmaler Streifen trockenen Sandes, kaum mehr als einen Meter breit. Sie konnten nur hoffen, daß dieser sie nicht verraten würde. Sie hockten zusammengekauert in ihrem Loch und wagten kaum zu atmen, aus Angst, die Wilden könnten sie hören und aufstöbern.

Der Lärm, der das Abschlachten von Chask begleitete, erstarb. Nackte Füße trotteten vorüber. *Pisch, patsch,* machten sie auf dem nassen Sand. Barnevelt hörte, wie die Tiermenschen sich in ihrer Sprache etwas zuriefen. Da er kein Wort verstand, befürchtete er, daß sie bereits dabei waren, einen Angriff auf die Höhle zu planen, und er bereitete sich innerlich darauf vor, in der nächsten Minute den ersten Pavianschädel vor sich aufleuchten zu sehen und mit seinem Schwert nach ihm zu stechen. Er war wild entschlossen, seine Haut so teuer wie möglich zu verkaufen.

Doch dann, ganz plötzlich, entfernten sich die Schritte wieder, und bald war nur noch das Rauschen der Brandung und das Seufzen des Windes zu hören. Trotzdem blieben die beiden noch stundenlang in der Höhle hocken.

Barnevelt flüsterte: »Würde mich nicht wundern, wenn sie draußen warten, um uns zu begrüßen.«

Als das schwächer werdende Licht anzeigte, daß der Tag sich langsam dem Ende zuzuneigen begann, murmelte Barnevelt: »Ihr bleibt hier. Ich gehe mal raus und sehe mich um.«

»Aber seid vorsichtig!«

»Worauf Ihr Euch verlassen könnt! Wenn ich bis morgen früh nicht zurück sein sollte, dann versucht, zum Festland zu schwimmen.«

Er schob sich behutsam vorwärts, Zentimeter um Zentimeter, wie eine ängstliche Schnecke, die aus ihrem Häuschen kriecht. Von den Feinden war jedoch weder etwas zu hören noch zu sehen.

Die Flut, die zu dem Zeitpunkt, als sie in der Höhle Zuflucht gesucht hatten, fast den Eingang umspült hatte, war jetzt um viele Meter zurückgewichen. Barnevelt schlich sich an die Stelle zurück, wo Chask hingefallen war. Der Sand war hier aufgewühlt und getränkt mit braunem krishnanischen Blut, das in einem breiten Band zum Wasser hinunterlief. Leichen waren jedoch nirgends zu sehen.

Barnevelt folgte den zahlreichen Fußspuren zurück zur Mündung des kleinen Bachs. Ein paar Meter bachaufwärts, wo der Baum lag, den der unglückselige Maat gefällt hatte, stieß er auf die Axt, die, halb im Sand vergraben, im Bachbett lag. Er hob sie auf.

Dann drang er weiter bachaufwärts vor und suchte nach Spuren der Tiermenschen. Hier und da sah er abgebrochene Zweige und Blutstropfen von Chask, doch da der Waldboden keine deutlichen Fußabdrücke aufgenommen hatte, verlor er die Fährte bald. Zu schade, dachte er bei sich, daß ich kein geübter Fährtenleser bin.

Während er sich ratlos umschaute, drang plötzlich ein Geräusch an sein Ohr: ein rhythmisches Trommeln, zu hart und zu hoch, um von einer konventionellen Trommel zu stammen, gleichzeitig jedoch mit zuviel Hall, um von einem Baumstamm herzurühren. Zuerst schien es aus allen Richtungen zu kommen. Nachdem er den Kopf eine Weile hin- und hergedreht hatte wie eine Radarantenne, glaubte er den Ausgangspunkt jedoch lokalisiert zu haben und bewegte sich hügelan in Richtung Südosten.

Nach einer Stunde wußte er, daß er sich nicht geirrt hatte: Das Trommeln war merklich lauter geworden. Er zog sein Schwert, zum einen, um es griffbereit zu haben, falls man ihn überraschend aus dem Hinterhalt angriff, zum anderen, damit es nicht in der Scheide klirrte und ihn verriet. Er kroch vorsichtig über die Wölbung einer Hügelkuppe. Als er behutsam den Kopf hochreckte, sah er direkt auf die Szene hinunter, die er gesucht hatte.

Auf einer ebenen kleinen Lichtung tanzten die Tiermenschen um ein Feuer, wobei einer von ihnen auf eine Trommel schlug, die aus einem ausgehöhlten Baumstumpf gefertigt war. Erst jetzt erkannte Barnevelt, daß es sich bei den vermeintlichen Tiermenschen um nichts anderes als gewöhnliche geschwänzte Krishnaner der Gattung *Krishnanthropus koloftus* handelte, ähnlich denen, die die Koloft-Sümpfe und die Insel Za bevölkerten. Sie hatten bei ihrem Angriff geschnitzte Tiermasken getragen. Diese hatten sie jetzt abgelegt und rings um die Lichtung an Baumäste gehängt. Während die Geschwänzten von Za jedoch durchaus als halbzivilisiert angesehen werden konnten und ihre Vettern aus den Sümpfen von Koloft zumindest von den Behörden Mikardands in Schach gehalten wurden, setzten diese Exemplare der Gattung ihre urtümlichen Traditionen mit offenbar ungebrochener Wildheit fort.

Barnevelt war zwar nicht sonderlich überrascht, aber doch einigermaßen betroffen, als er erkannte, daß die Fleischstücke, die an einer Schnur über dem Feuer brutzelten, die Gliedmaßen seines verblichenen Maats Chask waren. Wenn er sich auch über die Identität einzelner Organe ein wenig im unklaren war – die Innereien der Krishnaner unterschieden sich im Gegensatz zu ihrem Äußeren erheblich von denen der Menschen –, so gab es doch keinen Zweifel über das ihnen zugedachte Schicksal.

Barnevelt schluckte den Kloß im Hals hinunter und machte sich auf den Rückweg.

Zurück im Versteck, sagte er zu Zei: »Ich habe ihn gefunden. Sie essen ihn gerade auf.«

»Wie scheußlich! Und dabei war er so ein tüchtiger Kerl! Welch bestialischer und abscheulicher Brauch!«

»Da kann ich Euch nur zustimmen, gute Prinzessin! Aber ich sehe beim besten Willen keinen Unterschied zu Euren Sitten in Qirib.«

»Aber mein Herr, ich muß Euch bitten! Wie könnt Ihr eine solch ketzerische Spitzfindigkeit äußern? Während es sich bei dem einen um eine feierliche Zeremonie handelt, um die heiligen Mächte im Himmel zu besänftigen, dient das andere lediglich der animalischen Befriedigung schnöder Freßlust!«

»So kann man es natürlich auch ausdrücken. Aber wollen wir uns nicht streiten – sehen wir lieber zu, daß wir so schnell wie möglich hier wegkommen. Wir müssen sehr weit schwimmen, und wir wollen unsere Kleider und Waffen nicht zurücklassen ...«

»Warum vollenden wir dann nicht das Floß, das unser abgeschlachteter Freund und Bevollmächtigter so wacker begann?«

»Weil der Klang der Axt uns verraten würde.« Er hielt die Nase in die Luft und schnupperte. »Der Wind hat auf Nordwest gedreht, und wir befinden uns an der Nordwestküste der Insel. Die Wälder sehen trocken aus, und mein Feuerzeug müßte eigentlich funktionieren.«

»Heißt das, daß Ihr beabsichtigt, den Wald in Brand zu setzen, um die Geschwänzten von unserem Vorhaben abzulenken?«

»So ist es. Ich werde den höllischsten Waldbrand entfachen, den Ihr je gesehen habt. Komm, Mädchen, hilf mir!«

Sie verbrachten die folgende Stunde damit, entlang dem Strand Reisig und trockene Wurzeln aufzuhäufen, wo es ihnen am nützlichsten erschien, bis sie schließlich eine Linie von Reisighaufen gebildet hatten, die sich über mehr als einen Hoda an der Küste entlangzog. Lediglich an der Bachmündung hatten sie eine Stelle ausgespart, um ausreichend Platz zum Bau des Floßes zu haben.

Als sie mit der Arbeit fertig waren, ging Barnevelt zum östlichen Ende der Linie und zündete mit seinem Feuerzeug den ersten Reisighaufen an. Sobald die ersten Flamen emporloderten, hielten er und Zei eine Reisigfackel hinein und liefen die Reihe entlang, wobei sie einen Haufen nach dem andern in Brand setzten.

Als der letzte Stoß aufloderte, war der ganze Küstenhang eine brüllende Flammenhölle. Das Feuer sprang von Baum zu Baum über.

Barnevelt schwitzte mit hochrotem Gesicht über seinem Floß. Viel brauchte er zum Glück nicht mehr zu tun. Er zerhackte den Stamm in zwei gleichlange Hälften, schob diese ins Wasser und band sie mit dem Stück Ankertau zusammen. Danach fällte er einen jungen Baum und schnitzte aus dem weichen Holz des Stammes zwei rohe Paddel zurecht. Zwar gerieten sie am Blatt viel zu schmal, um brauchbar zu sein, aber für sorgfältigere Arbeit blieb keine Zeit mehr.

»Auf geht's!« schrie er über das Prasseln der Flammen und hieb die Axt in einen der Stämme, damit sie nicht verlorenging. Zei stieg rittlings auf das Floß und rutschte nach vorn. Barnevelt nahm hinter ihr Platz, und dann paddelten sie, die Schuhe um den Hals gehängt, mit aller Kraft vom Ufer weg. Die sengende Hitze des Feuers, das inzwischen die ganze Küste in ein prasselndes Flammenmeer verwandelt hatte, verbrannte ihnen schier den Rücken. Ganz Fossanderan schien eine in schwarze Wolken gehüllte tosende Gluthölle.

Die dicken Griffe der Paddel waren äußerst unhandlich. Barnevelt fragte sich schon bald, ob es die bloßen Hände nicht ebensogut getan hätten. Solange sie sich in einem rechten Winkel zur Küste vorwärtsbewegten, platschten ihnen die Brandungswellen jedesmal bis zur Brust; als sie weit genug vom Ufer entfernt waren und in westlicher Richtung auf das Festland zuhielten, brachte die Dünung, die nun von der Seite her kam, ihr schmales Floß so bedenklich ins Schwanken, daß Barnevelt jeden Moment befürchtete, es würde umkippen und sie abwerfen.

Meter um Meter arbeiteten sie sich nach Westen vor, während die Sonne langsam unterging. Als sie schließlich den westlichen Kanal der Straße von Palindos erreichten, leuchteten schon die ersten Sterne am Himmel. Das war gut so, denn von der Stelle aus, an der sie den Kanal durchquerten, war die gestrandete Galeere nur allzu deutlich sichtbar.

Die Galeere, die bei Einbruch der Dunkelheit Lichter gesetzt hatte, lag nun, da die Flut zurückgewichen war, fast vollkommen auf dem Trockenen. Durch den Druck ihres Eigengewichts auf den Kiel hatte sie sich bedrohlich auf die Seite gelegt. Hinter ihr hob sich als dunkler Schemen vor dem flammroten Himmel über Fossanderan ihr Schwesterschiff ab. Zwischen den beiden Schiffen waren Trossen gespannt, die in anmutigem Bogen über dem glitzernden Wasser hingen. Die Ruder beider Schiffe ruhten still auf dem Wasser.

Offenbar hatte die zweite Galeere ihre Suche nach der *Shambor* erfolglos abgebrochen und war zurückgekommen, um ihr gestrandetes Schwesterschiff freizuschleppen. Aber die Ebbe hatte diesen Plan vereitelt, und nun warteten sie die nächste Flut ab, die gegen Mitternacht eintreten würde, um es erneut zu versuchen.

Unbehelligt und in aller Ruhe paddelten Barnevelt und seine Gefährtin durch die Meerenge. Als schließlich die drei Monde aufgingen – diesmal schon ein ganzes Stück weiter voneinander entfernt als in der Nacht zuvor –, landeten die beiden Flüchtenden mit sanftem Knirschen auf der Sandbank, die dem Festland vorgelagert war und wie eine ausgestreckte Zunge auf die brennende Insel zeigte.

Barnevelt stieg steif vom Floß und half der Prinzessin herunter. Er zog seine Stiefel an, zog das Floß auf den Strand und begann die Knoten der Verbindungsseile zu lösen.

»Was macht Ihr da, o mein Held?« fragte erstaunt die Prinzessin.

»Ich mache die Seile ab.«

»Warum gelüstet es Euch nach zwei Stücken nassen alten Seils?«

»Weil, liebe Zei, wir in unserer mißlichen Lage jedes Stück Ausrüstung gebrauchen können, das uns in die Hände fällt. Und es gibt kaum etwas, das einem in der Wildnis nützlicher ist als ein Stück Tau.«

Mit ein bißchen Geduld, Fingerspitzengefühl und seiner Dolchspitze gelang es ihm schließlich, die Knoten aufzubekommen. Das Ergebnis dieses wahrhaft nervenaufreibenden Hantierens waren immerhin zwei Stücke Tau von je zwei Metern Länge. Komplettiert wurde diese Ausrüstung durch sein Schwert, seinen Dolch, die Axt, ein Taschenmesser und ein Taschenfeuer. Die Hayashi-Kamera zählte er nicht dazu, da sie ihm für das Überleben in der Wildnis wertlos schien.

Er hätte eine Menge für einen Kompaß gegeben oder auch nur für eine primitive krishnanische Uhr mit einem Zeiger, die man bei Bedarf auch als Kompaß verwenden konnte. Zu Beginn der Expedition hatte er eine solche Uhr bei sich gehabt, aber sein unfreiwilliges Bad während der Flucht über den Terpahla-Teppich hatte sie ruiniert, und er hatte sie auf der *Shambor* gelassen.

Er band sich eines der Seile um die Hüfte und das andere um Zei. »Wenn ich Chask richtig verstanden habe«, sagte er und deutete nach Westen, »stoßen wir irgendwann auf die Straße von Shaf nach Malayer, wenn wir uns immer in diese Richtung halten.«

»Das werden wir – wenngleich ich nicht weiß, wie wir in Ermangelung einer Straße oder eines Pfades je diesen furchteinflößenden Wald überwinden sollen.«

»Nun, ich schlage vor, wir folgen ein paar Hoda der

Nordküste der Halbinsel, bevor wir uns landeinwärts schlagen.«

Dies war indes leichter gesagt als getan. Die Küste selbst war felsig und wies nur wenige kurze Strecken flachen Strandes auf, die zudem von der steigenden Flut bedeckt waren. Die zerklüfteten Felsmassen, die die Strände voneinander trennten, waren so mühsam zu überklettern, daß die beiden schon sehr bald aufgaben und ins Landesinnere abbogen.

Hier jedoch fanden sie kaum bessere Bedingungen vor. Die Bäume wuchsen oberhalb der Hochwassermarke so dicht, daß man schon einen Bishtar gebraucht hätte, um sich durch das Dickicht zu zwängen. Weiter landeinwärts wurde das Unterholz spärlicher, und man kam rascher voran. Dafür war jedoch das Laubdach über ihnen so dicht, daß das Licht der drei Monde nicht mehr durchdrang, was zur Folge hatte, daß sie wie Blinde durch die Dunkelheit tappten und ständig über irgendwelche Wurzeln und heruntergefallene Äste stolperten oder in Löcher traten.

Rings um sie herum schwirrte, zirpte, raschelte, quietschte und scharrte es von allem möglichen Nachtgetier. Von Zeit zu Zeit spürte Barnevelt, wie ihm kleine Schwingen über das Gesicht streiften. In der Ferne brachen größere Tiere unsichtbar durch das Unterholz.

Nach fast einer Stunde mühsamen Vorantastens drang ein Plätschern an Barnevelts Ohr. »Hier muß irgendwo ein Bach sein«, sagte er keuchend. »Was haltet Ihr davon, wenn wir hier unser Lager aufschlagen?«

»Ich frage mich schon die ganze Zeit, wann Ihr endlich eine Rast einlegen wollt. Ich bin so erschöpft, daß ich kaum noch die Beine heben kann.«

»Du bist ein tapferes Mädchen.«

Sie tranken. Dann sanken sie zerkratzt, zerschunden, wund und völlig erschöpft am Fuß eines großen Baumes nieder. Als Zeis Kopf auf seine Schulter sank, wollte Barnevelt etwas sagen. Doch da merkte er, daß Zei schon eingeschlafen war.

6

Gegen Morgen erwachte Barnevelt verkrampft, steif und zitternd. Ein kühler Wind raschelte durch das Laubdach über ihren Köpfen. Die drei Monde standen tief im Westen, so daß ihre schräg einfallenden Strahlen das dichte Laubwerk noch weniger durchdrangen als zuvor. Jetzt regte sich auch Zei neben ihm. »Mir ist kalt«, waren ihre ersten Worte.

»Das bringe ich schon in Ordnung«, sagte Barnevelt. »Wir suchen uns jetzt erst mal ein besseres Plätzchen, und dann mache ich Feuer.«

»Werden die Sunqaruma das nicht sehen?«

»Das glaube ich nicht. Die Halbinsel verläuft in einem Bogen, und es ist unwahrscheinlich, daß sie von ihrer Position aus diesen Teil überblicken können. Los, auf geht's!«

Sie folgten dem Lauf des Baches bis zum Dickicht an der Küste und gelangten schließlich an eine Stelle, wo ein umgestürzter Baumriese im Fallen einige kleinere Bäume mitgerissen und dadurch eine kleine Lichtung geschaffen hatte. Wenigstens gab es hier genügend Licht, so daß seine an die Dunkelheit gewöhnten Augen sehen konnten, was er tat. Er sammelte Äste und Stöcke, brach sie in brauchbare Stücke, schichtete sie zu einem Haufen auf und hielt sein Feuerzeug daran.

Dieses Feuerzeug ähnelte in der Konstruktion terranischen Feuerzeugen, war jedoch größer und unhandlicher und vom Design und von der Fertigung her recht vorsintflutlich. Er drehte das Daumenrädchen und erzeugte einen Funkenregen. Ein Flämmchen loderte am Docht auf, erlosch jedoch sofort wieder mit kläglichem Flackern.

Barnevelt versuchte es immer wieder, bis er sich den Daumen wundgerieben hatte, doch er bekam das Ding nicht mehr an.

»Verdammt!« schimpfte er. »Entweder ist es leer, oder es ist bei unserer Floßfahrt heute nachmittag zu naß geworden.

Wir müssen versuchen, das Reisig allein mit den Funken in Brand zu setzen.«

Nach mehreren vergeblichen Versuchen gab er dieses Vorhaben auf und steckte das Feuerzeug wieder weg. Das Kinn in die Hand gestützt, saß er da und überlegte. Nach einer Weile stand er auf und begann die stehenden und umgefallenen Bäume rundum abzutasten und abzuklopfen.

»Was macht Ihr da, edler Herr?« fragte Zei erstaunt.

»Ich will etwas versuchen, das möglicherweise nicht klappen wird. Gebt mir doch mal einen von Euren Sandalenriemen.«

Die Zeit verrann, während Barnevelt schnitt und schnitzte und bastelte und hantierte. Schließlich hatte er einen hölzernen Bogenbohrer zusammengebastelt, dazu ein rohes Brett, das er von einem der umgestürzten Bäume geschnitten hatte. Es trug an einem Ende eine Kerbe.

»Und jetzt sucht mir Zunder – aber richtig trocken muß das Zeug sein, hört Ihr?«

Sofort begann er mit dem Bohrer zu arbeiten. Das obere Ende des Bohrers hielt er mit einem Stück Holz fest, in das er eine Höhlung geschnitten hatte, damit ihm das Ding beim Drehen nicht wegrutschte. Er drehte und drehte. Nichts tat sich.

»Was ...«, setzte Zei an.

»Der Zauber«, knurrte Barnevelt, »wirkt nicht, wenn eine Frau in einem Umkreis von zehn Hoda ein Wort verlauten läßt.«

Er bohrte unbeirrt weiter. Im Osten wurde der Himmel langsam hell.

Als schließlich die Sterne einer nach dem andern verblaßten, begann es an der Spitze des Bohrers zu rauchen. Barnevelt legte noch einen Zahn zu, bis das untere Ende des Bohrers rot zu glimmen begann. Vorsichtig schob er etwas Zunder darunter, blies behutsam und bohrte weiter. Mit leisem Knistern züngelte ein Flämmchen auf und tanzte wie ein Irrlicht über das Häufchen Reisig.

Barnevelt schürte das Flämmchen, zog vorsichtig seinen Apparat weg und hatte bald ein ordentliches Feuer entfacht. Er atmete erleichtert auf und sagte: »Dem Himmel sei gedankt, daß ich als Kind bei den Pfadfindern war!«

»Daß Ihr *wobei* wart?«

»Ach, nichts weiter – schon gut. Verflucht, ich habe mir bei der Bohrerei Blasen an den Händen geholt! Ich – was ist das denn?«

Aus den dunklen Tiefen des Waldes drang ein langgezogener Tierlaut. Es hörte sich an, als hätte jemand mit einer Säge über die Baßsaite eines Cellos gestrichen.

Zei drückte sich ängstlich an ihn. »Ein Yeki auf der Jagd!«

»Ihr meint, eins von diesen langen braunen Viechern?« Barnevelt langte nach dem Griff seines Schwertes und spähte mit zusammengekniffenen Augen in das Dunkel des Waldes. »Wir brauchen mehr Feuer«, knurrte er und legte ein paar zusätzliche Zweige auf.

Das Feuer loderte auf. Gebannt starrten sie noch eine ganze Weile in die Richtung, aus der das Geräusch gekommen war; doch bis auf das Plätschern von Wasser und das Rascheln der Blätter durchdrang kein Laut die Stille.

»Wo sind wir wohl?« fragte Barnevelt schließlich.

Zei überlegte. »Ich bemühe mich gerade, mir die Geographie, die ich als Kind lernen mußte, wieder ins Gedächtnis zurückzurufen. Wenn ich mich nicht irre, befinden wir uns auf der Halbinsel Rakh.«

»Wie steht es mit der hiesigen Fauna? Besteht die Möglichkeit, daß uns hier ein wilder Bishtar in die Quere kommt?«

»Nein, das glaube ich nicht. Die großen Herden dieser riesigen Tiere streifen in den Ländern umher, die weiter entfernt sind von den zivilisierten Westküsten der Drei Meere – sagen wir Zhamanak im Süden oder Aurus im Osten. Nichtsdestoweniger beherbergen die Wälder von Rakh grimmiges Getier, so wie jenes, das wir gerade in der Nähe gehört haben.« Sie schauderte. »Wollen wir hoffen, daß Eure Kühnheit mich vor jenem Schicksal bewahrt, das ich am meisten fürchte – nämlich von einem Yeki verschlungen zu werden.«

»Aber, aber!« Barnevelt drückte, tätschelte und küßte sie väterlich-galant. »Der Yeki scheint sich wieder entfernt zu haben. Nur Mut! Wie sagte doch Lord Dunsany Weiland so treffend: ›Es steht einem Abenteurer nicht an zu überlegen, wer einst seine Knochen fressen wird.‹«

»Wer ist denn Lord Donsene? Ein nyamadzenischer Barde?«

»Nun, eh, er war ... aber ja, natürlich, er war der größte Poet Nyamadzes.« Barnevelt spähte suchend umher. »Gibt es nichts Eßbares in diesem verdammten Wald? Ich könnte einen ganzen Aya verspeisen.«

»Mir geht es nicht anders!«

»Das glaube ich. Aber schaut mich nicht so an! Das erinnert mich an den Blick, mit dem Eure Mutter den armen alten Kaj anschaute, als er gebraten und dem versammelten Hof serviert werden sollte. Hier, nehmt mein Schwert, für den Fall, daß irgendein nettes Tierchen vorbeikommen sollte. Ich gehe mal runter und sehe nach, was uns die Sabadao-See zu bieten hat.«

Er arbeitete sich durch das Uferdickicht zum Strand vor, watete ins seichte Wasser und begann zwischen Sand und Felsen herumzuwühlen. Wenig später kam er zurück mit zwei Handvoll Spiralmuscheln. Sie waren irdischen Schnecken nicht unähnlich, bewegten sich jedoch auf vielen kleinen Füßchen vorwärts, statt auf dem Bauch zu gleiten wie ihre irdischen Vettern.

»Wie nennt man diese Tiere hier?« fragte er die Prinzessin.

»Wir nennen sie *Safqa.* Soweit ich weiß, ißt man sie in Suruskand. Bei uns in Qirib schätzt man sie indes nicht sonderlich als Speise.«

»Hmm, nun ja. Aber wie auch immer – wie lautet die erste Regel für den Wanderer, der in der Wildnis etwas findet und nicht weiß, ob es eßbar ist oder nicht? Ein kleines Stückchen probieren und abwarten, was passiert.«

»Wenn man sie in Suruskand verzehrt, dann müssen sie auch eßbar sein.«

»Mag sein. Aber wir wollen nichts überstürzen. Vielleicht ist es eine andere Spezies, oder sie sind nur genießbar in Monaten, die mit *Kh* beginnen.«

Er zertrümmerte eines der Schneckenhäuschen mit dem Dolchgriff, schnitt ein Scheibchen von der zappelnden, glibberigen Kreatur ab, spießte es auf einen Zweig und röstete es über dem Feuer. Als es gar war, steckte er das blasenwerfende braune Ding in den Mund.

»Schmeckt gar nicht so schlecht, wenn es einem nichts ausmacht, auf einem Stück alten Autoreifen zu kauen.«

»Was ist das, *Autoreifen*, mein edler Herr?«

»Ach so, nichts weiter. Ein Scherz aus meiner nyamadzenischen Heimat, der für Fremde nicht verständlich ist.«

»Wann bekomme ich meinen Anteil? Der Geruch des Bratens hat meinen Hunger ins Unerträgliche gesteigert.«

»Ihr werdet Euren unerträglichen Hunger leider noch eine Weile ertragen müssen, bis wir wissen, welche Wirkung das Ding auf mich hat. Wenn ich mich gleich auf dem Boden wälze, Schaum vor dem Mund habe, blau anlaufe und rosafarbene Tupfen im Gesicht habe, dann wißt Ihr, daß die hiesige Spielart der *Safqa* meinem Magen nicht bekommt.«

»Dann bitte ich Euch, daß Ihr mich, damit die Zeit schneller verstreicht, mit Erzählungen Eurer Abenteuer ergötzt. Zum Beispiel, wie Ihr die Heerscharen von Olnega zerschmettertet.«

Barnevelt, der nicht die geringste Ahnung von den Kriegen zwischen Nyamadze und Olnega hatte, sagte keck: »Ach, das ist eine lange, komplizierte und – ehrlich gesagt – ziemlich langweilige Geschichte. Eine Unmenge Menschen, die im Schnee herumrannten, aufeinander einschlugen und zu dumm waren, um einzusehen, daß sie damit nichts anderes taten, als die Eitelkeit ihrer Anführer zu nähren. Da fand ich meinen Aufenthalt in Novorecife und meine Reise von dort nach Qirib tausendmal interessanter.«

»Habt Ihr den Erdenmenschen Auge in Auge gegenübergestanden?«

»Gewiß. Ich habe mich sogar mit Castanhoso angefreundet, dem obersten Polizisten der Terraner. Auf diese Weise bin ich auch an den verdammten Vogel gekommen, den ich Eurer Mutter als Geschenk mitbrachte.« Barnevelt spielte damit auf Philo an, den unsäglichen Papagei, den er als Geschenk für Königin Alvandi in einem Käfig nach Ghulinde mitgeschleppt hatte.

»Wie gelangte dieses Wesen überhaupt nach Novorecife, so weit von seinem Heimatplaneten entfernt?«

»Es gibt da einen kosmotheistischen Missionar namens Mirza Fateh, der auf den cetischen Planeten umherreist, um seinen Kult zu verbreiten. Offenbar hat er ihn von der Erde mitgebracht. Ihr seid doch nicht etwa auch Kosmotheistin?«

»Gute Varzai, nein! Die Anbetung der Göttlichen Mutter verlangt schon genug für eine Person meines Standes. Wie, sagtet Ihr doch gleich, wird dieser Terraner geheißen?«

»Mirza Fateh. Kennt Ihr ihn?«

»Der Name rührt eine Saite meines Gedächtnisses an – aber nein, ich kenne ihn doch nicht. Bitte fahrt fort.«

»Mirza ist zweifellos ein Schwindler, doch darf man nicht übersehen, daß auch er Schlimmes zu erdulden hatte. Seine Frau und sein Kind fanden bei einem Raubüberfall auf dem Zug zwischen Majbur und Jazmurian den Tod. Jedenfalls tauchte er vor nicht allzulanger Zeit mit dem zänkischen Biest von einem Vogel in der Stadt auf. Aber die Behörden von Novorecife verweigerten ihm die Weiterreise mit dem Vogel, da sie befürchteten, er könne möglicherweise irgendwelche terranischen Krankheiten nach Krishna einschleppen. Und da Mirza in Eile war und keine Zeit hatte zu warten, bis sichergestellt wäre, daß der Papagei gesund war, gab er ihn einem der dort ansässigen Terraner, und Castanhoso gab ihn schließlich mir.«

»Dann findet Ihr also nicht alle Erdbewohner grausam, verlogen, arrogant, verschlagen, feige und schurkisch?«

Barnevelt hob die Brauen und mit ihnen die aufgeklebten

Antennen. »Ganz und gar nicht. Terraner sind wie Krishnaner. Es gibt unter ihnen gute, böse und gleichgültige, und die meisten sind eine Mischung aus allen drei Typen. Herrscht denn in Qirib eine solch schlechte Meinung über die Terraner vor?«

»Bei der Mehrzahl ja. Obwohl nur wenige es wagen würden, die Hand gegen einen echten Erdenmenschen zu erheben, aus Furcht vor den tödlichen Kräften, die man diesen unheimlichen Wesen aus den Tiefen des Alls nachsagt, so werden sie doch verachtet und gefürchtet. In Ghulinde als ›Terranerliebchen‹ bekannt zu sein, bedeutet, daß einem die Kinder auf der Straße Steine nachwerfen. Solche Haltung indes ist mir fremd. Auch wenn ich bis heute keinen Erdling je näher kennengelernt habe, so deucht mir doch, daß die Meinung, die Ihr über sie kundgetan habt, der Wirklichkeit näher kommt als jene meiner Landsleute. Doch ich hemme den Lauf Eurer Erzählung, Herr. Laßt uns daher die Zügel Eurer geistvollen Erzählung wieder aufnehmen und vorwärtssprengen auf den fliegenden Ayas Eurer höchst erbaulichen Gedanken.«

Barnevelt erzählte von seiner und Tangaloas (alias Tagde von Vyutrs) abenteuerlicher Fahrt den Pichide flußabwärts ins pulsierende Majbur, von dort mit dem Bishtar-Zug zu der liederlichen Hafenstadt Jazmurian, und von dort aus weiter mit der Postkutsche nach Ghulinde. Er erzählte von dem Zwischenfall in der Schenke in Jazmurian, als sein geheimnisvoller Feind Vizqash (derselbe, der ihm in Novorecife einen Hinterhalt gelegt hatte) einen Streit mit Barnevelts Zimmergefährten Sishen vom Zaun gebrochen hatte, einem, soweit Barnevelt beurteilen konnte, harmlosen Touristen vom Planeten Osiris.

Er berichtete auch von dem Versuch, ihm auf der Straße nach Ghulinde einen Hinterhalt zu legen. Er sprach langsam, achtete auf jedes Wort, das er sagte, um nicht ungewollt eine Einzelheit zu verraten, die ihn als Dirk Barnevelt enttarnt hätte. Selbstverständlich erzählte er nichts von seinem Leben auf der Erde oder von seiner früheren Karriere als Englischlehrer auf einer höheren Schule, die er zugunsten seines Jobs als PR-Mann bei Igor Shtain, Limited, an den Nagel gehängt hatte. Desgleichen verkniff er sich natürlich auch zu erwähnen, daß er sich zur Mitwirkung an dieser Expedition nicht zuletzt auch deshalb hatte breitschlagen lassen, weil er endlich einmal der Fuchtel seiner herrschsüchtigen Mutter hatte entrinnen wollen.

»Noch immer keine Bauchschmerzen«, schwenkte er zum Abschluß seiner Erzählung wieder auf aktuellere Belange ein. »Das heißt, daß wir wohl davon ausgehen können, daß diese Tiere genießbar sind. Hier habt Ihr auch einen Spieß.«

Durch diese kärgliche Mahlzeit aus nicht gerade nahrhaftem Seegetier einstweilen, wenn auch nur unbefriedigend gestärkt, arbeiteten sie sich weiter nach Westen vor. Barnevelt hielt zwar ständig nach Eßbarem Ausschau, aber der Wald von Rakh schien in dieser Hinsicht nicht viel zu bieten. Er kostete probeweise hier und da ein paar Beeren, brachte jedoch nicht den Mut auf, von den ekelerregend aussehenden, aber vielleicht eßbaren Pilzen zu probieren, die überall auf Schritt und Tritt aus dem Boden wucherten. Eine saftig leuchtende orangenartige Frucht entpuppte sich beim Öffnen als strohtrockenes Gewächs, das nur Samenkörner, aber kein Fruchtfleisch enthielt. Aus ihrer harten, trockenen Schale ließen sich jedoch zwei brauchbare Trinkgefäße fertigen.

Als der Abend nahte, schwenkte die Küstenlinie von Rakh so hart nach Norden, daß Barnevelt sagte: »Morgen werden wir uns wohl landeinwärts schlagen müssen, wenn wir jemals die Straße von Shaf nach Malayer erreichen wollen.«

»Wie wollt Ihr die Richtung bestimmen, wenn wir erst die Küste, unseren Wegweiser, verlassen haben? Bedenkt, wir verfügen über keine Seemannsnadel.«

»Wir richten uns nach der Sonne. Wenn wir so gehen, daß wir sie morgens im Rücken haben und nachmittags vor uns, dann stimmt unsere Richtung.«

»Und mittags, wenn der lebensspendende Roqir direkt über unseren Häuptern steht?«

»Diese Zeit werden wir zur Rast und zur Nahrungssuche nutzen. Ich hatte nie gedacht, welch harte Arbeit es ist, ein Wilder zu sein, der sich seine Nahrung selbst suchen muß.«

»Wie wahr, teurer Gesprächspartner. Doch wären wir Eingeborene des Waldes, so würden wir gewißlich viele eßbare Dinge erkennen, die wir in unserer zivilisierten Unwissenheit übersehen.«

»Wie das da zum Beispiel«, sagte Barnevelt und zeigte auf ein vielfüßiges Etwas, das gerade verschreckt unter einen flachen Stein kroch.

Er hatte nach einem Bach Ausschau gehalten. Und wenig später stießen sie dann auch tatsächlich auf einen. Er ergoß sich, wenige Meter von der Basis einer sandigen kleinen Halbinsel entfernt, in die Sabadao-See.

»Rasten wir dort draußen«, schlug Barnevelt vor. »Dort sind wir wenigstens einigermaßen vor einem Überraschungsangriff geschützt; zumindest können wir rechtzeitig sehen, wer über uns herfallen will.«

Sie nahmen wieder ein karges Mahl zu sich. Zu Beginn ihres Marsches durch Rakh hatte Barnevelt sich geschworen, die Finger von Zei zu lassen. Wenn sie erst einmal anfingen, sich auf dem weichen Waldboden der Sinnenlust hinzugeben, würde das Resultat ähnlich sein wie bei Atalanta und Meilanion. Zwar erwartete Barnevelt nicht, wie jene von einer beleidigten Gottheit in einen Löwen verwandelt zu werden, aber im Endeffekt würde seiner ein nicht minder unangenehmes Schicksal harren. Und so war er denn auch einigermaßen erleichtert, als er entdeckte, daß ihm seine selbstauferlegte Abstinenz weit weniger zu schaffen machte als befürchtet, wobei er natürlich nicht übersah, daß die Müdigkeit und der bohrende Hunger das ihre taten, etwaige erotische Gelüste entscheidend zu dämpfen.

Barnevel entdeckte einen schon früh abgestorbenen Baum, fällte ihn, hackte ein paar Meter Brennholz ab und ließ seinen Bohrer schnurren. Die Technik des Feuermachens fiel ihm mit der Übung immer leichter. Trotzdem hoffte er, daß das Wetter trocken bleiben würde, bis sie die Straße erreichten. Denn so sehr fühlte er sich noch nicht als Experte, als daß er sich zugetraut hätte, durch Aneinanderreiben nasser Hölzer Feuer zu machen.

»Wir sollten besser schichtweise schlafen«, sagte er. »Dumm genug von uns, daß wir das nicht in der vorigen Nacht schon so gemacht haben.«

Hunger und Kälte weckten ihn aus seiner ersten Schlafperiode auf. Als er zu Zei hinüberschaute, sah er, daß sie an einen Felsen gelehnt friedlich eingeschlummert war. Taktvoll verkniff er sich eine Bemerkung. Er schürte das Feuer und nahm seine Wache auf.

Ein logistisches Problem beschäftigte ihn, während er dasaß und nachdachte: Wenn sie sich genügend Zeit zum Beschaffen ausreichender Nahrung nahmen, dann fehlte ihnen genau diese Zeit zum Weitermarschieren. Wenn sie sich andererseits mit den wenigen Beeren und Safqa beschieden, die man in wenigen Stunden Nahrungssuche sammeln konnte, dann würden sie mit jedem Tag schwächer werden. Auf diese Weise wäre das Ergebnis das gleiche wie im ersten Fall; nämlich daß sie zwangsläufig immer langsamer würden, bis sie schließlich vor Erschöpfung im Wald zugrunde gehen würden – vielleicht nur einen Bogenschuß von ihrem Ziel entfernt.

Wenn es ihnen gelänge, ein größeres Tier zu erlegen, dann konnten sie genug Fleisch als Proviant mitnehmen, um einige Zeit bei Kräften zu bleiben. Aber wie? Während ihres Marsches hatten sie schon häufig kleinere Pflanzenfresser aus dem Unterholz aufgescheucht. Aber diese Tiere waren immer rasch geflüchtet, selbst wenn sie gehörnt oder mit Stoßzähnen bewehrt gewesen waren. Barnevelt bezweifelte, daß er je so nahe an eines von ihnen herankäme, daß er sein Schwert benutzen konnte. Selbst wenn er sich einen Speer bastelte, indem er seinen Dolch an einen Stock band, würde das die Erfolgschancen nicht wesentlich verbessern. Und was das Bogenschießen betraf, so wußte Barnevelt nicht einmal, von welcher Seite des Bogens man den Pfeil abschießen mußte.

Stunde um Stunde verrann. Die Sterne zogen in glitzernden Schwärmen ihre Bahn am Himmel. Die drei Monde, die jetzt weiter denn je voneinander entfernt waren, versanken in den Wäldern von Rakh. Als das erste Morgengrauen die Sterne am östlichen Himmel verblassen ließ, erwachte Zei.

»Oh, Ihr Treuloser, warum habt Ihr mich nicht geweckt und zur Erfüllung meiner Pflicht gemahnt?« beschwerte sie sich gähnend. »Ich muß während meiner Wache ins Reich der Träume hinübergeglitten sein. Ich bestehe darauf, daß Ihr mich für diese verwerfliche Verletzung meiner Pflicht mit einer angemessenen Strafe bedenkt. Wohlan, was verlangt Ihr von mir als Entgelt?«

»Wenn Ihr ...« Er wollte schon mit seinem langgehegten heimlichen Wunsch herausplatzen, besann sich dann aber rechtzeitig eines Besseren. »*Schluck.* Nun denn ... ein Küßchen, und wir vergessen die Sache.«

Als sie ihn küßte, krallte er seine Hände so fest ineinander, daß die Knöchel weiß hervortraten. So sehr mußte er an sich halten, um Zei nicht zu packen und an sich zu reißen. Während er noch seinen schier übermenschlichen inneren Kampf gegen die geballte Macht der Lust ausfocht, ließ ein Geräusch Zei herumfahren. Sie stieß einen gellenden Schrei aus.

»Ein Yeki!«

7

Barnevelt sprang so heftig auf, daß er um ein Haar Zei ins Feuer gestoßen hätte. Am Fuß der kleinen Halbinsel, auf der sie sich zur Rast niedergelassen hatten, kauerte ein großes Tier. Obgleich das Licht nur schwach war, als daß man Einzelheiten hätte erkennen können, wußte Barnevelt, daß es sich in der Tat um einen Yeki handelte. Er hatte schon einmal einen im zoologischen Garten von Majbur besichtigt.

Man stelle sich ein Raubtier von der Körperhöhe und Bulligkeit eines irdischen Tigers vor – jedoch anderthalbmal so lang und mit sechs statt mit vier Beinen. Den Schädel und die Pranken konnte man mit denen eines irdischen Bären vergleichen oder, genauer gesagt, mit denen eines überdimensionalen Nerzes. Schimmerndes kurzes braunes Fell bedeckte das Tier.

Der Yeki, dessen sechs kurze Beine so stark gebogen waren, daß der Bauch fast den Erdboden berührte, pirschte sich ganz langsam an sie heran, wie eine Katze an einen Vogel. Barnevelt zerrte einen brennenden Ast aus dem Feuer und schleuderte ihn dem Tier entgegen. Er verfehlte den Yeki. Das Tier machte einen Satz zur Seite, schnappte gereizt und knurrte, als ihm das glühende Scheit am Kopf vorüberwirbelte. Dann nahm es seine Pirsch wieder auf. Barnevelts Gehirn arbeitete fieberhaft, während er den zweiten Ast schleuderte.

»Klettern sie auch auf Bäume?« stieß er keuchend hervor.

»Nein – die Jungen vielleicht, aber nicht die ausgewachsenen Yeka. Was . . .?«

»Werft weiter brennende Äste, und legt mehr Holz ins Feuer!« Barnevelt packte den jungen Baum, den er am Vorabend gefällt hatte, und stellte ihn aufrecht. Der Stamm war ein kleines Stück länger als er selbst, wenn man die Zweige an der Krone mitrechnete.

»Er wird gleich angreifen, o Snyol!« murmelte Zei mit bebender Stimme.

»Werft weiter!« Barnevelt hielt mit der Linken den Stamm aufrecht und begann mit dem Schwert die Zweige abzuhakken. In wenigen Sekunden hatte er einen geraden Stamm, der in einem geweihartigen Astgewirr endete. Jeder Ast endete ein oder zwei Fuß vom Stamm entfernt in einer Spitze.

»Seht Ihr den großen Baum dort drüben, dessen Äste knapp über dem Boden beginnen?«

»Ja.«

»Da klettern wir rauf.«

»Wie soll das gelingen, wenn uns das schreckliche Untier den Weg verlegt?«

»Ihr werdet sehen. Nehmt Euch jetzt die Axt und haltet Euch dicht hinter mir.«

Einen brennenden Ast in der Linken und in der Rechten den zurechtgestutzten Baumwipfel, so näherte sich Barnevelt vorsichtig dem Yeki. Das Tier, nicht darauf gefaßt, daß sich seine Beute ihm plötzlich näherte, wich verdutzt einen Schritt zurück und richtete fauchend und brüllend den Teil seines Körpers auf, der vor dem mittleren Beinpaar lag.

Barnevelt, dessen Körper und Nerven angespannt waren wie ein Bogen, stieß dem Tier den gestutzten Baumwipfel ins Gesicht und fuchtelte ihm gleichzeitig mit dem brennenden Ast vor der Nase herum. Es bäumte sich noch höher auf, brüllte, schäumte und schlug mit einer seiner Vorderpranken nach dem stachligen Astgewirr.

»Hau ab! Verdufte!« schrie Barnevelt und stieß erneut mit dem Baumwipfel.

Das Biest bewegte sich seitwärts wie ein Krebs und versuchte den störenden Astspitzen auszuweichen. Barnevelt setzte sofort nach und vollzog den Schwenk mit, so daß er dem Yeki weiterhin frontal gegenüberstand und ihn mit dem Stamm auf sichere Distanz halten konnte. Dann stieß er zur Abwechslung den brennenden Ast wieder vor. Mit einem ohrenbetäubenden Brüllen spannte der Yeki den Körper zum Sprung. Doch sofort machte Barnevelt wieder einen Schritt vorwärts und stieß mit dem Wipfel nach den Augen. Mit einer wellenartigen Bewegung wich der Yeki zurück. Sein heiseres Brüllen ließ den Wald erzittern.

Zentimeter um Zentimeter arbeitete sich Barnevelt um das Tier herum. Jedesmal, wenn es zum Sprung ansetzte, ging er sofort in die Offensive und trieb es zurück. Schließlich hatte er sich zwischen den Yeki und den Baum geschoben, so daß Zei genau zwischen ihm und dem Baum stand. Er hörte für einen Moment auf, den Yeki anzubrüllen, und rief statt dessen dem Mädchen zu: »Rauf auf den Baum! Schnell!«

Es gehorchte. Sobald er sie in sicherer Höhe wußte, bewegte auch er sich langsam rückwärts auf den Baum zu. Als er den ersten Ast im Rücken spürte, schleuderte er den brennenden Ast gegen den Kopf des Yeki. Das rotglühende Ende traf das Tier an der Nase. Es brüllte auf vor Schmerz, sprang wild schnappend zurück und schlug mit den Pranken durch die Luft.

Barnevelt begann mit einer Hand zu klettern. Mit der anderen hielt er immer noch den gestutzten Baumwipfel, mit dem er weiterhin auf den Yeki einstocherte. Erst als er die ersten Äste erreicht hatte, ließ er seine hölzerne Waffe fallen und zog sich mit beiden Händen weiter hinauf.

Mit wütendem Gebrüll sprang der Yeki zwischen die Äste und richtete sich zu voller Größe auf. Barnevelt zog blitzschnell die Beine an, und zwar keinen Moment zu früh: Wenige Zentimeter von seinen Zehen entfernt schnappten die Kiefer der Bestie zu.

»Hu!« schrie er, als er sicher auf einem Ast neben Zei saß. »Ich glaube, ich habe noch nie in meinem Leben solche Angst gehabt.«

»O mein Held!« rief Zei begeistert und erstickte ihn mit Küssen. »Wie kann jemand, dessen Tapferkeit so offensichtlich ist, von Angst auch nur sprechen?«

»Ihr wäret erstaunt, wenn Ihr wüßtet, was in Helden vorgeht, auch wenn sie schöne Jungfrauen vor schrecklichen Ungeheuern retten. Wie lange wird unser Freund dort unten wohl auf uns warten?« Er deutete auf den Yeki, der es sich am Fuß des Baumes gemütlich gemacht hatte und mit hoffnungsfroher Miene zu ihnen heraufstarrte.

»Bis wir vor Hunger und Durst erschöpft sind oder einschlafen und geradewegs in seinen gierigen Schlund fallen.«

»Wir werden ihn narren. Bindet Euch fest an einen der kleineren Äste mit dem Seil, das Ihr um die Hüfte tragt. Ich sagte Euch ja, daß wir sie noch gut würden gebrauchen können.«

Sie sicherten sich mit den Seilen und machten es sich auf ihrem Ast bequem. Das Geduldspiel konnte beginnen. Der Yeki schien es nicht sehr eilig zu haben.

Zei fragte: »Woher hattet Ihr die Eingebung, das Baumstück zu einer stachligen Lanze zurechtzuschneiden, mit welcher Ihr das grimmige Untier abwehren konntet?«

Barnevelt schmunzelte. »In meinem Heimatland werden solche Tiere dazu abgerichtet, vor dem Publikum Kunststücke vorzuführen. Wenn nun ein solcher Yeki-Zähmer mit seinen Tieren im Käfig ist, hält er immer einen leichten Stuhl bereit, um sie abzuwehren, wenn sie vergessen sollten, wer der Herr ist, und ihn angreifen. An den Stuhlbeinen kommen sie nicht vorbei und um ihm den Stuhl wegzunehmen, dazu reicht ihr Verstand nicht aus. Als nun dieser Bursche auf uns zuschlich, war mein einziger Gedanke: Wie komme ich an einen Stuhl? Und da ich keine Küchenstühle herumliegen sah, habe ich eben das erstbeste Ding, das mir in die Finger kam, zweckentfremdet.«

Zei seufzte. »Die Geschichten, die man sich über den Heldenmut des General Snyol erzählt, übertreiben wirklich nicht. Sagt, stimmt es, daß Ihr zu Hause einen Harem voller üppiger nyamadzenischer Weiber habt, wie ihn angeblich die meisten berühmten Männer von Rang in Eurem Lande haben?«

»Nein. Ich habe nicht mal eines. Ich bin zu oft unterwegs.«

Barnevelt warf der Prinzessin einen scharfen Blick zu.

Wieder entstand vor seinen Augen das gewohnte quälende Bild: ein Jahr voll paradiesischer Leidenschaft, und dann der nette Herr mit der Kapuze mit Augenlöchern, der die Axt mit der übergroßen Klinge schwang.

Die Prinzessin zog die Brauen und Antennen zu einer Miene des Erstaunens hoch. »Doch soviel ich bisher gesehen habe, findet Ihr die weibliche Spielart der Gattung nicht unattraktiv.«

»Das hängt von dem weiblichen Wesen ab. Wenn wir bei uns in Nyamadze solche Frauen wie Euch hätten, dann hätte ich einen Harem wie weiland Salomo.«

»Wie wer?«

»Ein König aus uralten Zeiten – nicht weiter wichtig.« Er blickte hinunter auf den Yeki, der keinerlei Absicht erkennen ließ, seinen Posten in absehbarer Zeit zu verlassen. »Ich überlege, ob ich nicht vielleicht doch einen Speer aus meinem Dolch und einem Stock basteln und versuchen soll, ihn von oben aufzuspießen ... Aber nein, besser nicht, ich fürchte, dann bin ich am Ende bloß meinen Dolch quitt, und unser Freund da unten ist noch wütender als vorher.«

Stundenlang saßen sie untätig auf ihrem Ast und stierten müde auf den Yeki hinunter. Der stierte zurück. Barnevelt nickte ein, erwachte, döste wieder und träumte von Steaks. Dann kitzelte ihm ein neuer Geruch die Nüstern.

»Das könnte das Ungeheuer in die Flucht schlagen«, sagte Zei und deutete nach unten.

»Oh-oh!« sagte Barnevelt, der ihrer Geste mit den Augen gefolgt war.

Einer der brennenden Äste, die sie dem Yeki entgegengeschleudert hatten, hatte im Unterholz ein Feuerchen entfacht. Eine kleine blaue Rauchwolke stieg an der Stelle auf, und Flämmchen tanzten mit leisem Knistern über dem Gestrüpp.

»Vielleicht schlägt es ihn in die Flucht, aber genausogut kann es uns rösten«, gab Barnevelt mit besorgter Miene zu bedenken.

Auch der Yeki hatte das Feuer jetzt wahrgenommen. Der

große braune Kopf drehte sich von dem Paar auf dem Baum zu dem Brand und wieder zurück. Das Tier begann sich unruhig hin- und herzubewegen. Einmal reckte es sich sogar an dem Stamm hoch, so als wollte es sich noch einmal vergewissern, ob seine Opfer auch wirklich außer Reichweite waren.

Das Feuer breitete sich aus. Ein Strauch hatte Feuer gefangen und ging in einer prasselnden Stichflamme auf. Brennende Blätter wirbelten auf und schwebten kreiselnd auf den trockenen Waldboden nieder.

Der Yeki strich nervös um den Baum herum, blieb hin und wieder stehen, um das Feuer anzusehen, und hielt schnuppernd die Nase hoch. Der brenzlige Geruch schien ihn zusehends zu irritieren. Schließlich trottete er mit mißmutigem Knurren davon und verschwand im Unterholz.

»Wir sollten noch einen Augenblick warten«, sagte Barnevelt und begann das Seil zu lösen, mit dem er sich festgebunden hatte.

»Aber das Feuer ...«

»Ich weiß, Liebchen. Aber wir wollen doch nicht, daß Oskar zurückkommt und uns gerade in dem Moment schnappt, da wir unten ankommen, oder?«

Er spähte durch den Blättervorhang. Alles war ruhig, bis auf das Seufzen der Brandung und das lauter werdende Prasseln des Feuers. »In Ordnung, lassen wir jetzt die Feuerwehr ausrücken. Ihr holt Wasser in den Schalen hier, während ich versuche, das Feuer so zu bekämpfen.«

»Aber warum wollt Ihr dieses muntere Feuerchen löschen? Ich finde, es ist sehr nützlich, um andere unfreundliche Tiere zu verjagen, die hier lauern könnten.«

»Weil man so mit einem Waldbrand umgeht – man löscht ihn.«

»Aber auf Fossanderan ...«

»Um der Götter willen, jetzt hört endlich auf zu reden und holt Wasser! Ich erkläre es Euch später. Wenn jetzt ein Ostwind aufkommt, werden wir gebraten.«

Er schlug mit einem dicken Stock auf das Feuer ein und

trampelte darauf herum. Die Wassermenge, die Zei bei jedem Gang vom nur wenige Meter entfernten Meer in den kleinen Gefäßen mitbringen konnte, erschien lächerlich gering. Doch langsam aber sicher gewannen sie die Oberhand über das Feuer.

Eine Stunde später erklärte Barnevelt, verdreckt und geschwärzt, das Feuer für gelöscht. Nach einem Bad in der Sabadao-See und einem weiteren Schneckenfrühstück brachen sie nach Westen auf. Sie ließen die Küste hinter sich und orientierten sich an der Sonne.

8

Drei Tage später kamen Barnevelt und Zei am frühen Nachmittag neben der Straße von Shaf nach Malayer erschöpft, verdreckt, zerschunden und zerkratzt aus dem Wald von Rakh. Zei trug einen Speer, den Barnevelt gefertigt hatte, indem er seinen Dolch an einen Stock gebunden hatte, für den Fall, daß ihnen wieder ein Yeki über den Weg lief. Zum Glück war es ihnen erspart geblieben, die Waffe zu benutzen.

Barnevelt seufzte. »Eigentlich sollten wir uns gleich auf den Weg nach Norden machen, aber ich schlage vor, wir ruhen uns erst mal aus und warten. Vielleicht haben wir Glück, und jemand kommt vorbei und nimmt uns mit.«

Er ließ die Axt fallen und ließ sich erschöpft mit dem Rükken gegen einen Baum nieder. Zei setzte sich neben ihn und legte den Kopf an seine Schulter. Er sagte: »So, jetzt essen wir in Ruhe die restlichen Beeren.«

Sie reichte ihm die Seemannsmütze herüber, die sie als Tasche benutzt hatte. Barnevelt klaubte die Beeren heraus und steckte abwechselnd ihr und sich eine in den Mund.

Bei einer stutzte er, schaute sie einen Moment prüfend an und warf sie fort. »Das war eine von der Sorte, von der wir Bauchschmerzen bekommen haben. Könnt Ihr Euch die Festmähler ausmalen, die wir uns gönnen werden, wenn wir erst wieder in der Stadt sind?«

»Mhmm! Und ob! Einen gebratenen Unha, garniert mit Tabids und mit einem Tunest im Maul. Das Ganze in Betune-Sauce schwimmend.«

»Und eine ordentliche Portion von diesen gelben Dingsbums-ich-hab-den-Namen-wieder-vergessen zum Nachtisch und einen großen Krug Falat-Wein ...«

»Aber nicht den Falat aus Mishdakh, der ist zu dünn – sondern den aus Hojur, am besten einen aus dem Jahr des Yeki ...«

»Ich will nichts mehr von Yekis hören! Was ich von ihnen gesehen habe, reicht mir einstweilen. Und dazu einen ordentlichen Laib Badr, damit wir die Soße auftunken können ...«

Sie warf vorwurfsvoll den Kopf hoch. »Ihr seid mir schon ein seltsamer Bursche! Da sitzt Ihr hier, mit einer königlichen Jungfrau im Arm, und das einzige, woran Ihr denkt, ist Euer leerer Bauch!«

»Um so besser für Euch.«

»Wie soll ich das verstehen?«

»Es gibt keinen besseren Tugendwächter als den Hunger. Wenn ich satt und bei Kräften wäre, dann wäret Ihr die längste Zeit Jungfrau gewesen.«

»Aufschneider! Ich wette, auch dann würden sich Eure Gedanken nach wie vor ums Essen drehen. Als ich sah, welche Mengen Ihr an Bord der *Shambor* vertilgtet, da wußte ich, daß die Legenden, die sich um die Gefräßigkeit Eures Volkes ranken, nur ein matter Abglanz der Wirklichkeit sind.«

»Es ist ein kaltes Land«, rechtfertigte sich Barnevelt schuldbewußt.

»Aber jetzt friert Ihr nicht!«

»Und wir nehmen wenigstens normale gesunde Nahrung zu uns – und nicht unsere Ehemänner.«

»Das Kashyo ist kein Freßgelage, Tölpel, sondern eine feierliche Zeremonie ...«

»Das habe ich schon einmal gehört, und trotzdem lasse ich mich nicht davon abbringen, daß Ihr Euch damit auf eine Stufe mit den geschwänzten Wilden von Fossanderan stellt.«

»Frecher Nörgler!« schrie sie entrüstet und versetzte ihm einen Klaps – einen sanften, um zu zeigen, daß es mehr aus Scherz war.

»Überhaupt«, fuhr er fort, »verstehe ich nicht, wie Euer königliches Geschlecht sich fortpflanzen kann, wenn der auserwählte Prinzgemahl sich jedesmal, wenn die Königin ihn anschaut, fragen muß, ob das Leuchten in ihren Augen der hehre Glanz der Liebe ist oder ob sie bloß von den saftigen Steaks träumt, zu denen er beim Kashyo verarbeitet wird. So etwas muß einen Mann ja auf die Dauer an seiner Männlichkeit zweifeln lassen.«

»Vielleicht sind unsere Männer weniger leicht zu entmännlichen als die in Eurer kalten Heimat. Ein Qiribu bleibt selbst an der Schwelle des Todes ganz Mann und Galan. Einen Nyamadzener braucht man hingegen bloß drei Tage auf eine Diät aus Beeren und Schnecken zu setzen ...«

»Vier!«

»Also meinetwegen vier Tage, und er ist völlig blind und empfindungslos gegenüber allem, was nicht unmittelbar mit seiner Freßgier zu tun hat!«

»Pa! Ihr habt vorhin von einem mindestens ebensogroßen Freßgelage geschwärmt wie ich.«

»Habe ich nicht! Das Festmahl Eurer Phantasie hat meines überragt, wie der Zogha den Sabushi überragt.«

»Und wie, bitteschön, wollt Ihr das beweisen?«

»Eine königliche Prinzessin hat es nicht nötig, etwas zu beweisen. Ihr Wort allein genügt.«

»So? Dann ist es wirklich an der Zeit, daß Ihr ein paar neue Sitten kennenlernt.«

»So wie die eine irdische, die man ›Küssen‹ nennt, in der Ihr mich schon unterwiesen habt? Ich glaube, ich brauche in dieser Sportart noch einiges mehr an Übung ...«

Nach einer Weile sagte Barnevelt: »Ich fürchte, ich bin dem Hungertod doch nicht so nahe, wie ich dachte.«

»So? Versucht nur nicht, die alten Sitten Qiribs zu verletzen, sonst lernt Ihr die rauhen Methoden kennen, die uns unsere Lanistae in den Palaestrae bei der Grundausbildung für das Amazonenheer beibringen ... Habt Ihr zufällig einen Gvam-Stein in der Tasche?«

Barnevelt veränderte seine Lage. »Nein, ich verlasse mich ganz auf meinen natürlichen Charme. Im übrigen bezweifle ich, daß ein solcher Stein einem Mann tatsächlich Macht über das weibliche Geschlecht verleiht, wie es umgekehrt der Janru tut. Das klingt mir zu sehr nach Wunschdenken.«

»Trotzdem leistet Ihr diesem Aberglauben Vorschub, indem Ihr das Seeungeheuer wegen seiner Steine jagt!«

»Wer bin ich denn, daß ich gegen uralten Glauben ankämpfen soll? Ich habe mir in Nyamadze schon genug Ärger eingehandelt, indem ich versucht habe, die Leute über ein paar nüchterne und offenkundige Tatsachen aufzuklären. Aber wo wir gerade von Euren weiblichen Kriegern sprechen – ich hoffe, Eure jüngsten Erfahrungen haben Euch endlich davon überzeugt, daß es unpraktisch ist, eine Armee aus Frauen aufzustellen.«

»Und aus welchem Grund?« fragte sie schnippisch.

»Weil Männer größer sind. Wenn wir hier auf dem Planeten wären, wo die Frauen zehnmal so groß wie die Männer sind, dann wäre es natürlich etwas anderes.«

»Es war höchst ungerecht von Varzai, diese Ungleichheit einzuführen.«

»Sicher, wenn man den Göttern die Schuld dafür geben will.«

»Wenn nicht den Göttern, wem dann?«

»Das hängt davon ab, ob man an Götter glaubt.«

»Nehmt Ihr die Götter etwa nicht ernst?«

»Nein. Ich glaube, daß die Dinge einfach so geschehen.«

»Kein Wunder, daß die Kanganditer Euch wegen Ketzerei verfolgt haben!«

»In der Tat kein Wunder. Aber es ist schon ein Wunder, daß Qirib noch nicht von einem mächtigen Nachbarn geschluckt worden ist – bei solchen Verhältnissen.«

»Unsere Königinnen haben bisher jeden Krieg durch bewundernswertes diplomatische Geschick verhindern können, indem sie unseren Reichtum an Mineralien dazu benutzten, unsere Feinde gegeneinander auszuspielen.«

»Schön, aber irgendwann wird irgendein harter Bursche daherkommen und sagen: ›Kämpft oder ergebt euch!‹ Und dann werdet Ihr keine andere Wahl haben.«

»Stelltet Ihr mich vor diese grimmige Wahl, o spottender Nihilist, so glaubt mir, ich würde kämpfen.«

»Aber nicht doch! Ich würde lieber jenes bewundernswerte diplomatische Geschick anwenden, von dem Ihr vorhin spracht, um meine Ziele zu erreichen. Wie zum Beispiel ...«

»Frechdachs!« zischte sie, als sie ihre Sprache wiedergefunden hatte. »Könntet Ihr nicht in Ghulinde bleiben und dieses fröhliche Spielchen immer mit mir spielen?«

»Hä? Nun, das hängt davon ab.«

»Wovon? Noch einmal, ich befehle ...«

»Wenn Eure Mutter abdankt, dann könnte Euer Prinzgemahl etwas dagegen haben, wenn ich bliebe.«

»Er hätte nichts zu sagen. Mein Wort wäre Gesetz.«

»Trotzdem könnte unser Verhältnis als ein bißchen zu vertraulich aufgefaßt werden.«

»Nun ja, könntet Ihr es dem Kerl nicht vielleicht beibringen? Oder noch besser, könntet Ihr nicht gleich selbst mein erster Prinzgemahl werden?«

»Bei allen Göttern! Nur das nicht! Ihr glaubt doch nicht im Ernst, daß ich an Eurem Bratspieß enden möchte?«

Sie schaute ihn erstaunt und ein wenig gekränkt an. »Das wäre eine Ehre, um die viele Euch beneiden würden. Oder habt Ihr etwa Angst?«

»Ihr habt's erraten! Ich mag Euch gern, aber so sehr nun wieder auch nicht.«

»Oh! Ihr Nyamadzener seid in der Tat wenig galante Burschen.«

»Außerdem käme ich als Heiratskandidat gar nicht in Frage.«

»Nun, das ließe sich schon irgendwie einrichten.«

»Werden nicht außerdem Eure Prinzgemähler durch Losentscheid ermittelt?«

»Auch das wäre kein unüberwindliches Hindernis. Beim Ziehen des Loses ist manches anders, als es aussieht.«

»Davon hörte ich schon. Dennoch habe ich nicht die geringste Lust, ein Jahr als Schoß-Eshun einer Dame zu verbringen, um dann sang- und klanglos auf dem Opferstein zu enden. Könnt Ihr Euch vorstellen, daß Euer Held Qarar sich zu so etwas hergeben würde?«

»N-nein, aber ...«

»Das erinnert mich zu sehr an ein Insekt in meiner Heimat, das Gottesanbeterin genannt wird. Dort frißt das Weibchen das Männchen bei der Vereinigung auf.«

Ihre Augen füllten sich mit Trännen. »Ihr sagtet, Ihr mögt mich, und wir wären von derselben Art, Ihr und ich, trotz unserer scheinbaren äußeren Unterschiede.«

»Das meine ich auch noch immer.« Er hielt inne und holte tief Luft. »O verdammt, ich bin wirklich wahnsinnig verliebt in dich. Aber ...«

»Ich liebe dich auch.«

»Als Mann oder als Steak? *Aua!*« Sie hatte ihm einen schmerzhaften Rippenstoß versetzt.

»Als Mann, du Dummkopf!« rief sie. »Zumindest als vermeintlichen, denn der letzte Beweis steht noch aus.«

»Nun, immerhin schon etwas. Aber ich warne dich: Mach keine Witze über meine selbstauferlegte Zurückhaltung, sonst ...«

»Wart mal, vielleicht gibt es einen Ausweg. Kennst du die Bestrebungen der Reformpartei, die Exekution in eine rein symbolische Handlung umzuwandeln? Nachdem ich nun ein wenig mehr von der Welt gesehen und die respektlosen Reden von dir und anderen Skeptikern gehört habe, bin ich gar nicht mehr so sicher wie früher, ob die Göttliche Mutter dieses Opfer tatsächlich verlangt.«

»Du willst also das Programm der Reformpartei annehmen, sobald du an die Macht kommst?«

»Warum nicht? Dann hättest du jedenfalls kein düsteres Schicksal mehr zu befürchten.«

»Nein«, sagte Barnevelt fest. »Hör zu, mein Schatz. Erstens wird deine Mutter, wie du ja selbst gesagt hast, die Zügel auch nach ihrer Abdankung weiter fest in der Hand halten. Und ich bezweifle, daß sie damit einverstanden wäre, wenn altverwurzelte Sitten plötzlich über den Haufen geworfen werden.«

»Aber ...«

Er legte ihr die Hand auf den Mund. »Zweitens: Wenn ich ein Mädchen liebe, dann möchte ich es für immer haben und nicht nur als Leihgabe für ein Jahr. Die Vorstellung, zusehen zu müssen, wie die Nachfolger sich schon in einer Reihe aufstellen, behagt ... *aua!* Du kleiner Teufel, beißt du dir jetzt schon ein Stückchen als Kostprobe ab, damit du weißt, wie ich schmecke?«

»Nein, du Gebilde aus Sehnen und Knochen! Ich habe dich nur ganz sanft gezwickt, um dich zu erinnern, daß auch ich zum Leben atmen muß, und das kann ich nicht, wenn du mir mit deiner großen Hand den Mund zuhältst. Und was deine Theorien über die Liebe und das Leben anbetrifft, so sind das außergewöhnliche Ansichten für einen rastlos umherschweifenden Abenteurer. Wie ich hörte, ziehen die meisten eine kurze, heiße Liebe mit einem schnellen Abgang vor.«

»Ich bin eben anders. Drittens habe ich die Absicht, sehr wohl der Herr im Hause zu sein und nicht einer von Euren qiribischen Hausmännern. Damit wäre euer ganzes matriarchalisches System über den Haufen geworfen.«

»Wenn bei den barbarischen Völkern die Frauen Hausfrauen sind, warum sollten dann nicht gerechterweise bei uns die Männer Hausmänner sein können?«

»Von der Logik her gibt's dagegen auch nichts einzuwenden, Darling. Wenn sie sich damit abfinden, dann ist das ihre Sache. Nur: *Ich* spiele da nicht mit. Ebensowenig habe ich Lust, mit der Janru-Droge gedopt zu werden.«

»Ich schwöre dir bei den sechs Brüsten Varzais, daß ich sie niemals bei dir anwenden würde.«

»Wie könnte ich mich dagegen schützen? Nein, mein Schatz, tut mir leid ...«

Barnevelt stieß einen traurigen Seufzer aus. Jetzt sah er, was er sich damit eingehandelt hatte, daß er Zei seine Zuneigung gestanden hatte. Der wahre Grund für seine starre Ablehnung war die Tatsache, daß sie von zwei verschiedenen Arten waren. Doch solange Tangaloa noch im Kittchen saß, Shtain noch in der Gewalt der Piraten war und der Vertrag mit der Cosmic noch nicht erfüllt war, wagte er nicht, seine Identität als Terraner preiszugeben, da er die engstirnigen Vorurteile vieler Krishnaner kannte. Doch änderte all dies nichts daran, daß Zeis ständige Nähe seine Sehnsucht in immer stärkerem Maß schürte.

»Was soll ich denn noch tun?« fragte sie mit gefährlichem Glanz in den Augen. »Bis zu welchem Ausmaß muß sich ein Mädchen meiner stolzen Herkunft denn noch vor dir erniedrigen?«

»Du mußt mir Zeit zum Nachdenken lassen«, beschwichtigte er sie.

»Du schlüpfriger Wortverdreher!« Sie sprang auf, versetzte ihm einen heftigen Tritt gegen das Schienbein und wandte sich demonstrativ zum Gehen. »Ein Dummkopf war ich, auf solch einen Betrüger wie dich hereinzufallen! An dieser Stelle, mein Herr, trennen sich unsere Wege. Ich schlage mich allein nach Ghulinde durch.«

Ohne sich noch einmal umzudrehen, schritt sie wacker Richtung Norden los.

Barnevelt schaute ihr mit gemischten Gefühlen hinterher, wie sie mit zügigem Schritt entschwand. Einerseits hätte er froh sein sollen, daß sie dieses gefährliche und unnütze Spielchen abgebrochen hatte. Andererseits gelang es ihm nicht, die Stimme seines weicheren Ichs zu unterdrücken, die ihr nachrufen wollte: »Komm zurück, Liebes! Laß uns doch aufhören zu streiten. Wie willst du ohne Geld zurechtkommen?«

Sie ging weiter. Noch wenige Sekunden, und sie würde hinter der nächsten Biegung verschwinden und außer Sicht sein.

Im letzten Moment formte er die Hände vor dem Mund zu einem Trichter und imitierte das Knurren eines jagenden Yeki. Er rechnete nicht wirklich damit, daß es funktionierte und war daher um so verblüffter, als Zei mit einem gellenden Entsetzensschrei einen Luftsprung vollführte, zu ihm zurückrannte und sich ihm in die Arme warf.

»Komm! Ist ja alles gut! Ganz ruhig!« sagte er sanft. »Hab keine Angst mehr, ich bin doch bei dir. Komm, setzen wir uns wieder.«

»Was unsere zukünftige Beziehung betrifft, mein Geliebter …«, fing sie wieder an.

Barnevelt legte ihr den Finger auf die Lippen und sagte: »Ich sagte, ich brauche Zeit zum Nachdenken, und was ich sage, daß meine ich auch.«

»Ich bestehe aber darauf …«

»Liebling, du wirst dir im Umgang mit Männern, die nicht aus Qirib stammen, einen anderen Ton zulegen müssen. Sie werden deine herrische Art nicht tolerieren. Ich habe beschlossen, daß wir dieses Thema eine Weile nicht ansprechen.«

»Oh«, sagte sie ganz leise.

»Außerdem, wenn man wie wir praktisch vor dem Hungertod steht, dann ist nicht der Zeitpunkt für derart lebenswichtige Entscheidung.«

»Du redest schon wieder vom Essen!« rief sie mit gespielter Verzweiflung in der Stimme. Offenbar hatte die Frohnatur in ihr wieder die Oberhand gewonnen. »Ich sagte doch: Ihr Nyamadzener seid alle unheilbare Vielfraße. Und jetzt wieder zu unserem Spiel …«

Hungertod hin, Hungertod her – gewiß ebenso nützlich für die Bewahrung der alten Sitten Qiribs war die Tatsache, daß wenige Minuten später ein Shaihan-Wagen, der nach Norden fuhr, die Straße heraufgeknirscht kam. Sofort standen er und Zei mit gerecktem Daumen am Straßenrand. Der Kutscher spuckte und zügelte sein Tier.

»Steigt ein, meine Herrschaften!« rief er. »Es ist lange her, seit die Mejrou Qurardena mein armseliges langsames Gefährt mit einem Auftrag beehrt hat, doch Eure Uniform ist mir Ausweis genug.«

Barnevelt hatte schon fast vergessen, daß er immer noch die Expreßbotenuniform trug. Bestimmt würde der Eigentümer des Karrens der Expreßgesellschaft die Beförderung eines ihrer vermeintlichen Kuriere in Rechnung stellen, worauf sich ebenso bestimmt lautes Geschrei erheben würde. Aber das war im Augenblick die geringste von Dirk Barnevelts Sorgen.

9

Die Postkutsche, in die sie in Alvid umgestiegen waren, hielt an der Grenze zwischen Suruskand im Süden und Qirib im Norden. Auf der qiribischen Seite der Demarkationslinie stand die übliche Amazonenwache. Es schloß sich die übliche Durchsuchung an und die übliche Warnung, daß Barnevelt seinen Degen gemäß den Gesetzen Qiribs verplomben lassen müsse.

»Und nun«, sagte die Zollinspektorin, während eine ihrer Kolleginnen die Utensilien zum Plombieren des Schwertes holte, »Eure Namen!«

Barnevelt hatte an die Frage der Identifizierung überhaupt keinen Gedanken verschwendet. Deswegen antwortete er jetzt ganz schlicht: »Ich bin Snyol von Pleshch, und die junge Dame ist Zei bad-Alvandi ...«

»Was?« schrie die Inspektorin, wobei ihre Stimme um eine Oktave höher sprang. »Tatsächlich, sie ist es! Eure Hoheit!« Die Inspektorin fiel auf die Knie. »Wir haben den Befehl, Euch abzupassen.«

Barnevelt wollte schon sagen: ›Ach, nur nicht soviel Aufhebens ...‹ Aber die Inspektorin war nicht mehr zu bremsen. »Mädels! Herhören! *Die Prinzessin ist gerettet!* Zündet ein Feuer im Rauchbehälter an und signalisiert die frohe Botschaft sofort in die Hauptstadt! Aber Eure Erhabenheit können unmöglich in einer gewöhnlichen widerlichen öffentlichen Kutsche weiterreisen! Unsere Depeschenkutsche steht zu Eurer Verfügung, und ich selbst werde Euch begleiten. Steigt aus, ich bitte Euch! Euer Gepäck? Ihr habt keines? Welche Schmach Ihr erduldet haben müßt! Mädels, spannt rasch die Kutsche an! Und sattelt – sagen wir mal – fünf Ayas. Vaznui, du befehligst den Posten bis zu meiner Rückkehr! Scheuch die zweite Wache aus ihren Lotterbetten und sag ihnen, sie sollen Paradeuniform anlegen, mit Stiefeln und Lanze für den Eskortendienst ...«

Eine halbe Stunde später saß Barnevelt auf dem Weg nach Shaf auf dem Rücksitz des königlichen Dienstlandauers. Das Verdeck war geschlossen. Neben ihm saß Zei, vor ihnen, den Rücken in Fahrtrichtung, den Blick auf sie geheftet, Knie an Knie mit ihnen, die Zollinspektorin. Das Gefährt war schwarz lackiert, auf den Türen prangte in Gold das königliche Wappen. Ein männlicher Lakai lenkte die zwei übergroßen Ayas, während die fünf Grenzwächterinnen in ihren prächtigen goldbetreßten purpurfarbenen Paradeuniformen vor und hinter ihnen hergaloppierten. Jedesmal wenn sie sich einer Siedlung näherten, stieß ihre Führerin in eine schrill klingende kleine Silbertrompete, um den Weg freizumachen.

Obwohl es jetzt erheblich schneller und entschieden weniger übelriechend voranging als in dem öffentlichen Klappergefährt, das sie vorher benutzt hatten, war Barnevelt gar nicht so sehr erbaut über den Fahrzeugwechsel, denn mit der Vertraulichkeit zwischen ihm und Zei war es jetzt vorbei. Außerdem klapperten die Hufe der Eskorte so laut, daß man sich nur schreiend verständigen konnte, und auf trokkenen Streckenabschnitten mußte man den von den Hufen aufgewirbelten Staub einatmen. Und schließlich und endlich hatte Barnevelt keine Möglichkeit, dem Geschnatter der Inspektorin zu entfliehen, einem überaus geschwätzigen Frauenzimmer. Sie plapperte unermüdlich und mit nervtötender Monotonie von der Trauer, die sich mit Zeis Verschwinden über das Reich gesenkt hatte, und über die grenzenlose Freude, die nun wieder einkehren würde ...

In Shaf jedoch konnte sich Barnevelt des Eindrucks nicht erwehren, daß die meisten Leute in gewohnter Manier ihren Geschäften nachgingen, so als wären diese weitaus interessanter als die Wechselfälle des Königshauses.

Durch häufigen Wechsel der Zugtiere konnten sie ihr atemberaubendes Tempo beibehalten, außer am Nachmittag, als ein heftiger Regenguß sie für eine Weile zu langsamerer Fahrt zwang. Der zweite Tag nach ihrem Grenzübertritt sah sie bereits auf der kurvenreichen nördlichen Küstenstraße der qiribischen Halbinsel dahinrattern – derselben Straße, auf der die eingeschleusten Mittelsmänner der Morya Sunqaruma unter Gavaos Führung Barnevelt und Tangaloa auf ihrer ersten Fahrt nach Ghulinde einen Hinterhalt gelegt hatten. Diesmal gab es jedoch keinen Zwischenfall. Zu ihrer Linken kräuselten sich die smaragdfarbenen Fluten der Bajjai-Bucht; zur Rechten erhoben sich die zottigen Gipfel des Zogha.

Roqir war bereits in ihrem Rücken im untergehen begriffen, als die Hauptstadt von Qirib in Sicht kam. Barnevelt hatte Ghulinde von diesem Blickwinkel aus noch nicht gesehen. Von hier aus sah man das riesige Standbild des Gottes Qunjar im Profil. Wie er so über der vieltürmigen Stadt kniete, sah er aus der Ferne aus wie ein vollgefressener Buddha, der eine mit Kerzen gespickte Geburtstagstorte auf dem Schoß hielt.

Zur Linken und unterhalb der Stadt lag der Hafen von Damovang. Als sie näher kamen, sah Barnevelt, daß es dort von Schiffen nur so wimmelte. Was ihn dabei besonders stutzig machte, war die Tatsache, daß die meisten davon Kriegsgaleeren waren. Ihre Anzahl überstieg bei weitem die bescheidene Flotte, die Qirib seines Wissens besaß.

»Wo kommen denn die vielen Galeeren her?« fragte er die Zollinspektorin.

»Wißt Ihr das denn nicht? Natürlich nicht, wie solltet Ihr auch, ich törichtes Weib! Das ist die vereinigte Flotte der Mächte der Sabadao-See, welche unsere erlauchte Monarchin zu einer festen Allianz gegen jene Erzschurken zusammenzuschmieden trachtet, die uns so schwer beleidigt haben. Sie wartet lediglich noch ab, bis sie Gewißheit über das Schicksal unserer geliebten Prinzessin erlangt hat, ehe sie ihre Kriegsmaschinerie in Bewegung setzt. Dort unten liegen die Kriegsschiffe von Majbur, von Zamba, von Darya und von anderen Mächten der westlichen Sabadao-See. Noch nie seit den Zeiten, da Dezful der Goldene in zügelloser Liederlichkeit in Ulvanagh regierte, hat die See unter der Last von so vielen Kriegsschiffen geächzt.«

»Was für ein Schiff ist denn jenes dort?« fragte Barnevelt und deutete mit ausgestrecktem Arm nach vorn. »Die Galeere, die so ausschaut, als hätte sie ein Dach.«

Das fragliche Schiff sah in der Tat aus wie eine riesige Galeere mit einem Flachdach.

Die Inspektorin kicherte und sagte: »Das ist eines der Schiffe von Prinz Ferrian von Sotaspé, der immer gern die Welt mit neuartigen Errungenschaften verblüfft. Einer seiner Untertanen hat einen Gleitflieger völlig neuer Bauweise entwickelt, welcher sich von herkömmlichen Gleitfliegern dergestalt unterscheidet, daß nicht die Kraft des Windes, sondern pyrotechnische Antriebsvorrichtungen nie gekannter Art ihn durch den Äther tragen. Die Galeere ist so konstruiert, daß sie zwanzig solcher Gleiter auf ihrem Dache tragen kann. Mit diesen, so heißt es, hofft der Prinz die Piraten in ihrem sumpfigen Schlupfwinkel zu überfallen, indem er über sie hinwegfliegt und einen Regen von Geschossen auf sie herniederprasseln läßt.«

Barnevelt erinnerte sich an Bilder von einem irdischen Schiffstyp namens Flugzeugträger, der die Seekriegsführung im zwanzigsten Jahrhundert zwischen dem Niedergang der kanonenbestückten, eisengepanzerten Dampfkriegsschiffe und dem Aufstieg der atomgetriebenen Lenkwaffenschiffe beherrscht hatte. Eine Galeere als Flugzeugträger jedoch war eine Kombination, bei der selbst einem erfahrenen Traumtänzer die Phantasie ins Stolpern geriet.

»Halt!« sagte jetzt die Inspektorin. »Wir müssen Vorkehrungen für Eure Ankunft treffen.«

Sie rief die Führerin der Amazoneneskorte zu sich und befahl ihr, zum Palast vorauszureiten, während die Kutsche im Schrittempo weiterfuhr, um der Königin Zeit für die Vorbereitungen zum Empfang zu geben.

Als die Kutsche vor dem Palasttor vorfuhr, waren denn auch alle Charaktere, die zu einem klassischen königlichen Empfangsszenarium gehören, vollzählig aufmarschiert: Amazonen, die ihre Lanzen präsentieren, eine fanfarenschmetternde Trompeterriege, und natürlich die königlichen Familien von Qirib und seinen Nachbarstaaten, in malerisch-glitzernder Anordnung über die Treppenstufen verteilt.

Als Barnevelt angesichts dieses höfischen Schaugepränges unwillkürlich an seiner Vogelscheuchenkluft hinuntersah, stieg seine alte Schüchternheit in ihm hoch und ließ (dessen war er sicher) seine Knie weithin sichtbar erzittern. Vor den vergoldeten Hoheiten auf der Treppe würde er kaum eine gute Figur abgeben. Aber vielleicht, dachte er mit einem leisen Grinsen, war das gar nicht mal so schlecht. In seinem verwitterten, abgewetzten Expreßbotenanzug und dem zerbeulten rauchgeschwärzten Silberhelm konnte ihn jedenfalls niemand übersehen. Er riß sich zusammen, half Zei aus der Kutschte und führte sie die Treppe hinauf.

Tra-ra! blökten die Trompeten. Fast hätte Barnevelt einen verstohlenen Blick über die Schulter geworfen, um sich zu vergewissern, ob nicht vielleicht ein Kameragalgen hinter ihm herfuhr, so filmreif wirkte die ganze Szenerie. Dabei fiel ihm siedendheiß seine eigene Kamera am Finger ein, und er drückte den Auslöser, während er auf die Königin zuging. Ein paar Schritte von der Königin entfernt, ebenfalls in der vorderen Reihe, stand Tangaloa und blinzelte ihm zu, wobei er mit der Faust eine Geste vollführte, aus der Barnevelt ersah, daß auch er die Szene mit der Kamera festhielt.

Barnevelt kniete vor der Königin nieder, während diese ihre Tochter zur Begrüßung in die Arme schloß, und erhob sich beim Klang von Alvandis Stentorstimme:

»... da unser Staat im Einklang mit seinen gottgegebenen Institutionen keinen ritterlichen Rang kennt, kann ich Euch diesen nicht als Zeichen der Gunst und der Wertschätzung verleihen, die ich für Euch hege, General Snyol. Jedoch verleihe ich Euch hiermit die Ehrenbürgerschaft des Königreichs Qirib mitsamt allen dazugehörigen Rechten – nicht nur den männlichen, sondern auch den weiblichen –, zusammen mit einem Wechsel über fünfzigtausend Karda auf unsere Staatskasse.

Und nun gestattet mir, Euch die hier versammelten Herren und Fürsten vorzustellen. Ferrian bad-Arjanaq, Prinzregent von Sotaspé. König Rostamb von Ulvanagh. Präsident Kangavir von Suruskand. Sofkar bad-Herg, Dasht von Darya. Großmeister Juvain vom Orden der Ritter des Qarar von Mikardand. König Penjird der Zweite von Zamba ...«

Barnevelt ließ den Scheck in seiner Jackentasche verschwinden und versuchte sich die lange Liste der Namen und Gesichter ins Gedächtnis einzuprägen. Der erste Krishnaner, dessen Daumen er quetschte, der berühmte Prinz Ferrian, war noch ein jugendlich wirkender Bursche mittlerer Größe, schlank, dunkelhäutig und mit stechendem Blick. Er trug einen Brustharnisch aus schuppenartig übereinanderliegenden Platten aus schwarz oxidiertem Stahl, mit Gold damasziert. Der nächste, Rostamb von Ulvanagh, ein großgewachsener stämmiger Kerl mit einem Rauschebart, der der Feder eines Karikaturisten hätte entsprungen sein können, musterte Barnevelt mit ernstem, eindringlichem Blick. Die folgenden fremden Namen und Gesichter indes verschwammen in seinem Kopf zu einem einzigen großen Durcheinander.

Als die Vorstellungszeremonie beendet war, erhob die Königin erneut die Stimme. »Wo ist denn Zakkomir, Meister Snyol?«

»Ich weiß es leider nicht, Eure Hoheit, aber ich befürchte das Schlimmste. Wir wurden getrennt, als wir im Sunqar von den Piraten gejagt wurden.«

»Ein beklagenswerter Verlust, aber wir wollen die Hoffnung noch nicht aufgeben. Nun laßt uns hineingehen, damit Ihr Eure Kleider wechseln könnt, bevor das Bankett beginnt.«

Bankett? Barnevelt machte sich seelisch auf langatmige Reden und Trinksprüche gefaßt. Nach all den Abenteuern der letzten Zeit, bei denen er mehr als einmal dem Tod nur um Haaresbreite entronnen war, würde er wahrscheinlich bei einer solchen Festivität in einem Anfall akuter Langeweile einschlafen.

Sie defilierten im Gänsemarsch in den Palast und bekamen Becher mit gewürztem Kvad gereicht. Barnevelt mußte sich so oft den Daumen von Bewunderern quetschen lassen, bis er fast taub war. An Zei, die immer noch in ihrer Seefahrertakelage herumlief, kam er nicht heran; sie wurde buchstäblich erdrückt von der Jeunesse dorée des Reiches, die sie in Viererreihen umringte.

Der Präsident von Suruskand, ein untersetztes kleines Individuum mit einer Hornbrille und einer zinnoberroten Toga, versetzte Barnevelt in Erstaunen, indem er ein kleines Notizbuch und Schreibzeug aus den Falten seines Gewandes zog und sagte: »General Snyol, seit meiner Ernennung bekniet mich mein Ältester, meine Stellung auszunützen und für ihn Autogramme von den Großen dieses Planeten zu sammeln. Wenn Ihr daher so freundlich sein wollt und Eure Unterschrift hier ...«

Barnevelt malte mühsam sein Pseudonym in verschnörkelten gozashtandischen Lettern auf das vorgehaltene Blatt.

Präsident Kangavir betrachtete das Resultat. »Es widerstrebt mir zutiefst, Euch weiter zu behelligen, Herr, aber würde es Euch etwas ausmachen, wenn Ihr Eure Unterschrift in Eurer Muttersprache hinzufügtet?«

Barnevelt schluckte. Nyamadzenisch konnte er weder sprechen noch schreiben. Nachdem er mehrere Sekunden lang hilflos auf das Blatt gestarrt hatte, kritzelte er kurzerhand ›Snyol von Pleshch‹ in gewöhnlichen lateinischen Buchstaben hin. Eine bange Sekunde folgte. Doch glücklicherweise schien der kleine Präsident nichts Verkehrtes an der Unterschrift zu finden.

»Entschuldigt mich, Eure Wohltätigkeit«, sagte Barnevelt und riß sich los. Da Zei verschwunden war, schlenderte er hinüber zu Tangaloa, der ruhig seinen Drink herunterspülte und abwartete.

Der große braunhäutige Xenologe war so fett und jovial wie eh und je. Er quetschte Barnevelt warm und freundschaftlich die Hand und sagte: »Meine Güte, Alter, du siehst ja aus wie ein Landstreicher!«

»So würdest du auch aussehen, wenn du mit uns gekommen wärst. Wann hat sie dich denn aus dem Knast rausgelassen?«

»Gleich nachdem sie durch diesen Rauchtelegrafen erfahren hat, daß du und die Göre in Sicherheit seid.«

»Was macht dein Arm?«

»Der ist schon wieder fast so gut wie neu. Aber jetzt erzähl du erst mal; du hast mehr erlebt. Ich bin schon ganz wild auf deine Geschichte.«

Barnevelt gab eine Zusammenfassung seiner Abenteuer. »... daher können wir es als erwiesen annehmen, daß dieser Osirier Sheafase der Boß der Freibeuter ist. Außerdem hat er Igor unter Pseudohypnose gesetzt, so daß unser Stolz von Moskau nicht mehr weiß, wer er ist. Lediglich diesen Silberhelmen haben Zakkomir und ich es zu verdanken, daß uns ein ähnliches Schicksal erspart blieb.«

Tangaloa gluckste. »Das erschwert natürlich unsere Bemühungen, ihn zu retten, aber ich denke, uns wird schon noch was einfallen. Erzähl weiter.«

Als Barnevelt erzählte, wie er den Waldbrand auf Fossanderan entfacht hatte, sah er zu seiner Überraschung, daß Tangaloas gutgelauntes Gesicht den Ausdruck schärfster Mißbilligung annahm.

»Was ist denn los mit dir?« fragte er.

»Das war sehr unüberlegt von dir! Denk doch nur an all das gute Holz, das du vernichtet hast! Auf der Erde müssen wir mit jedem Stückchen knausern. Und was ist mit den geschwänzten Menschen passiert?«

»Wie soll ich das wissen? Vielleicht sind sie geröstet worden. Vielleicht sind sie aber auch zum Festland auf der anderen Seite hinübergeschwommen. Was ist denn so Besonderes an ihnen?«

»Immerhin handelt es sich dabei um eine intakte Kulturgemeinschaft, die niemals erforscht worden ist! Sie scheinen derselben Gattung anzugehören wie die von Koloft und Za, aber ihre Kultur könnte eine ganz andere sein. Es handelte sich bei allen drei Gruppen um Enklaven der geschwänzten Gattung, die übriggeblieben sind, als die schwanzlosen

Krishnaner das Land vor Tausenden von Jahren überrannten. Vielleicht ist der Kannibalismus unserer Gastgeber hier ein Relikt, das sie von den geschwänzten Ureinwohnern übernommen haben, die sie einst verdrängten. Ach, es gibt eine Vielzahl von Möglichkeiten – oder vielmehr, es gab sie, ehe du die Spuren und Beweise verbrannt hast. Wie konntest du nur, Dirk?«

»Nun stell dich nicht so an!« platzte Barnevelt gereizt heraus. »Was zum Teufel erwartest du denn? Hätte ich mich lieber von diesen blutrünstigen Wilden auffressen lassen sollen, nur damit du später mit deinem kleinen Notizbuch daherkommen und sie studieren kannst?«

»Nein, aber ...«

»Es hieß: wir oder sie. Und was die Bäume betrifft – Krishna hat nur einen kleinen Bruchteil der Erbevölkerung, bei einer drei- bis viermal so großen Landoberfläche. Noch brauchen wir uns also wegen seiner natürlichen Ressourcen den Kopf nicht zu zerbrechen. Geschwänzte, pah!«

»Du begreifst eben das Wesen der Urmenschen nicht«, dozierte Tangaloa in bester Gelehrtenmanier. »Für gewöhnlich ist das, was die Menschen in ihrer Ignoranz als ›Wildheit‹ zu bezeichnen pflegen, lediglich eine Schutzreaktion gegen die Behandlung, die sie von den sogenannten Zivilisierten erfahren haben. So war es vor vierhundert Jahren bei meinem eigenen Volk im Pazifik. Erst landete eine Schiffsladung Europäer und raubte, mordete und brandschatzte nach Herzenslust, und dann wunderte sich die nächste Schiffsladung, daß sie aufgespießt und verspeist wurde, kaum daß sie ihren Fuß an Land gesetzt hatte. Wahrscheinlich sind die Fossanderaner früher von Sklavenjägern überfallen worden ...«

»Na und? Und was bitteschön hätte ich tun sollen?«

»Du hättest ihnen sagen können ...«

»Leider beherrsche ich aber ihre Sprache nicht. Und wenn doch – die hätten mich erst aufgespießt und mir dann Fragen gestellt. Genau das haben sie nämlich mit dem armen Chask gemacht.«

»Aber wenn ich an die wissenschaftlichen Daten denke, die jetzt ein für allemal verloren ...«

»Wenn von den Wilden noch welche übriggeblieben sind, kannst du, sobald wir unsere Aufgabe hier erledigt haben, von mir aus gern nach Fossanderan fahren und sie in höchst aufgeklärtem anthropologischen Stil interviewen, während sie dich in ihrem Stammeskochtopf schmoren.«

»Ein weitverbreiteter Aberglaube. Wenn ein Stamm erst einmal so weit fortgeschritten ist, daß er Kochtöpfe herstellen kann, dann ist er über den Kannibalismus hinaus. Was geschah als nächstes?«

Barnevelt berichtet ihm von ihren Abenteuern im Wald von Rakh. »Unsere Rettung war, daß wir auf ein Gelege von Eiern stießen. Vier ganz dicke. Ich weiß nicht, welches der einheimischen Viecher sie gelegt hat. Jedenfalls war Mama nicht in der Nähe des Nests. Also haben wir die Eier verputzt und uns danach schleunigst aus dem Staub gemacht.«

»Wie habt ihr sie gekocht?«

»Wir haben sie auf die Erde neben das Feuer gelegt und alle paar Sekunden gewendet. Schmeckten ganz gut – offenbar waren sie frisch gelegt. Wenn wir die nicht gefunden hätten, würden jetzt die Yekis in den dunklen Wäldern von Rakh an unseren Knochen nagen.«

»Ach, Unsinn, Alter, nun mach mal nicht gar so eine große Nummer daraus! Ein gesundes junges Paar wie du und die Prinzessin hätte wochenlang ohne Nahrung marschieren können, ohne zusammenzubrechen. Wenn ich daran denke, wie es uns damals auf Thor ergangen ist, als sie glaubten, wir hätten ihnen ihre heilige Pastete geklaut, und wir uns den Weg freischießen mußten. Wir hatten nicht einmal Schnecken und Beeren zu essen, geschweige denn Eier.« Tangaloa blickte wehmütig an seiner Wampe herunter. »Ich war damals tatsächlich schlank wie eine Tanne, als wir unseren Gewaltmarsch hinter uns hatten. Ach, übrigens, wieviel hast du filmen können?«

»Nicht genug. Im Sunqar waren wir nur über Nacht, und

nach unserer Flucht habe ich bis jetzt keinen Gedanken an die Hayashi verschwendet. Abgesehen davon war es im Wald meist sowieso zu dunkel zum Filmen. Ich habe ein paar belichtete Rollen in der Tasche, falls kein Wasser in die Kapseln gedrungen ist. Aber wie gehen wir jetzt im Hinblick auf Igor vor? Wie die Dinge liegen, sehe ich keine andere Möglichkeit, als ihn gewaltsam zu befreien.«

»Keine Sorge, das wird sich schon ganz von selbst regeln«, sagte Tangaloa grinsend.

»Was willst du damit sagen?« fragte Barnevelt unbehaglich.

»Die Königin hat vor, dich zum Oberkommandanten der Strafexpedition gegen die Piraten zu ernennen.«

»*Mich?* Wieso mich?«

»Weil du ein berühmter General bist, falls du das schon vergessen haben solltest. Außerdem stammst du aus einem fernen, sozusagen neutralen Land, und die Königin glaubt, daß sich die untereinander verkrachten Landesherren eher auf dich als Anführer des Unternehmens einigen, als zuzulassen, daß einer aus ihren Reihen den Zuschlag bekommt. Penjird ist eifersüchtig auf Ferrian, Ferrian ist eifersüchtig auf Rostamb, und Rostamb ist auf alle eifersüchtig.«

»Aber ich bin kein Admiral. Ich habe es nicht mal geschafft, die Besatzung eines Vierzehn-Ruder-Schmuggelkahns in den Griff zu kriegen.«

»Das werden sie nie erfahren, wenn du es ihnen nicht selbst unter die Nase reibst. Die halten dich hier fast für so etwas wie einen Wunderknaben. Überleg mal: Die zermartern sich hier das Hirn, wie man den Tangteppich überwinden könnte, und du löst das Problem mit der linken Hand.«

»Du meinst meine Skier? Vielleicht ...«

Barnevelt zögerte. Einerseits böte ihm die Expedition eine gute Ausrede, von Qirib wegzukommen, bevor er sich so sehr in Zei verliebte, daß seine Willenskraft seiner Sehnsucht nicht länger Paroli bieten konnte. Abgesehen davon mußte dringend etwas wegen Igor Shtain und dem Vertrag mit der Cosmic unternommen werden. Andererseits erfüllte ihn seine alte Schüchternheit mit der Furcht zu versagen. Der Gedanke, Horden von Fremden anführen und eine Verantwortung auf sich laden zu müssen, der er vielleicht nicht gewachsen war, bereitete ihm erhebliches Unbehagen.

»Natürlich ist das alles Unsinn«, sagte Tangaloa. »Wenn Castanhoso mir den Namen verpaßt hätte, den er dir gegeben hat, dann hätte man mich statt deiner zum Admiralissimo gewählt. Aber da ich ohnehin keinerlei militärischen Ambitionen habe, werde ich nun glücklich Filme drehen, während du dich mit logistischen Problemen herumschlägst.«

Das Aufblitzen von Juwelen im Gaslicht lenkte Barnevelts Blick zur Seite. Es war Zei, die sich, frisch geschrubbt und geschniegelt, angetan mit einem durchsichtigen Gewand und einer glitzernden Tiara, einen Weg durch das Gewimmel gelackter Hofschranzen bahnte. Sie steuerte auf ihn und Tangaloa zu. Barnevelt stieß einen bewundernden Pfiff aus und zitierte:

> »Laß niemals eine Jungfrau, und sei sie noch so hold,
> glauben, sie sei nicht holder in einem neuen Kleid als
> im alten.«

»Was war das, edler Herr?« fragte sie, und er übersetzte es ihr.

Sie wandte sich an Tangaloa. »Erzählt er von unseren Abenteuern, Meister Tagde? Die Erzählung kann der Wirklichkeit nicht im entferntesten gerecht werden, denn verglichen mit unseren Kämpfen und Strapazen waren die Neun Taten des Qarar ein Nichts. Hat er Euch schon erzählt, wie wir vor dem Yeki auf den Baum fliehen mußten oder wie er, als sein Feuerzeug versagte, ein Feuer entfachte, indem er Stöcke aneinanderrieb?«

»Nein – hast du das wirklich?« fragte Tangaloa.

»Ja. Die Pfadfinderhandbücher haben recht. Es klappt tatsächlich, wenn man trocknes Holz und eine Engelsgeduld hat. Aber ich würde nicht empfehlen ...«

»Was ist Fatfina Anbiker?« fragte Zei.

»Pfadfinderhandbücher?« fragte Tangaloa zurück. »Die nationale Enzyklopädie von Nyamadze. Hast du auch Pfeil und Bogen gebastelt, Snyol?«

»Nein. Ich schätze, dafür hätte ich einen Monat gebraucht, aber nur, wenn ich während der Zeit nichts anderes hätte tun müssen. Und dann hätte ich zwei weitere Monate gebraucht, um zu lernen, wie man mit so einem Ding schießt. Aber in der Zwischenzeit wären wir schon längst Hungers gestorben. Außer Beeren, Nüssen und diesen seltsamen Kriechtieren, die wir an der Küste unter Steinen fanden, gibt es auf der verdammten Halbinsel nichts zu essen.« Barnevelt schüttelte es noch nachträglich. »Dabei durften wir zuerst von allem nur eine kleine Kostprobe nehmen, um rauszukriegen, ob das Zeug nicht vielleicht giftig war.« Er warf einen Blick auf die Wasseruhr an der Wand. »Ich gehe mich jetzt besser mal waschen und umziehen.«

»Der Vogel Zeit hat nur einen kurzen Weg zu fliegen – und der Vogel ist schon im Fluge.«

10

Als Ehrengast bekam Barnevelt den Platz zur Linken der Königin, während Zei, die aussah wie eine griechische Göttin, zu ihrer Rechten Platz nahm. Der Rest der Gesellschaft saß in einem Halbkreis angeordnet. Juwelen glitzerten im Gaslicht.

Es wurden Reden geschwungen, wie Barnevelt befürchtet hatte. Ein Würdenträger nach dem anderen erhob sich und sagte – oft in einem Dialekt, den Barnevelt kaum verstehen konnte – nichts, und das mit aller Beredsamkeit und allem Wortreichtum, der ihm zu Gebote stand. Als Admiral Sowieso von Gozashtand zu seiner Laudatio ausholte, stupste die Königin Barnevelt an und flüsterte so laut, daß man es vermutlich bis in die Palastküche hören konnte:

»Ich werde diesem Gequatsche bald ein Ende machen, damit wir mit der Ratssitzung beginnen können. Wißt Ihr schon, daß der Stab des Oberkommandierenden heute abend in Eure Hand gelegt werden soll?«

Barnevelt antwortete mit einem höflichen, aber unverständlichen Murmeln und sagte: »Kann ich Euch irgendwie behilflich sein, die Sache hier zu einem Ende zu bringen?«

»Haltet Ihr Euer großes Mundwerk schön geschlossen und überlaßt mir die Angelegenheit«, gab die Königin anmutig zurück.

Nachdem die Bankettgäste entlassen worden waren, versammelte sich der Rat in einem kleineren Gemach des Palastes. Anwesend war ungefähr ein Dutzend Personen: alle führenden Männer und hohen Militärs der Nachbarstaaten.

Als erstes erklärte der Admiral von Gozashtand in einer langatmigen, wohlgesetzten Rede blumenreich, warum sein kaiserlicher Herr, König Eqrar, sich dem Bündnis nicht anschließen könne. Er stecke nämlich mitten in den Verhandlungen über einen Vertrag mit Dur, und – ähem – jedermann wisse, was das bedeute.

»Es bedeutet, daß Euer königlicher Knauserer lieber Piraterie und Klauerei erduldet, als auf einen mickrigen geschäftlichen Vorteil zu verzichten«, keifte die Königin gereizt. »Wenn er in der Lage wäre, über seine Nasenspitze hinauszusehen, dann würde er merken, daß er durch ungezügelte Gesetzlosigkeit zehnmal soviel verlieren kann. Oder ist es einfach nur Feigheit, weil er vielleicht fürchtet, daß Dur ihn angreift, wenn er mithilft, seinen raffgierigen Komplizen die Krallen zu stutzen?«

»Madame«, sagte der Admiral, »ich kann nicht dulden, daß solch verächtliche Bemerkungen über meinen Herrn unwidersprochen im Raum stehenbleiben ...«

»Setzt Euch hin und haltet die Klappe oder macht Euch auf den Rückweg zu Eurem König, diesem jämmerlichen Angsthasen!« schnauzte Alvandi. »Das hier ist eine Versammlung von Kriegern und nicht von zittrigen Memmen! Während wir mit allem, was wir haben, dem Feind furchtlos entgegentreten, sitzt er, der mehr Streitkräfte zur Verfügung hat als wir alle zusammen, auf seinem fetten Hintern in Hershíd und zittert vor Angst, daß ein kühner Zug ihn vielleicht einen halben Kard kosten könnte. Wenn ich nur daran denke, wird mir übel!«

Der Admiral raffte seine Unterlagen zusammen, verbeugte sich steif und verließ wortlos den Raum. Als er fort war, warf Prinz Ferrian der Königin ein beifälliges Grinsen zu.

»Dem habt Ihr's aber ordentlich gegeben! Kein Wunder, daß in Qirib die Frauen regieren. Natürlich – hätten wir gemeinsame Grenzen mit Dur wie Eqrar von Gozashtand, dann würden wir vielleicht auch weniger kecke Töne anschlagen. Wie dem auch sei – kommen wir zur Sache.«

»Recht habt Ihr«, sagte Alvandi. »Hier zu meiner Rechten sitzt ein Mann, von dem ich Euch erzählt habe: der tollkühne Held, der bis ins Herz des Sunqar vordrang und lebend wieder herauskam, so daß er uns nun aus eigener Anschauung berichten kann, was ihm dort widerfuhr. General Snyol, berichtet diesen Herren ganz kurz, wie Ihr meine Tochter gerettet habt.«

Barnevelt lieferte eine Zusammenfassung der Geschehnisse. Als er an die Stelle mit den improvisierten Skiern kam, unterbrach er seinen Bericht und fragte: »Wißt Ihr, was Skier sind?«

Alle blickten verständnislos drein, bis auf Prinz Ferrian, der sagte: »Ja, ich. Wir hatten letztes Jahr auf unserer Insel einen Nyamadzener, der uns zeigte, wie man Bretter schneidet, mit denen man sich auf weichem Untergrund fortbewegt. Da wir auf unserem sonnigen Sotaspé diesen seltsamen gefrorenen Regen nicht haben, den man ›Schnee‹ nennt, bedeckten wir einen Hang mit einer Schicht aus feinem nassen Lehm und rutschten auf den Brettern hinunter. Ich holte mir dabei ein blaues Auge und brach mir einen Knöchel, so daß ich eine Woche lang an Krücken gehen mußte. Aber ich muß gestehen, es war mir das Vergnügen wert. Und auf diese Weise seid Ihr also entkommen? Indem Ihr auf solchen Vorrichtungen über den Terpahla geschritten seid?«

»Ja. Ich nahm mir einfach zwei passende Bretter und schnitzte sie ...«

»Ich verstehe vollkommen. Wir werden unsere ganze Streitmacht mit solchen Brettern ausrüsten und sie über den Rankenteppich schicken. Ich sehe im Geist schon die dummen Gesichter der Sunqaruma, die sich in ihrem Meeressumpf immer so sicher wähnten! Ich übernehme die Ausbildung und den Oberbefehl über diese Truppen und weise gleich morgen alle Schreiner in Ghulinde an, Skier zu fertigen.«

»Nein!« schrie König Penjird. »Wir schätzen dich alle als einen Mann von Elan und kühnem Geiste, Ferrian, aber ich lasse niemals zu, daß du meine Soldaten befehligst!«

»Und meine auch nicht«, sagte Rostamb von Ulvanagh. »Wer ist dieser junge Hitzkopf, der die erprobten und bewährten Prinzipien der Kriegsführung über den Haufen werfen will? Ich befehligte schon Truppen, als er noch nicht einmal ausgebrütet war ...«

»Ruhe, meine Herrschaften!« beschwichtigte Königin Alvandi. »Aus eben diesem Grund habe ich diesen häßlichen Wicht aus phantastischen fernen Ländern von Kälte und Eis ja geholt. Sein Wert ist schon hinreichend erwiesen durch den Ruf, der ihm vorauseilt, und durch seine jüngste tollkühne Tat, mit der er im Alleingang meine Tochter aus den Händen der Piraten befreite.«

»Das kümmert mich nicht«, erwiderte Penjird von Zamba. »Und wenn er Qarar selbst wäre, der von den Toten wiederauferstanden ist, meine Truppen würde ich ihm nicht anvertrauen. Sie gehören mir, ich habe sie ausgesucht, ausgebildet und bezahlt, in schlechten wie in guten Zeiten. Sie würden niemals einem anderen als mir vertrauen. Ich bin der, der ich bin!«

»Ich bitte um Entschuldigung, werte Herren«, schaltete sich der Chefsyndikus von Majbur ein, dessen schlichtes braunes Gewand in auffälligem Kontrast zu dem grellen Prunk um ihn herum stand.

»Die meisten der hier Anwesenden«, fuhr er mit ruhiger Stimme fort, »leiten ihre Autorität durch Erbrecht oder durch einen Besitztitel auf Lebenszeit her. Sich den Interessen und Wünschen anderer anzupassen, sind sie nicht gewohnt. Doch ohne einen führenden Kopf ist eine Expedition wie die unsere von vornherein zum Scheitern verurteilt, wie jeder bestätigen wird, der in der Kunst der Kriegsführung versiert ist. Wenn wir daher unseren Pfeil in die Pupille des Shaihans senken wollen, müssen wir alle Abstriche von unserer Unabhängigkeit machen, so wie wir es gelernt haben, die wir unsere Politik in Staatswesen mit Wahlrecht betreiben. Und wer, so frage ich Euch, wäre als Führer besser geeignet als dieser Mann – ein Mann von Kraft und Geschick aus fernen Landen, dessen Unparteilichkeit von keinerlei Bindungen beeinträchtigt wird.«

»Sehr richtig, ihr alten Geldsäcke!« sagte Ferrian. »Wenn ich auch lieber einen Zahn verlöre, als meine Autorität schmälern zu lassen, so beuge ich mich doch der überwältigenden Kraft Eurer Logik. Wirst du mir in dieser Frage zur Seite stehen, Penjird, mein alter Freund?«

»Ich weiß nicht. Das ist ohne ...«

»Ich jedenfalls nicht!« brüllte Rostamb von Ulvanagh. »Woher wissen wir, ob Snyol von Pleshch seinen Ruf auch wirklich verdient? Geschichten von Heldentaten pflegen durch häufiges Erzählen eher umfangreicher als kleiner zu werden, und wir kennen ihn nur anhand der Gerüchte über seine Ruhmestaten, die um den halben Globus gewandert sind. Woher wollen wir wissen, ob er wirklich so unparteiisch ist, wie unser Freund aus Majbur behauptet? Er hat geraume Zeit am Hof von Qirib verbracht. Woher wollen wir wissen, welche geheimen Angebote oder Absprachen ihn an die Interessen der Douri binden?« Rostamb warf einen vielsagenden Blick auf Zei. »Und wer garantiert uns überhaupt, daß er wirklich Snyol von Pleshch ist? Meines Wissens müßte General Snyol viel älter sein.«

Königin Alvandi flüsterte Barnevelt hinter vorgehaltener Hand zu: »Sagt dem alten *Fastuk,* Ihr hättet Eure Papiere in Nyamadze zurückgelassen, und dann fordert ihn wegen Ehrenbeleidigung!«

»Was? Aber ich ...«

»Tut, was ich befehle! Fordert ihn!«

Barnevelt, dem jetzt schmerzlich klar wurde, daß der, der auf einem Tiger reitet, nicht mehr absteigen kann, erhob sich und sagte: »Leider habe ich meine Papiere in meiner Heimat zurücklassen müssen, als ich floh. Wenn jedoch jemand den Wunsch verspüren sollte, mich der Lüge zu zeihen, dann bin ich gern bereit, die Streitfrage privat zu regeln, wie es unter Gentlemen üblich ist.«

Mit diesen Worten donnerte er sein Schwert so heftig auf den Konferenztisch, daß die Aschenbecher tanzten. Rostamb griff knurrend nach seinem Schwert.

»Wache!« kreischte die Königin, und sofort kamen Amazonen in den Raum gestürzt. »Entwaffnet die beiden! Kennt ihr zwei trunkenen Quertreiber nicht das Gesetz? Nur aus Verbeugung vor eurem Rang durftet ihr überhaupt bewaffnet unseren Palast betreten, und jeder weitere ungebührliche Männerzank wird darin resultieren, daß die Köpfe der

Beteiligten die Stadtmauer zieren, und wenn es zehnmal königliche Köpfe sind! Setzt euch! Herr Ferrian, mich deucht, Ihr habt hier noch den kühlsten Kopf von allen Anwesenden. Fahrt fort in Eurer Beweisführung ...«

Stundenlang bewegten sie sich so im Kreise. Waren indes anfangs nur die Königin, Prinz Ferrian und der Chefsyndikus für Barnevelt, so gewannen sie schließlich den Präsidenten von Suruskand, dann Penjird von Zamba und nach zähmen Hin und Her auch die anderen für sich, bis am Ende nur noch Rostamb von Ulvanagh übrigblieb.

König Rostamb schnaubte verächtlich: »Ihr seid alle behext von dem Parfüm, das die Weiber von Qirib benutzen, um ihre unglückseligen Männer zu unterjochen. Als ich herkam, war ich in dem Glauben, es würde ein faires und offenes Unternehmen unter Kameraden und Gleichgestellten. Statt dessen entpuppt sich das Ganze als ein höchst ruchloser, durchsichtiger Schwindel, mittels dessen Alvandi sich erhofft, nicht nur den Sunqar in ihre Gewalt zu bekommen, was sie ja offen zugibt, sondern euch alle, um euren unglücklichen Ländern ihre eigenen widernatürlichen, frevelhaften Träume von der Weiberherrschaft aufzuzwingen. Zum Hishkak mit ihr! Ehe ich mich dazu hergebe, sehe ich lieber die blutige Flagge der Sunqaruma über dem goldenen Ulvanagh wehen. Ihr werdet sehen, daß ich recht habe, meine Herren. Einstweilen wünsche ich allseits eine gute Nacht.«

Mit diesen Worten ging er hinaus, das borstige Kinn stolz in die Luft gereckt. Sein eindrucksvoller Abgang wurde indes erheblich durch die Tatsache beeinträchtigt, daß er, da er nicht aufpaßte, wohin er trat, über eine Falte im Teppich stolperte und der Länge nach hinfiel.

Als Ergebnis der Verzögerungen, die jede großangelegte Operation heimsuchen, verging mehr als eine Zehn-Nacht, ehe die Skier hergestellt, die Männer in ihrem Gebrauch unterwiesen, die organisatorischen Runzeln ausgebügelt waren und die Expedition gegen die Morya Sunqaruma endlich aufbrechen konnte. Barnevelt, der die Belohnung der Königin beim Bankhaus Ta'lun & Fosq hinterlegt hatte, machte sich Sorgen, da die Jahreszeit der Wirbelstürme in der Banjao-See nahte. Er stellte jedoch fest, daß er wenig tun konnte, um zu helfen oder hinderlich zu sein; die ihm unterstehenden Kommandanten erfüllten ihre jeweiligen Aufgaben ohne Rücksicht auf Verluste.

Er sah sich als eine Art Galionsfigur, wenngleich eine sehr notwendige, kam ihm doch in erster Linie die Aufgabe zu, die anderen davon abzuhalten, einander zu bevormunden und in die Haare zu kriegen. Doch selbst in dieser Funktion, nämlich der des Streitschlichters, fühlte er sich reichlich unwohl, und er war froh, daß er diese Aufgabe an George Tangaloa delegieren konnte, den er zu seinem Adjutanten machte. Denn George mit seiner sprachlichen Gewandtheit und seiner unerschütterlichen guten Laune erwies sich als idealer Balsam für verletzte Gefühle und als überaus geschickter Diplomat, wenn es galt, widerstreitende Meinungen miteinander in Einklang zu bringen.

Eines Tages sagte Tangaloa: »Dirk, ich bin ziemlich überzeugt, daß wir die Sunqaruma erledigen können. Aber wie zum Henker können wir unsere Leute davon abhalten, Igor Shtain mit einzumachen?«

Barnevelt überlegte. »Ich glaube, ich weiß eine Lösung. Wir nehmen uns die Piraten zum Muster. Hast du noch das Foto von Igor, das ich dir gab, als ich mich auf die Suche nach Zei machte?«

»Ja.«

»Sehr gut.« Sofort ging Barnevelt zur Königin und sagte: »Eure Hoheit, es gibt da einen alten Fotografen in Jazmurian ...«

»Den kenne ich, denn erst kürzlich hat die Künstlergilde ihn vor die Schranken des Gerichts gezerrt, weil er angeblich eine Bande von Räubern engagiert, die die Künstler auf den Straßen überfallen sollte, um sie als Konkurrenten für sein Gewerbe auszuschalten. Doch im Verlauf der Verhandlung stellte sich heraus, daß besagte Räuber nur zwei Reisende namens Snyol von Pleshch und Tagde von Vyutr waren – Namen mit vertrautem Klang –, welche nichts weiter verbrochen hatten, als sich den erpresserischen Forderungen dieser Gilde zu widersetzen. Meine Richterin stellte daher das Verfahren ein, verbunden mit einer Warnung an jene unverschämten Farbenkleckser. Was wollt Ihr denn von dem Fotografen?«

»Er ist ein Spion der Sunqaruma, und ich möchte, daß Ihr ihn festnehmen laßt ...«

»Festnehmen, fürwahr! Ich werde diesen Spitzbuben bei lebendigem Leib sieden lassen, bis ihm das Fleisch von den Knochen fällt! Ist das sein Dank für unsere Gerechtigkeit? Ich werde ihm den Kopf mit einer Goldschmiedssäge absägen lassen, eine Haaresbreite bei jedem Zug! Ich werde ...«

»Hoheit, ich bitte Euch! Ich habe eine andere Verwendung für ihn.«

»Ja?«

»Es gibt da einen Erdbewohner im Sunqar, den ich unbedingt lebend haben möchte ...

»Und warum?«

»Ach, er hat mir einmal übel mitgespielt, und das möchte ich ihm heimzahlen, schön langsam, Stückchen für Stückchen, damit er etwas davon hat. Deshalb möchte ich nicht, daß einer unserer Soldaten ihm einen raschen Tod bereitet. Ich möchte, daß der alte Fotograf seinen Kopf behält und straffrei ausgeht – natürlich für eine gewisse Gegenleistung: Er soll ein Bild von besagtem Erdbewohner reproduzieren. Er soll jegliche Hilfe und alles Material bekommen, das er braucht, unter der Bedingung, daß er mir dreitausend Abzüge herstellt, bevor wir auslaufen. Diese werde ich dann unter unseren Soldaten mit der Parole verteilen, daß der, der mir diesen Erdbewohner lebendig bringt, fünftausend Karda als Belohnung erhält – bei dessen Tod aber nichts.«

»Ihr habt schon seltsame Ideen, Meister Snyol, aber es soll geschehen, wie Ihr es wünscht.«

Am festgesetzten Tag führte Barnevelt die, die gekommen waren, ihn zu verabschieden, an Deck der *Junsar* aus Majbur, die er als Flaggschiff ausgewählt hatte. (Die Königin hatte sich ob dieser Wahl überrascht und enttäuscht gezeigt, da sie erwartet hatte, er würde ihre *Douri Dejanai* wählen. Er hatte jedoch auf seiner Wahl bestanden, um jeden Anschein von Parteilichkeit zu vermeiden. Abgesehen davon war die *Junsar* größer.) Alle kamen an Bord und tranken und schwatzten, ganz wie bei einer normalen Segelparty.

Barnevelt suchte während der ganzen Zeit nach einer günstigen Gelegenheit zu einem vertraulichen Abschiedsgespräch mit Zei, mit der er seit ihrer Rückkehr nach Ghulinde kaum noch einmal unter vier Augen hatte sprechen können. Beide jedoch waren während der ganzen Party ständig in höfliche Konversation mit anderen verwickelt. Schließlich faßte er sich ein Herz, packte den Shaihan bei den Hörnern, entschuldigte sich und sagte: »Würdet Ihr einen Moment hereinkommen, Prinzessin?«

Er führte sie in seine Privatkajüte, wobei er sich bücken mußte, um mit dem Kopf nicht an den Querbalken zu stoßen.

»Leb wohl, mein Schatz«, sagte er und schloß sie in die Arme.

Als er sie wieder freigab, hauchte sie: »Du *mußt* zurückkommen, teuerster Geliebter. Ohne dich würde meinem Leben die Würze fehlen. Gewiß finden wir zu einer Lösung, die deinen Bedingungen entgegenkommt. Warum sollte ich dich nicht, wenn ich erst Königin bin, zu meinem dauerhaften Geliebten machen, der für immer meine Gefühle regiert, während meine Gatten kommen und gehen?«

»Tut mir leid, aber ohne mich. Sag es nicht weiter, aber ich bin wirklich ein sehr moralisch eingestellter Mensch.«

»Wenn auch dieses Übereinkommen dir nicht zusagt – die glühende Leidenschaft in meiner Leber ist so heftig, daß ich lieber meinem königlichen Rang entsagen und mit dir durch die Welt ziehen oder mich in die schrecklichen Tiefen des Raums stürzen würde, aus dem die exotischen Terraner kommen, als dich zu verlieren, o mein Gebieter. Denn es ist seit jeher meine geheime Hoffnung gewesen, von einem Mann von Kraft und Mumm, so wie du einer bist, gebändigt zu werden.«

»Ach, komm, so toll bin ich nun auch wieder nicht ...«

»Es gibt niemanden, der dir gleichkommt! Selbst Qarar, wenn er wirklich lebte und kein Produkt dichterischer Phantasie wäre, könnte kein größerer Held sein! Ich flehe dich an, versprich mir ...«

»Na, na, nicht weinen jetzt! Wir regeln das, sobald wir uns wiedersehen.« Er unterließ es geflissentlich hinzuzufügen, daß dieses Wiedersehen, falls seine Pläne klappten, niemals stattfinden würde.

Ihre Lobeshymnen waren ihm peinlich und erweckten Schuldgefühle in ihm, denn er konnte sich des Gefühls nicht erwehren, daß eine Menge Kummer und Unglück, der Tod Chasks mit eingeschlossen, vermeidbar gewesen wäre, wenn er im Umgang mit der Besatzung der *Shambor* ein wenig mehr Geschick an den Tag gelegt hätte. Obschon er Zei liebte (verdammt noch mal!), hielt er seine Pläne letztlich doch für die beste Lösung für alle. Er hoffte, wenn Shtain erst einmal gerettet und der Film gedreht wäre, heimlich von Krishna verschwinden und zur Erde zurückkehren zu können.

Er küßte sie mit einer Glut, die einem Clark Gable in Glanzform alle Ehre gemacht hätte, trocknete Ihre Tränen und führte sie zurück auf Deck. Die Partygäste begannen sich zu zerstreuen. Diejenigen, die – wie Prinz Ferrian – mitsegelten, gingen an Bord ihrer eigenen Schiffe; die, die – wie König Penjird von Zamba – dablieben, begaben sich an Land. Mit flatternden Wimpeln, schmetternden Fanfaren, knatterndem Feuerwerk und Tausenden, die von den Docks von Damovang zum Abschied winkten, mit stampfenden Rudern, eskortiert von einem von Ferrians Raketengleitern, der hoch über ihren Häuptern seine Kreise zog, stach wenig später die vereinigte Armada in die smaragdgrüne See.

11

Wieder kamen die Hügel von Fossanderan in Sicht, diesmal bedeckt mit schwarzen Stümpfen wie ein unrasiertes Kinn unter einem Mikroskop. Nur auf der linken Seite, zum östlichen Ende der Insel hin, hatte sich das Grün, Braun und Purpur der krishnanischen Vegetation gehalten.

Barnevelt, der sich an die Vorderreling der *Junsar* lehnte, sagte: »George, gib Order, daß wir die Bucht auf der Nordseite von Fossanderan anlaufen, um unsere Wasservorräte aufzufrischen. Ich möchte nicht noch einmal erleben, daß uns das Trinkwasser ausgeht.«

»Und wenn sie wegen der Dämonen Stunk machen?«

»Ach, Blödsinn! Erinnere sie daran, daß ich der Bursche bin, der die Dämonen mit der linken Hand erledigt hat. Natürlich müssen die Wasserholer Wachen aufstellen.«

Die Flotte legte sich vor die Nordküste der Insel und frischte ihre Wasservorräte auf. Hunderte von Ruderern nutzten die Pause, um an Land zu gehen und sich ein paar Stunden auf dem weichen Waldboden auszuschlafen, nachdem sie sich seit der Abfahrt von Damovang mit mehr oder weniger kurzen, wenig erfrischenden Nickerchen auf ihren harten Ruderbänken hatten begnügen müssen. Von den Geschwänzten war nichts zu sehen; zudem schien die Geschichte von Barnevelts Heldentat den Leuten viel von ihrer Angst vor der Insel genommen zu haben.

Als die Führer sich an Bord der *Junsar* zu einer Beratung versammelten, sagte der Dasht von Darya: »Und was, wenn diese Halunken Bedingungen stellen?«

»Dann werfen wir ihre Emissionäre kurzerhand ins Meer«, schlug Königin Alvandi vor.

»Das steht aber nicht im Einklang mit der Praxis zivilisierter Nationen«, wandte der Admiral von Majbur ein.

»Wen kümmert das schon? Wer bezeichnet diese blutrünstigen Räuber als zivilisiert?«

»Einen Augenblick, Madame«, schaltete sich Prinz Ferrian ein. »Eine moralisch einwandfreie Haltung ist von nicht geringem Vorteil bei einem Unternehmen wie unserem, zumal sie uns nichts kostet. Ich würde vorschlagen, wir bieten den Piraten Bedingungen an, die sie nur ablehnen können, wie – sagen wir mal – das nackte Leben.«

Also ward es beschlossen.

Als die Wassertanks aufgefüllt und die Ruderer aus dem Schlaf geweckt und an Bord zurückgekehrt waren, setzte sich die Flotte wieder in Marsch. Hinter der führenden *Junsar* pflügte die groteske Form von Ferrians rudergetriebenem Flugzeugträger, die *Kumanisht,* das Wasser. Der Katapult in ihrem Bug schoß soeben mit viel Getöse einen Raketengleiter zu einem Übungsflug in die Lüfte. Er drehte ein paar Kreise über der Flotte und schwebte dann über das Heck des Trägers zur Landung ein, wo er von der Bedienungsmannschaft aufgefangen wurde.

Als sie die Ostspitze Fossanderans umrundeten und in den breiteren Kanal der Palindos-Straße kamen, stieß Barnevelt Tangaloa an und deutete mit ausgestreckten Arm zur Küste hinüber. Eine kleine Gruppe von Geschwänzten fischte im seichten Wasser mit Speeren. Kaum hatten sie die *Junsar* bemerkt, liefen sie zurück zum Ufer und verschwanden zwischen den Bäumen.

»Hör mal«, sagte Tangaloa, »können wir nicht für eine kurze Weile die Fahrt unterbrechen, damit ich sie mir anschauen und mich ein bißchen mit ihnen unterhalten kann? Ich nehme auch eine Wache mit ...«

»Kommt nicht in Frage! Wenn wir den Krieg gewonnen haben, können wir vielleicht auf dem Rückweg hier haltmachen ... ja, was gibt's?«

Ein Offizier näherte sich und meldete, daß das Schiff von Kapitän Sowieso ein Leck hätte, und daß er um Erlaubnis bittet kehrtzumachen.

»Zeus!« knurrte Barnevelt. »Das ist schon der vierte oder fünfte, der kneift. Wir sind mit einer beruhigenden Übermacht an Schiffen und Soldaten aufgebrochen, aber offenbar hat dieser verfluchte Rostamb sie alle mit seinem Gejammer angesteckt. Wenn das mit den ›Lecks‹ so weitergeht, ist die Flotte unseres Feindes bald größer als unsere eigene!«

»Wir haben die Schiffe aber doch in Damovang eingehend überprüft«, meinte Tangaloa.

»Eben. Ich bin sicher, daß Sabotage dahintersteckt. Es gibt auf jedem Schiff genügend Leute, die lieber heute als morgen zurückkehren. Ich werde mir dieses Leck mal ansehen.«

Barnevelt inspizierte den Schaden, riet dem Kapitän, das Leck mit Segeltuch abzudichten, und kehrte auf *Junsar* zurück. Als sie aus der Meerenge in die Banjao-See kamen, kommandierte er zwei leere Frachtschiffe ab, nach Malayer zu segeln und Lebensmittel und Wasser aufzunehmen. Im *Sunqar* sollten sie dann wieder zum Rest der Flotte stoßen. Dann nahm er seine gewohnte Stellung wieder ein: den Ellbogen auf die Vorderreling gestützt, den Blick düster auf das Meer gerichtet.

»Was macht dich so trübsinnig?« fragte Tangaloa. »Als du zum ersten Mal in den Sunqar aufbrachst, machtest du einen weit weniger niedergeschlagenen Eindruck, obwohl das Risiko viel größer war.«

»Merkt man mir das so sehr an? Ach, es hat nichts mit dem Kampf zu tun.«

»Womit dann?«

»Hohl, hohl ist alles Vergnügen.«

»Jetzt weiß ich's! Du bist verliebt!«

»Hm-hm«, gestand Barnevelt.

»Na, warum dann so trübsinnig, hm? Ich habe diesen Zustand immer ganz lustig gefunden.«

»Ich habe ihr für immer Lebewohl gesagt.«

»Warum?«

»Sie hatte sich in den Kopf gesetzt, daß ich ihr Prinzgemahl werden sollte. Und ...« Barnevelt schlug sich mit der Handkante gegen den Hals.

»Den Aspekt hatte ich ganz vergessen. Aber das hätte sich doch bestimmt irgendwie arrangieren lassen.«

»Das ist es ja! Es *war* arrangiert! Und genau dagegen hatte ich etwas.«

»Nein, nein, mein Freund, viel zu voreilig! Ich meine, wenn du deine Trümpfe richtig ausspielst, könntest du das Matriarchat stürzen und dieser grausamen Sitte ein Ende machen. Dieses System, das sie da in Qirib haben, ist gar nicht so unerschütterlich, wie es aussieht.«

»Du meinst, weil die Männer größer und stärker sind als die Frauen, so wie bei uns?«

»Nicht ganz, obwohl das natürlich auch eine Rolle spielt. Ähem. Ich wollte damit ausdrücken, daß diese von Frauen beherrschte Gesellschaft keine organisch gewachsene ist, sondern daß die Weiberherrschaft einem anderen Kulturschema als Folge verschiedener historischer Ereignisse aufgezwungen wurde. Die kulturelle Grundhaltung des Volkes ähnelt immer noch der der umliegenden krishnanischen Staaten, in denen annähernd Gleichberechtigung zwischen den Geschlechtern herrscht.«

»Ich verstehe. Und du meinst, wenn man diese Unzufriedenheit geschickt ausnutzt, dann ...«

»Ganz genau. Soviel ich weiß, ist es andererseits in Nyamadze ...«

»Hat sich denn die – äh – grundsätzliche Einstellung der Leute nicht verändert, seit Königin Dejanai das Matriarchat einführte?«

»Nein. Das würde noch Jahrhunderte brauchen. Sieh mal, die meisten Leute bekommen ihre kulturelle Grundhaltung, noch ehe sie ins Schulalter kommen, und ändern sie nachher nie mehr. Das ist auch der Grund, warum es auf der Erde hier und da immer noch Spuren von Rassismus und Diskriminierung gibt, trotz all der aufwendigen Aufklärungsarbeiten und der gesetzlichen Maßnahmen der letzten Jahrhunderte. Offenbar werden Kulturschemata auf Krishna in ganz ähnlicher Weise tradiert. Wenn du also dieses Muster einer basilophagen Gynäkokratie aufbrechen willst, bevor es sich verhärtet ...«

»Einer *was*?« fragte Barnevelt.

»Oh, entschuldige, ich habe ganz vergessen, daß wir hier nicht auf einem Anthropologenkongreß sind. Dieses Muster einer königfressenden Unterrockherrschaft, hätte ich sagen sollen, kann von einem entschlossenen Mann gestürzt werden, und du hättest alle Vorteile auf deiner Seite – eine zentrale Position innerhalb des Herrschaftsapparates, das Image eines Helden ...«

Barnevelt schüttelte den Kopf. »Ich bin ein stiller Bursche und mache mir nichts aus dem grellen Licht, das auf den Thron fällt und jeden kleinsten Makel sofort ans Licht bringt.«

»Ach, Unsinn, Dirk. Dir gefällt die Führerrolle. Ich habe dich beobachtet.«

»Jedenfalls habe ich nicht die Absicht, meinen Kopf in diese spezielle Schlinge zu halten, solange die Königin ihr scharfes Duftwässerchen Marke ›Ungezügelte Lust‹ benutzt, um die Männer zu unterjochen. Außerdem habe ich meine Verpflichtungen gegenüber der Firma.«

»Ach ja – Igor Shtain Limited hatte ich schon ganz vergessen. Aber könntest du das Mädchen nicht dazu überreden, ihren Prinzessinnenjob an den Nagel zu hängen? Dann bräuchtest du kein Prinzgemahl zu werden, und alles wäre in Butter.«

»Den Vorschlag hat sie mir tatsächlich auch schon gemacht. Sie wäre mit mir auf die Erde gegangen.«

»Um Gottes willen, warum hast du sie dann nicht beim Wort genommen?« ereiferte sich Tangaloa. »Sie ist ein schnuckliges kleines Ding. Ich hätte selbst nichts dagegen, ein bißchen mit ihr herumzutändeln, wenn ich ehrlich bin.«

»Sie ist eine Krishnanerin, verdammt noch mal!«

»Na und? Deshalb kannst du doch mit ihr ... Oder gibt es im Fünften Buch Mose ein entsprechendes Verbot?«

»Das ist es ja nicht. Das Problem ist, wir können uns nicht kreuzen.«

»Um so besser! Dann brauchst du dir wenigstens keine Sorgen zu machen, daß die ...«

»Aber genau das will ich ja!«

»Du möchtest also eine ganze Schar kleiner Dirks in die Welt setzen? Als ob einer nicht schon genug wäre?«

»Ja«, sagte Barnevelt.

»Das sentimentale Verlangen nach stellvertretender Unsterblichkeit, hä?«

»Absolut nicht. Mir ist eher nach einem erfüllten, soliden Familienleben zumute. Der armselige alte Sex allein bringt's auf die Dauer auch nicht.«

»Haha«, sagte Tangaloa grinsend. »Und was sollte dieser Spruch, den du da bei Castanhoso zitiert hast – von wegen die ›strahlende Schande ihrer Liebe verabscheuen‹ oder so ähnlich? Du steckst immer noch voller irrationaler Hemmungen, mein Sohn. Wir Polynesier haben herausgefunden ...«

»Ich weiß. Euer System der progressiven Polygamie mag ja für euch das richtige sein, aber nicht für mich. Ich bin für so was nicht geschaffen. Deshalb kann ich mit eierlegenden Prinzessinnen nichts anfangen.«

»Eine bigotte, rassistische Einstellung.«

»Und wenn schon! Es ist jedenfalls *meine* Einstellung. Ein Glück, daß diese Expedition dazwischenkam und wir uns trennen mußten. Ich glaube, sonst hätte ich nie mehr die Willenskraft aufgebracht, von ihr wegzugehen.«

»Na schön, es ist dein Leben, du mußt wissen, was du tust.« Tangaloa wischte sich den Schweiß von der Stirn. »Es ist hier heißer als im Nordterritorium von Australien im Januar.«

»Der Südwind«, sagte Barnevelt. »Der wird uns noch den ganzen Weg bis zum Sunqar zu schaffen machen.«

»Wir sollten das so machen wie die Burschen aus Darya. Kaum waren wir aus dem Hafen von Damovang raus, da zogen sie gleich wieder ihre heimatliche Tracht an – eine Fettschicht. Und jetzt brauchen sie bloß noch das Fett wegzulassen.«

12

Schließlich tauchte der Sunqar wieder am dunstigen Horizont auf. Barnevelt, der sich in diesen Gewässern schon richtig heimisch zu fühlen begann, nahm Kurs auf die Nordwestküste der schwimmenden Inseln, wo der Eingang zur Piratensiedlung lag.

Ein Gleiter kam von einem Erkundungsflug zur *Kumanisht* zurück und meldete (die Meldung wurde sofort durch Flaggensignal an die *Junsar* weitergegeben), eine Galeere habe soeben den Zugang passiert und steuere auf sie zu. Kurz darauf kam sie in Sicht. Als sie sich näherte, holte sie die Segel ein und hielt direkt auf die *Junsar* zu. Beide Schiffe verlangsamten ihre Fahrt, bis sie schließlich so dicht voreinander zum Stillstand kamen, daß sie sich fast mit dem Bug berührten. Die grüne Parlamentärsflagge flatterte am Hauptmast des Piratenschiffes.

»Wer seid ihr und was treibt ihr hier?« kam eine Reibeisenstimme im Qiribo-Dialekt vom Bug des Piratenschiffes.

Barnevelt wandte sich an den Herold, der mit einem Megaphon neben ihm stand: »Sag ihm, wir wären die vereinigten Kriegsflotten der Sabadao-See, und wir wären gekommen, den *Sunqar* zu säubern.«

»Probiert es nur!« kam die Antwort vom anderen Schiff. »Wir werden euch lehren ...« Der Unterhändler der Sunqaruma hielt sich mit fast hörbarer Anstrengung zurück. »Habt ihr uns Bedingungen vorzulegen, bevor das Spiel beginnt?«

»Wenn ihr euch ergebt, garantieren wir für euer Leben, aber für mehr auch nicht – weder für eure Freiheit noch für euren Besitz!«

»Sehr freundlich, haha! Ich werde euer großzügiges Angebot unseren Führern vortragen.«

Die Galeere ruderte zurück, bis sie mehrere Längen von der *Junsar* entfernt war. Erst dann wendete sie. Offensichtlich wollte der Kapitän auf Nummer Sicher gehen und das Risiko vermeiden, einen feindlichen Rammsporn in die ungeschützte Flanke gebohrt zu kriegen. Dann klatschten die Ruder der Piraten und wühlten das Wasser auf, als das Schiff mit voller Fahrt zu dem Eingang im Rankenwerk zurückraste.

Die *Junsar* folgte in gemächlicher Fahrt, um den Sunqaruma eine echte Chance zu geben, das Ultimatum zu überdenken. Plötzlich hörte Barnevelt schnellen Ruderschlag zu seiner Linken. Er drehte sich um und sah, daß Königin Alvandis *Douri Dejanai* die Verfolgung der Piratengaleere aufgenommen hatte. Sie war schon auf gleicher Höhe mit der *Junsar*.

»He! Ihr da!« rief Barnevelt übers Wasser. »Zurück in die Reihe mit euch!«

Die heisere, keifende Stimme der Königin kam zurück: »Der Unterhändler der Piraten war Gizil der Sattler! Ich werde sein Schiff versenken und dann ...«

»Wer ist Gizil der Sattler?«

»Ein frecher Abtrünniger aus Qirib und ein notorischer Schürer von Unzufriedenheit unter unseren Männern! Wir wollten den Kerl hängen, aber als er erfuhr, daß ein Haftbefehl gegen ihn vorlag, floh er. Diesmal geht er uns nicht durch die Lappen!«

»Geht zurück in die Reihe!« befahl Barnevelt.

»Aber Gizil wird wieder entkommen!«

»Laßt ihn doch!«

»Das werde ich nicht! Was glaubt Ihr, wer Ihr seid, daß Ihr der Königin von Qirib Befehle erteilen könnt!«

»Wer ich bin? Euer Oberbefehlshaber, falls Ihr das vergessen habt! Und jetzt zurück mit Euch in die Formation, sonst versenke ich Euch – bei den Zehnägeln Qondyors, das ist mein voller Ernst!«

»Das würdet Ihr nicht wagen! Schneller, Kerls!«

»Nein?« Barnevelt wandte sich an Tangaloa: »Gib Order: volle Kraft voraus – Bugkatapult laden!«

Obwohl die *Douri Dejanai* im Verlauf dieses Wortgeplänkels an der *Junsar* vorbeigezogen war, dauerte es nur kurz, bis das größere Schiff wieder auf gleicher Höhe war.

»Einen Schuß über das Achterschiff!« befahl Barnevelt. »Aber gebt acht, daß Ihr nichts trefft!«

Wumm! machte der Katapult. Der mannsgroße Pfeil flog mit kreischendem Jaulton durch den schmalen Zwischenraum zwischen den beiden Schiffen. Barnevelt hatte beabsichtigt, so weit an der Königin vorbeizuschießen, daß sie zwar einen gehörigen Schrecken bekam, daß ihr aber nichts passieren konnte. Ob es nun daran lag, daß die Zielscheibe zu verführerisch war, oder daran, daß die Bewegung des Schiffes die Zielsicherheit der Mannschaft beeinträchtigte – jedenfalls streifte die Spitze des Pfeils Alvandis Umhang, riß ihn ihr von den Schultern und trug ihn flatternd hinaus auf die See, Geschoß und Mantel verschwanden mit einem Aufspritzen. Die Königin geriet ins Taumeln und fiel der Länge nach aufs Deck. Sofort hastete eine ihrer Amazonen wie ein aufgeschrecktes Huhn herbei und half ihr auf.

Sie gebot ihren Ruderern Einhalt und schüttelte drohend die Faust gegen die *Junsar*. Barnevelt sah auf fast allen Gesichtern mehr oder weniger verstohlenes Grinsen, denn Königin Alvandis aufbrausende Art war berüchtigt, selbst in einer Flotte, zu deren Führern so ungehemmte Individualisten zählten wie Prinz Ferrian von Sotaspé. Nach diesem Zwischenfall gab es keinen Ungehorsam mehr gegenüber Barnevelts Befehlen.

Ich und Napoleon! dachte er bei sich. Wenn die wüßten, wer er in Wirklichkeit war ...

Als sie sich dem Sunqar näherten, wuchsen die treibenden Terpahla-Stücke zu immer größeren, immer festeren Schollen zusammen, so daß sich schließlich hier und da ein Ruderblatt in ihnen verhedderte und mit Gewalt wieder herausgezerrt werden mußte. Durch ein langes messingnes krishnanisches Teleskop sah Barnevelt, daß das Schiff, das vor dem Eingang zu der Fahrrinne Wache hielt, dasselbe war, das ihnen entgegengekommen war. Es hatte seine vorherige Position wieder eingenommen und war gerade dabei, ein an Ketten befestigtes großes Stück Terpahla in die Mündung der Fahrrinne zu ziehen. Inzwischen ruderte ein Langboot die Fahrrinne hinauf, offenbar um den Piratenführern die Nachricht vom Herannahen der Flotte zu überbringen.

Die Sunqaruma verhielten sich defensiv. Barnevelt ließ die Parole durchgeben: »Plan zwei kommt zur Durchführung!«

Mit viel Signalen und Trompetenstößen änderte die Flotte ihre Formation. Zwei Gruppen von Schiffen – durch Verringerung der Rudereinrichtungen in Truppentransporter verwandelte Kriegsgaleeren – zogen sich auf die Flanken zurück, während Barnevelts *Junsar* das Geschwader aus Majbur geradewegs gegen den Terpahla-Korken führte, der die Fahrrinne in den Sunqar blockierte.

Die Piratengaleere hielt immer noch Wache in der Fahrrinne. Sie war durch ein Gewirr von Ketten und Seilen mit dem Terpahla-Pfropfen verbunden. Hinter ihr tauchten weitere Schiffe in der Rinne auf.

Barnevelt fragte sich, ob die Sunqaruma es noch einmal mit Verhandlungen versuchen würden, doch dann deutete der Kapitän der *Junsar* auf die braune Kriegsflagge, die träge am Hauptmasttopp der Piratengaleere flatterte.

»Da habt Ihr die Antwort, Herr«, sagte er.

Im nächsten Moment donnerte ein Katapult. Bleikugel und gefiederte Speere flogen im Bogen über das Wasser. Als die *Junsar* noch näher herankam, flogen die ersten Bogenpfeile und Armbrustbolzen. Entsprechend den Anweisungen des Kapitäns der *Junsar* errichteten ein paar Männer der Besatzung ein Bollwerk aus Schilden um den Bug, damit Barnevelt und die anderen aus gesicherter Stellung beobachten konnten.

»Sollen wir das Feuer erwidern?« fragte der Kapitän.

»Nicht, solange sie so freundlich sind und uns das Taxieren der Schußweite abnehmen«, antwortete Barnevelt.

Er schwenkte sein Teleskop und versuchte auszumachen, ob die Geschwader den Plan befolgten. Doch bei dem

Dunst, den der heiße Wind mitgebracht hatte, sah er genausoviel oder genausowenig, wie wenn er mit bloßem Auge geschaut hätte.

Ein Geschoß plumpste genau zwischen der *Junsar* und ihrer Nachbarin auf der Steuerbordseite ins Wasser. »Jetzt!« rief Barnevelt, und mit lautem Getöse gingen die Bugkatapulte des Majbur-Geschwaders los.

Barnevelt kannte jenes frustrierende Gefühl, das einen Oberbefehlshaber überkommt, sobald er den letzten Befehl, mit dessen präziser Durchführung er rechnen kann, gleich zu Beginn des Kampfes gegeben hat. Man will in letzter Minute noch hier und da Verbesserungen am Plan vornehmen, aber dann ist es schon zu spät, und der weitere Verlauf der Schlacht hängt weitgehend vom Geschick und von der Moral der kämpfenden Truppe ab.

Geschosse prasselten jetzt mit hohlem Dröhnen gegen das Schilderbollwerk. Achtern verkündeten lautes Krachen und Schreie, daß das Feuer der Verteidiger seinen Weg ins Ziel gefunden hatte.

Als Barnevelt vorsichtig über die Brustwehr aus Schilden spähte, sah er, daß ihn nur noch der Stopfen aus Terpahla und ein paar Meter freies Wasser von der Galeere trennten, die den Zugang bewachte. Die Galeere feuerte mit ungeheurer Schnelligkeit. Die Geschosse jagten ihm mit nie nachlassendem Zischen und Pfeifen über den Kopf hinweg. Vier weitere Galeeren aus dem Majbur-Geschwader waren vor dem Stopfen in Stellung gegangen und erwiderten das Feuer, obwohl sie, bedingt durch ihre Lage, nur ihre vorderen Katapulte einsetzen konnten und auf dem Vorderschiff zu wenig Raum für den Einsatz von Bogenschützen hatten.

Vom Bug der angreifenden Schiffe kletterten jetzt mit Haken und Rechen bewaffnete Männer auf die Rammsporne hinunter. Sie schlugen ihre Werkzeuge in die Terpahla-Masse und zerrten dicke Stränge von schleimigem goldbraunen Zeug aus dem Pfropfen heraus und reichten sie an ihre Kameraden oben weiter. Ihre Bemühungen hatten das Ziel, den Pfropfen so weit aufzulockern, daß man ihn schließlich mit vereinten Kräften herausziehen konnte, um so den Zugang freizubekommen. Direkt vor Barnevelts Augen wurde einer der Männer, die in dem Tang herumstocherten, von einem Pfeil durchbohrt und fiel ins Wasser. Sofort nahm ein anderer seinen Platz ein.

Ein langgezogenes *Ffft* über seinem Kopf ließ Barnevelt nach oben schauen. Es war einer von Ferrians Gleitern, der eine Runde über dem Feind drehte. Seine Raketen zogen eine Schleppe gelben Rauchs von Yasuver-Pulver hinter sich her. Als der Gleiter über dem Wachschiff auftauchte, ließ er etwas herunterregnen. Barnevelt wußte, daß es sich um eine Handvoll kleiner stählerner Spieße handelte, von denen Prinz Ferrian eine große Anzahl für seine Flieger hatte herstellen lassen.

Ein zweiter Gleiter flog weiter zur Hauptsiedlung der Piraten, wo er etwas fallen ließ. Man sah eine Qualmwolke und hörte das Krachen von Feuerwerkskörpern. Barnevelt konnte jedoch nicht ausmachen, ob diese irgendwelchen erwähnenswerten Schaden anrichteten.

Peng! Ein von einem feindlichen Katapult abgefeuertes Bleigeschoß durchschlug die Schilderbrustwehr, keine zwei Schilde von Barnevelt entfernt, und rollte wie eine Bowlingkugel über das Vorderdeck. Zwei Männer von der Besatzung beeilten sich, den zerbrochenen Schild durch einen neuen zu ersetzen. Unten lagen ein paar Männer im Wasser zwischen den glitschigen Tangbrocken. Barnevelt beobachtete, wie einer von ihnen sich plötzlich merkwürdig zusammenkrümmte; gleichzeitig sah er, wie für den Bruchteil einer Sekunde ein Stück gefleckter Haut an der Wasseroberfläche aufblitzte. Vom Blut angelockt, versammelten sich die Fondaqa, die Giftaale.

Eine der Galeeren aus dem Majbur-Geschwader hatte inzwischen eine Anzahl Tangstränge auf ihrem Deck angebunden und begann sich langsam rückwärts von dem Pfropfen fortzubewegen, um ihn herauszuziehen. Doch der Pfropfen hielt stand. Als die Spannung, die auf den Strängen lastete, zu groß wurde, zerriß einer nach dem anderen, und die ganze Mühe war umsonst gewesen. Erneut zischte ein Gleiter über sie hinweg. Die Wachgaleere jagte einen Hagel von Geschossen in die Luft, die jedoch allesamt weit unter dem Flugapparat verhungerten und wirkungslos herunterfielen.

»Herr Snyol!« rief der Kapitän der *Junsar*. »Da kommt Prinz Ferrian.«

Barnevelt lief nach achtern. Der Prinz, schlank und dunkel, kam eben über das Heck hereingeklettert. Sein damaszierter Brustpanzer glitzerte in der Sonne. Unter dem Heck der *Junsar* ruhte sich die Besatzung des Langbootes, die ihn von der *Kumanisht* herübergerudert hatte, auf ihren Rudern aus.

Ferrian brauchte ein paar Sekunden, bis er wieder ruhiger atmen konnte, dann sagte er: »Eine merkwürdige Flotte nähert sich von Norden her. Einer meiner Flieger hat sie aus der Höhe erspäht.«

»Was für eine Flotte?«

»Das wissen wir noch nicht, aber ich habe schon einen zweiten Gleiter ausgesandt, der nähere Einzelheiten erkunden soll.«

»Wer könnte das wohl sein? Vielleicht König Rostamb, der sich für sein Verhalten schämt und uns zu Hilfe kommen will?«

»Möglich ist alles, aber viel wahrscheinlicher ist es die Flotte von Dur, die gekommen ist, um ihre Piratenfreunde zu retten.«

Dur! An diese Möglichkeit hatte Barnevelt nicht gedacht.

Weiter vorn ging inzwischen das Feuergefecht mit den Sunqaruma mit unverminderter Heftigkeit weiter.

Kurzentschlossen sagte Barnevelt: »Ich komme mit Euch auf die *Kumanisht*. Dort sprechen wir in Ruhe weiter darüber. Halt du einstweilen hier die Stellung!« rief er Tangaloa zu. »Signalisier den Truppentransportern, daß die Skitruppen bis auf weiteres an Bord bleiben sollen.«

Es würde ein Fiasko geben, dachte er, als er über die Strickleiter in das Langboot hinunterkletterte, wenn sie mitten in ihrer heiklen Landungsoperation von See her angegriffen würden.

An Bord des Flugzeugträgers herrschte rege Betriebsamkeit. Die Besatzung war gerade dabei, das Flugdeck für die Landung des Erkundungsgleiters freizumachen. Wenig später schwebte er mit schmetterlingshafter Anmut von Norden her ein und wurde von der Deckmannschaft geschickt aufgefangen.

Der Pilot kletterte heraus und sagte: »Noch eine Viertelstunde länger, und ich wäre aus Treibstoffmangel ins Meer gefallen. Meine Herren, die herannahende Flotte ist in der Tat die von Dur, wie ich aus der Form ihrer Segel ersehen konnte. Es sind die typischen Rahsegel, wie sie in der stürmischen Va'andao-See verwendet werden.«

»Wie viele Schiffe sind es?« fragte Ferrian.

»Ich habe vierzehn ihrer großen Schiffe gezählt, dazu etwa die gleiche Anzahl kleinerer.«

Barnevelt rechnete nach. »Wenn es uns gelingt, die Sunqaruma eingeschlossen zu halten, könnten wir es von unserer Stärke her mit Dur aufnehmen.«

»Ihr kennt die Riesenschiffe von Dur nicht«, erwiderte Ferrian kopfschüttelnd. »Ihre größten Galeeren sind mit fast tausend Mann besetzt. Schon eine einzige davon könnte ein ganzes Geschwader von uns vernichten, wie man einen Käfer mit dem Absatz zertritt. Daher, mein Herr, ersuchen wir Euch nun mit gebührendem Respekt, uns eine Kostprobe von jener Eurer außergewöhnlichen Erfindungsgabe zu liefern, von der Alvandi uns berichtet hat, auf daß die untergehende Sonne nicht das unerfreuliche Spektakel beleuchtet, wie Ihr, ich und alle unsere tapferen Männer den Fondaqa zum Fraß fallen. Was befehlt Ihr also, Herr?«

13

Den Fondaqa zum Fraß fallen? Barnevelt dachte nach, das lange Kinn auf die Hand gestützt. Vielleicht konnte man dieses Vergnügen anderen überlassen ...

»Sagt mir eines«, wandte er sich wieder an den Prinzen. »Seit fast einer Stunde nun haben Eure Gleiter Geschosse auf die Sunqaruma herabregnen lassen – offenbar ohne irgendeine sichtbare Wirkung ...«

Hitzig erwiderte Ferrian: »Meine Gleiter sind die größte militärische Erfindung, seit Qarar die Damen von Varzenai-Ganderan mit seinem magischen Stab schlug! Sie machen uns in den Küsten Qondyors ebenso mächtig und gefürchtet wie die verfluchten Erdenmenschen! Aber wie Ihr schon sagtet«, fuhr er kleinlaut fort, »sie sind längst noch nicht perfekt. Was würdet Ihr tun?«

»Wieviel Last können die Gleiter tragen?«

»Für einen kurzen Flug das Äquivalent eines Mannes außer dem Piloten. Was habt Ihr vor?«

»Wir haben auf den Versorgungsschiffen eine Menge Wasserkrüge. Wenn wir die Hälfte oder zwei Drittel des Wassers ausschütten, wiegen sie etwa soviel wie ein Mensch – zumindest wie ein kleinerer ...«

»Welchen Sinn hätte ein Bombardement mit halbvollen Wasserkrügen? Selbst wenn Ihr damit einem oder zwei Feinden den Schädel einschlagt ...«

»Wenn aber die Krüge voller Fondaqa wären?«

»*Hiao,* das nenne ich genial!« rief Ferrian begeistert. »Wir zerkleinern die Leichen der Gefallenen zu Köderbrocken und verwenden jene Haken, die Eure kräftigen Majburuma zum Zerreißen der Seeranken benutzt haben ... Kapitän Zair, mehr Boote! Unser Admiral hat einen Befehl für die Flotte! Hurtig, hurtig!«

»Aber meine Herren!« schrie Kapitän Zair mit einem

Ausdruck blanken Entsetzens auf dem Gesicht. »Die Männer haben eine Todesangst vor diesen Kreaturen, und das mit gutem Grund!«

Barnevelt gab sich einen Ruck. »Ach, Unsinn! Ich habe jedenfalls keine Angst vor ihnen. Bringt mir eine dicke Lederjacke und ein paar Stulpenhandschuhe! Dann werde ich Euch zeigen, wie man das macht.«

Wie gewöhnlich war Fürst Ferrian, wenn er sich erst einmal für eine Idee begeistert hatte, nicht mehr zu halten. Er flitzte hin und her, scheuchte jeden los, den er in die Finger bekam, um Angelzeug zu holen, Speerspitzen zu Angelhaken zu biegen und den Befehl an den Rest der Flotte weiterzugeben.

All dies brauchte Zeit. Zuerst mußte Barnevelt demonstrieren, wie man mit einem Fondaqa umging, ohne gebissen zu werden (wobei er den Göttern für seine Erfahrung mit irdischen Haien und Aalen dankte). Als die Vorbereitungen endlich getroffen waren und die Schiffsbesatzungen längs des Rankenteppichs mit Feuereifer dabei waren, die sich windenden schnappenden Ungeheuer mit Haken, Schnüren und Speeren aus dem Wasser zu fischen und in die bereitstehenden Krüge zu stopfen, meldete ein von einem weiteren Erkundungsflug zurückkehrender Gleiter, daß die Flotte von Dur bald in Sicht käme.

Barnevelt blickte zur Sonne auf. Ihr gleißender Ball stand noch hoch am Himmel. »Bei diesem Südwind«, sagte er zu Ferrian, »dürfte uns noch etwa eine Stunde bleiben, um uns zu formieren. Ich werde die Flotte teilen und Euch den Befehl über den Teil übertragen, der gegen die Duruma segelt.«

Als er sah, daß Ferrians Antennen sich spöttisch hoben, fügte er hinzu: »Unsere Hauptwaffe gegen sie werden die Gleiter sein, und von denen versteht Ihr mehr als jeder andere. Ich kehre zurück auf die *Junsar,* weil ich glaube, daß die Piraten versuchen werden, einen Ausfall zu machen, wenn sie sehen, daß der Großteil der Flotte sich zurückzieht.« Er wandte sich an den Kapitän der *Kumanisht:* »Kapitän Zair, gebt allen Admiralen Signal, sie sollen herkommen.«

Ein mit Krügen beladenes Langboot legte unter dem Heck der *Kumanisht* an. Der Bootsführer rief: »Fische zu verkaufen! Schöne frische Fische! Ein Biß, und man ist eine tote Leiche!«

Die Seemänner machten sich daran, die Krüge auf das Deck des Trägers zu laden. Eines der kleineren Schiffe legte sich längsseits mit einer zweiten Ladung Amphoren. Die Reihe der Krüge auf dem Flugdeck wuchs zusehends.

Die Kommandanten kamen nacheinander an Bord. Barnevelt erläuterte seine Pläne. Kritische Stimmen ließ er kurzerhand erst gar nicht zu Wort kommen. »Das wäre alles – und nun ans Werk!«

Als er in das Langboot stieg, das ihn zur *Junsar* zurückbringen sollte, erschollen Rufe von den Mastspitzen der alliierten Flotten: »Segel ho! Segel ho!«

Die Flotte aus Dur war in Sicht.

Auf der *Junsar* ging der Feuerwechsel weiter. Alle Schiffe sahen mittlerweile mehr oder weniger angeschlagen aus. Hier hatte eine Katapultkugel ein Stück Reling weggerissen, dort hatte ein anderes Geschoß eine Deckhütte zertrümmert. Einem Schiff aus Majbur war der Kreuzmast weggeknickt, ein anderes hatte seinen Bugkatapult eingebüßt, während die Decks des Feindes mit Trümmern übersät schienen.

Vom Achterdeck der *Junsar* aus beobachteten Barnevelt und Tangaloa, wie die Hauptflotte sich in Marsch setzte, die große *Kumanisht* in der Mitte, die anderen in breitgefächerter Formation wie eine Mondsichel, deren Enden nach vorn wiesen. Am Horizont tauchten kleine helle Rechtecke auf – die Segel von Dur.

Nach zwei Stunden hatten die Männer des Majbur-Geschwaders etwa die Hälfte des Tangkorkens mit ihren Haken und Rechen aufgerissen. Dadurch waren sie jetzt dem Sunqaruma-Schiff ein ganzes Stück näher, und das Gefecht wurde noch hitziger.

Der Admiral aus Majbur sagte plötzlich: »Herr Snyol, mich deucht, sie bereiten sich auf einen Ausfall vor, genau wie Ihr es vorausgesagt habt.«

Hinter dem Wachschiff nahten durch die Fahrrinne die Galeeren des Sunqar in doppelter Reihe. Barnevelt konnte ihre Anzahl nicht genau feststellen, weil die Rümpfe der beiden vorderen Schiffe die nachfolgenden verdeckten, doch er wußte, daß der Feind auf jeden Fall in der Überzahl war. Die alliierte Armada war zwischen Dur und den Piraten eingeklemmt wie eine Nuß zwischen den Kinnladen eines Nußknackers.

Tangaloa hielt einen Moment im Filmen inne und sagte: »Die Burschen werden versuchen, sich längsseits von uns aufzureihen und uns zu entern.«

»Ich weiß. Ich wünschte, ich könnte dich dazu kriegen, daß du dir einen Panzer anlegst.«

»Und wenn ich ins Wasser falle?«

Barnevelt beobachtete mit düsterer Miene das Herannahen der Sunqaruma-Flotte. Wenn ihm doch nur eine zündende Idee käme ... Falls es den Piraten gelang, seine Blokkade zu durchbrechen, würden sie dann der alliierten Flotte in den Rücken fallen oder lieber das Weite suchen? Aber was würde ihn das noch kümmern? Er würde es nicht mehr erleben.

Der Lärm vorn erstarb. Die Besatzung des Wachschiffs hatte das Feuer eingestellt und bemühte sich, das Schiff zu drehen, damit es den anderen nicht den Weg versperrte. Seine Ruder bewegten sich nur langsam, was Barnevelt zu der Vermutung veranlaßte, daß seine Besatzung dezimiert war.

Barnevelt sagte zu dem Admiral aus Majbur: »Feuer einstellen! Gebt den Männern Befehl, die Trümmer wegzuräumen, Schilderbollwerke zu errichten und Munition zu sammeln. Wie sieht es bei Euch aus?«

»Ganz gut, Sir, trotz der vielen Bolzen und Pfeile, die in meinem Schiff stecken wie die Stacheln des reizbaren 'Evashq.«

»Vertäut unsere sechs Schiffe so miteinander, wie ich es Euch sagte, und rückt gegen den Terpahla-Pfropfen vor. Und sagt Euren Leuten noch einmal, sie sollen achtgeben auf den Mann, den wir lebend haben wollen.«

Barnevelt strich mit dem Finger über die Klinge seines Schwertes.

Die Schiffe aus Majbur legten sich längsseits nebeneinander und wurden miteinander vertäut. Alle Ruder bis auf die an den Außenseiten der beiden äußersten Schiffe wurden eingezogen, da für sie kein Platz mehr war. Die verbliebenen Ruderer an den beiden Außenseiten legten sich in die Riemen. Langsam setzte sich der Super-Katamaran in Bewegung und schob mit der schieren Kraft seines Gewichts die Tangbarriere mitsamt dem lädierten Wachschiff vor sich her in die Fahrrinne.

Doch schon wenig später bohrten die zwei vorderen Piratenschiffe ihren Rammbug auf der Gegenseite in die Rankenmasse und begannen zurückzudrücken. Da sie mit einer größeren Anzahl von Rudern operierten, gelang es ihnen, den Tangpfropfen und das Majbur-Geschwader zum Stillstand zu bringen und schließlich langsam wieder zurückzuschieben, auf die offene See zu.

»Was machst du da, George?« fragte Barnevelt mit einem neugierigen Seitenblick auf Tangaloa.

»Nur so eine Idee von mir«, sagte der Polynesier. Er hielt einen gebrochenen Katapultpfeil von etwa einem Meter Länge in der Hand, an dessen Ende er soeben ein mehrere Meter langes dünnes Seil befestigte.

»Da kommen sie«, sagte Barnevelt.

Die zwei vorderen Sunqar-Galeeren hatten die Tangbarriere und die sechs Majbur-Schiffe inzwischen so weit aus dem Kanal hinaus und ins offene Wasser zurückgedrängt, daß eines der kleineren Piratenschiffe aus den hinteren Reihen genügend Platz hatte, um an der Barriere vorbeizuschlüpfen. Zwar gelang ihm dies nur mit größter Mühe, da sich seine Ruder bei jedem Zug im Rankengewirr verhedderten, aber schließlich hatte es sich so weit vorgearbeitet, daß sein Bug den des äußersten Schiffes auf der Steuerbordseite des Majbur-Katamarans berührte.

Barnevelt und Tangaloa eilten auf das Außenschiff, auf dessen Deck sich schon die Leute drängten, die vom Ruderdienst freigestellt worden waren. Als sie ankamen, flogen bereits Enterbrücken von Schiff zu Schiff. Unter schmetterndem Trompetenschall stürmten von beiden Seiten die Entermannschaften über die Planken. Sie trafen mit Getöse genau in der Mitte aufeinander. Ein wildes Gemenge entbrannte. Männer taumelten ineinander verklammert von den Planken und prallten unten auf die Rammsporne oder platschten in das rankendurchsetzte Wasser. Andere drängten von hinten nach, während von den Vorderdecks beider Schiffe Bogen- und Armbrustschützen Salven von Pfeilen in die dichtgedrängte Masse der Kämpfenden sandten. Noch wesentlich verstärkt wurde dabei die Feuerkraft des Majbur-Schiffes durch die Bogenschützen vom Nachbarschiff, die ebenfalls auf die Sunqaruma feuerten, was das Zeug hielt.

Tangaloa bahnte sich mit den Ellbogen einen Weg durch das Gewühl im Bug. An der Reling entrollte er seine improvisierte Peitsche und ließ sie wie eine Schlange durch die Luft zum anderen Schiff hinüber sausen. *Krach!* Das Ende schlang sich um den Nacken eines Sunqaru. Ein Ruck, und er schoß über die Reling. *Platsch!* Tangaloa holte das Seil wieder ein und ließ es erneut hinüberschnellen. *Krach! Platsch!*

Barnevelt hatte sich in einen Zustand höchster Erregung gesteigert, und er war ganz versessen darauf mitzukämpfen, aber das Getümmel am Bug versperrte ihm den Weg. Unter der überlegenen Feuerkraft der Majburuma und der Wirkung von Tangaloas Peitsche begannen die Sunqaruma auf den Laufplanken zurückzuweichen, bis sich schließlich die Majburuma auf das Mitteldeck der Piratengaleere ergossen. Barnevelt wurde von dem Leiberstrom mitgerissen. Er stolperte über Leichen, eingezwängt zwischen den Kämpfenden Majburuma. Vor lauter Lärm und Getümmel konnte er weder etwas hören noch nähere Einzelheiten des Kampfes erkennen.

Das Gewimmel und der Lärm wurden noch stärker, als eine zweite Streitmacht der Piraten von einem anderen Sunqaro-Schiff her über das Heck geschwärmt kam. Wie Tangaloa vorausgesagt hatte, liefen die Piraten von Schiff zu Schiff und brachten ihre volle Streitmacht zum Einsatz. Barnevelt wurde gegen den Bug des Piratenschiffes zurückgedrängt, bis er die Reling im Rücken spürte. Zwar lief er jetzt Gefahr, durch einen plötzlichen Stoß über die Reling geworfen zu werden, aber dafür konnte er nun wenigstens etwas sehen. Das Achterdeck des Schiffes war voll von Sunqaruma, die sich den Weg nach vorn freikämpften.

Da er keine Chance hatte, die von Kämpfenden wimmelnden Laufplanken zu erreichen, steckte er sein Schwert in die Scheide, kletterte über die Reling des Piratenschiffs hinunter auf den Rammsporn, stieg über eine Leiche, sprang hinüber auf den Rammsporn des Majbur-Schiffes und kletterte wieder hinauf. Das Vorderdeck war noch immer von Kämpfenden bevölkert. Mittendrin, wie ein Turm in der Schlacht, stand der Admiral, gepanzert wie ein Hummer, und bellte Befehle.

Tangaloa lehnte rauchend an der Reling. »Das hättest du nicht tun sollen«, empfing er Barnevelt. »Der Oberbefehlshaber sollte sich im Hintergrund halten, wo er ordentlich oberbefehlen kann, und sich nicht ins vulgäre Kampfgetümmel werfen.«

»Ehrlich gesagt bin ich gar nicht erst bis ins Zentrum des Kampfes gekommen.«

»Das wirst du jetzt nachholen können. Da kommen sie nämlich!«

Ein Stoßkeil der Sunqaruma hatten den Leiberwall der Majburuma durchbrochen und die Planken erreicht. Die Verteidiger auf den Planken wurden niedergehauen, hinuntergeschleudert oder auf ihr eigenes Schiff zurückgedrängt. Die Piraten ließen ihnen keine Atempause. Sie setzten sofort nach und fielen mit besinnungsloser Wildheit über sie her. An ihrer Spitze stürmte ein untersetzter Terraner, dessen rotes Gesicht von unzähligen Fältchen durchzogen war.

»Igor!« brüllte Barnevelt, der auch hinter dem Nasenschutz des Helms, den der Rotgesichtige aufhatte, sofort seinen Chef erkannte.

Igor Shtain sah Barnevelt und stürzte, wild eine gekrümmte Klinge schwingend, auf ihn zu. Barnevelt parierte Hieb um Hieb und hin und wieder einen Stoß, aber die Schläge folgten so schnell aufeinander, daß er nicht mehr tun konnte, als sich zu verteidigen.

Schritt für Schritt trieb Shtain ihn zurück, auf das Heck des Majbur-Schiffes zu. Barnevelts Helm hallte dröhnend von einem Hieb wider, den er nicht hatte abwehren können. Ein oder zwei Mal öffnete Shtain für einen Moment seine Deckung und gab ihm eine Gelegenheit zu einem Gegenstoß, doch Barnevelt brachte sich durch sein Zögern um die Chance. Wenn es ihm bloß gelänge, dem Burschen eins mit der flachen Seite der Klinge über den Schädel zu geben, so wie er es schon einmal getan hatte, damals bei dem Künstler in Jazmurian ... Andererseits würde er damit bloß seine Klinge an Shtains Helm zerbrechen.

Zwischendurch nahm Barnevelt vage wahr, daß sich das Kampfgetümmel mittlerweile auch auf die anderen Majbur-Schiffe ausgedehnt hatte. Hin und wieder warf er rasch einen Blick über die Schulter, um nicht von einem Dolchstoß von hinten überrascht zu werden. Dabei erhaschte er einmal einen Blick auf Tangaloa, wie dieser gerade mit seiner Keule einem Piraten den Schädel einschlug; ein anderes Mal sah er, wie ein Pirat einen Majburu mit der Spitze seiner Pike über die Reling stieß.

Mit geradezu dämonischer Kraft drängte Shtain ihn immer weiter zurück. Barnevelt fragte sich, wo zum Teufel ein Mann von Shtains Alter bloß eine derartige physische Ausdauer hernahm. Obgleich er, Barnevelt, viel jünger und zudem ein besserer Fechter war, begann er zu keuchen. Seine schmerzenden Finger vermochten kaum noch den schweißnassen Schwertgriff zu halten, doch immer noch kamen Shtains Schläge mit ungeheurer Schnelligkeit und Wucht.

Die Achterhütte dieses Schiffes war nur um ein halbes Deck höher als das Mitteldeck. Barnevelt spürte die Stufen hinter sich, die zum Achterdeck hinaufführten, und tastete sich rückwärts hoch, Stufe für Stufe, während er Shtains Hiebe gegen seine Beine parierte. Es war unfair, gegen einen Mann kämpfen zu müssen, der einen töten wollte, während man selbst alles vermied, was den Gegner verletzen konnte.

Oben angekommen, trieb Shtain ihn mit unverminderter Wucht weiter vor sich her. Barnevelt war sich im klaren darüber, daß Shtain ihn töten würde, wenn es ihm nicht bald gelang, ihn außer Gefecht zu setzen. Er begann nach Shtains Arm und Knie zu stoßen. Einmal spürte er, wie seine Klingenspitze etwas traf, aber Shtain drängte genauso wütend gegen ihn an wie vorher.

Im selben Moment spürte Barnevelt die Reling in seinem Rücken. Jetzt blieb ihm nur die Wahl zwischen der wirbelnden Klinge vor ihm und der Banjao-See hinter ihm. Hinter Shtain tauchte die massige Gestalt Tangaloas auf, doch aus irgendeinem Grund blieb George einfach auf dem Achterdeck stehen.

Shtain hielt inne, starrte, packte den Griff seines Säbels fester und stürzte sich auf Barnevelt. Tangaloa stand immer noch tatenlos da. Jetzt, dachte Barnevelt, heißt es er oder ich ...

Trompetenstöße erschollen. Gleichzeitig schoß etwas durch die Luft, klatschte und ringelte sich um Shtains linken Fußknöchel. Die Schnur spannte sich mit einem Ruck, riß Shtains Fuß weg und schleuderte ihn der Länge nach aufs Deck. Ehe er wieder aufstehen konnte, landete die riesige braune Gestalt Tangaloas auf ihm und preßte ihm die Luft aus dem Brustkasten wie aus einem Akkordeon.

Barnevelt sprang vor, trat auf die Faust, die den Säbel hielt, und wand ihm die Waffe aus der Hand. Dann riß er ihm den Helm herunter und schlug ihm mit der flachen

Seite der Klinge auf den Kopf. Shtain verdrehte die Augen und erschlaffte.

Überall auf den Majbur-Schiffen rannten jetzt die Sunqaruma zu den Laufplanken zurück, die zu ihren eigenen Schiffen führten. Hier und da flackerten noch kleinere Gefechte auf, doch größtenteils waren die Majburuma, die ein Viertel ihrer Männer eingebüßt hatten, froh, daß der Feind sich zurückzog. Die Schiffe waren übersät mit Schwertern, Piken, Äxten, Helmen, Schilden und anderen Ausrüstungsgegenständen. Dazwischen lagen die Leichen von Freund und Feind. Als Tangaloa Shtain die Hände auf dem Rücken fesselte, fragte Barnevelt: »Wie kommt es, daß du so verteufelt gut mit der Peitsche umgehen kannst, George?«

»Das habe ich in Australien gelernt. Ein scheußliches Geschäft, das Kämpfen. Eigentlich nichts für einen Wissenschaftler wie mich.«

»Warum zum Henker hast du dagestanden wie eine Schaufensterpuppe, als Igor auf mich losging? Der Bursche hätte mir um ein Haar den Garaus gemacht!«

»Ich habe gefilmt.«

»Wie bitte?«

»Ja, ich habe eine herrliche Szenenfolge gedreht: du und er im tödlichen Zweikampf. Die Szene wird der absolute Höhepunkt unseres Sunqar-Films werden.«

»Heiliger Strohsack!« rief Barnevelt. »Das macht mir echt Laune! Ich kämpfe um mein Leben, und du hast nichts anderes im Kopf als diesen dämlichen Film! Ich glaube ...«

»Na, na, beruhig dich!« sagte Tangaloa besänftigend. »Ich wußte doch, daß ein Meisterfechter wie du nicht ernsthaft in Gefahr war. Und ich habe doch Recht behalten, nicht wahr?«

Barnevelt wußte nicht, ob er nun losbrüllen, lachen oder sich geschmeichelt fühlen sollte. Schließlich entschied er sich, da George sowieso unverbesserlich war, das Thema einfach fallenzulassen. Er fragte statt dessen: »Warum laufen die Sunqaruma eigentlich davon? Sie hatten uns doch schon fast im Sack!«

»Dann schau dich mal um!«

Barnevelt schaute sich um, und da kam die gesamte alliierte Flotte! Gongs gaben den Takt für die Ruderer an. In der Mitte der Formation prangte der Träger *Kumanisht*, eine riesige rahsegelbestückte Galeere mit großen Acht- oder Zehn-Mann-Doppelruderbänken im Schlepptau.

Die Piraten, die mittlerweile wieder auf ihren eigenen Schiffen waren, rissen hastig die Laufplanken herunter und stießen sich mit Stangen, Piken und Rudern von den Majbur-Galeeren ab. Gleich darauf ruderten sie mit voller Kraft wieder den Kanal hinauf zur Hauptstreitmacht der Piratenschiffe.

Zum ersten Mal seit Stunden bemerkte Barnevelt die Sonne. Sie stand jetzt tief im Westen. Der Kampf hatte fast den ganzen Nachmittag gedauert.

Die Sonne war untergegangen. Shtain war sicher im Verlies der *Junsar* verstaut. Barnevelts Wunden – ein paar oberflächliche Kratzer und Schnittwunden – waren versorgt. Barnevelt leitete eine Sitzung seiner Admirale in der großen Kabine der *Junsar*.

»Sag an, Lord Snyol«, rief Prinz Ferrian, »ist es wahr, was die Männer behaupten? Sie sagen, Ihr selbst hättet die Entermannschaft angeführt, die das Sunqaro-Schiff stürmte. Alsdann hättet Ihr drei Piratenköpfe mit einem einzigen Streich abgeschlagen, und überhaupt hättet Ihr den Kampf mit der linken Hand gewonnen. Stimmt das?«

»Die Männer übertreiben ein wenig, obwohl Tagde und ich den Erdbewohner, nach dem wir gesucht haben, persönlich gefangengenommen haben.«

»Gestattet Ihr mir, ihn in Öl zu sieden?« fragte Königin Alvandi. »Die Piraten unserer eigenen Welt sind ja schon schlimm genug, aber ...«

»Ich habe andere Pläne mit ihm, Hoheit. Und nun, Prinz Ferrian, berichtet, was bei Euch passiert ist.«

»Es gab keinen großen Kampf – eher eine Komödie, des Genies eines Harian würdig. Wie Ihr wißt, setzt Dur an den Rudern seiner Galeerenungetüme Sklaven ein, denn nicht einmal ihr unrechtmäßig erworbener Reichtum würde ausreichen, so viele Tausende freier Ruderleute anzuheuern. Um diese Ruderknechte an der Flucht zu hindern, werden sie mit einer Kette, welche durch einen an ihren Fußknöchel geschmiedeten Schäkel läuft, fest an die Ruderbank gefesselt.

Die Schiffe aus Dur stürzten sich uns wie eine wütende Herde wilder Bishtars entgegen. Doch da sie von uns noch nicht mehr als die Masten am Horizont sahen, einem fernen Pfahlzaun gleich, wähnten sie sich noch mit einem ausreichenden Vorrat an Zeit für ihre Vorbereitungen ausgestattet, als auch schon der erste meiner furchtlosen Flieger mit seinem Gleiter auf sie herabstieß und seinen Krug genau über dem Flaggschiff abwarf. Er fiel genau zwischen die Ruderbänke, noch ehe die Sklaventreiber ihre Ruderer fertig angekettet hatten, und stiftete dortselbst allhöchste Verwirrung. Die Fondaqa ringelten sich zwischen den Beinen der Ruderer und schnappten, die Sklaven schrien, die Gebissenen wanden sich in Todesqualen, die Sklaventreiber rannten brüllend und peitschenschwingend umher – kurz, alles war in höchster Aufruhr.

Als zwei weitere dieser Liebesgaben auf die Decksplanken krachten und ihren gierig schnappenden Inhalt entließen, verloren die Sklaven vollends den Verstand und meuterten. Diejenigen, die noch nicht angekettet waren, befreiten die übrigen von ihren Fesseln, während andere mit bloßen Händen auf die Sklaventreiber und Seeleute losgingen und sie in das salzige Verderben schleuderten oder in blutige Fetzen rissen. Der Duro-Admiral rettete seine Haut, indem er seinen Küraß abwarf und ins Wasser sprang, wo ihn ein Boot auffischte.

Inzwischen hatten weitere Flieger ihre Krüge abgeworfen. Einige davon fielen ins Wasser, andere jedoch trafen ihr Ziel, mit bewundernswerten Ergebnissen. Zwar waren die Sklaven auf den anderen Schiffen mittlerweile angekettet, doch schon allein die Anwesenheit dieser ekelerregenden

Seeungeheuer zerstörte jegliche Ordnung und machte weitere Manöver unmöglich. Kurzum, diese völlig neuartige Methode der Seekriegsführung demoralisierte den Feind so sehr, daß ein paar seiner Schiffe schon die Flucht ergriffen, bevor wir sie erreicht hatten.

Die anderen, die das Blutbad auf dem Flaggschiff mit unverminderter Heftigkeit wüten sahen und nicht wußten, daß der Admiral sich hatte retten können (hatte er doch seine persönlichen Flaggen in der Hast der Flucht an Bord zurückgelassen), verhielten sich unschlüssig. Doch als die *Saqqand* aus Suruskand eines der großen Schiffe rammte, wobei das letzere nichts unternahm, um dem schmerzhaften Stoß auszuweichen, und als Folge davon auseinanderbrach, da wandten auch sie sich eiligst zur Flucht. Wir enterten das Flaggschiff, auf dem noch immer der blutige Kampf tobte, warfen die zwei streitenden Parteien nieder und nahmen das Schiff ins Schlepptau. Der einzige Verlust, den wir zu beklagen haben, ist einer meiner Flieger, der sich beim Landeanflug in der Entfernung verschätzte und ertrank – armer Kerl!«

14

Am darauffolgenden Morgen, als Roqir mit seiner roten Glut die Fesseln des dunstigen Horizonts sprengte, bliesen die Trompeten der alliierten Flotte zum Angriff. Angeführt von der arg mitgenommenen *Junsar,* flog das Geschwader von Majbur die Fahrrinne hinauf.

Gleichzeitig ließen sich längs des Randes des festen Terpahl-Teppichs zu beiden Seiten der Fahrrinne, welche den Zugang zur Piratenfestung bildete, in sichelförmiger breiter Front Truppen mit Skiern an den Füßen von Bord ihrer Schiffe auf das Rankengewirr herab. Schaukelnd und rutschend glitten sie über die schwankende nasse Unterlage. Einige verloren das Gleichgewicht, fielen hin und mußten sich wieder auf die Beine helfen lassen. Doch schließlich begannen sie, sich langsam vorwärtszubewegen, Hunderte in drei Linien dicht hintereinander. Die erste Linie trug riesige geflochtene Weidenschilde, um sich selbst und die nachfolgenden Linien vor Geschossen zu schützen. Die zweite Linie war mit Piken, die dritte mit Bogen bewaffnet.

Aus der Festung der Piraten drang keinerlei Geräusch hervor. Während der Nacht hatten die Sunqaruma den Großteil ihrer Schiffe zu einer Art Zitadelle zusammengezogen, die größten Galeeren in der Mitte, um sie herum einen Ring aus kleineren Schiffen, und um diese wiederum einen Außenring aus Flößen und Prahmen. Diese Formation würde es den Angreifern unmöglich machen, die Piratenschiffe auf den Grund zu rammen, zumindest solange sie nicht die kleineren Schiffe am Rand aus dem Weg geräumt hatten.

Die *Junsar* kam näher. Noch immer herrschte unheilvolle Stille. Die Männer, die über den Tangteppich stapften, näherten sich in einer Zangenbewegung der Siedlung.

Als die *Junsar* in Katapultreichweite kam, verlangsamte sie die Fahrt und ließ die *Saqqand* passieren, jenes Schiff, das am vorausgegangenen Tag die dreimal so große Duro-Galeere so tapfer gerammt hatte.

Von den Hausbooten am Rande der Siedlung her drang jetzt das Zirpen von Armbrüsten, und Pfeile sausten in die Richtung der langsam und in breiter Front vorrückenden Skitruppen. Barnevelt erkannte jetzt, daß nicht alle Piraten sich in der schwimmenden Zitadelle verschanzt hatten, sondern zum Teil versuchten, von Booten am Rande ihrer Ansiedlung aus den feindlichen Angriff zumindest für eine Weile zum Stillstand zu bringen. Die Bogenschützen, die die dritte Linie der Skitruppen bildeten, erwiderten über die Köpfe ihrer Vorderleute hinweg das Feuer.

In der Zitadelle ging ein Katapult los. Ein riesiger Pfeil sauste den Kanal entlang und tauchte dicht neben der *Saqqand* ins Wasser. Und dann, so als hätte es auf ein auslösendes Signal gewartet, setzte mit Getöse das Wummern und Krachen der Katapulte ein, begleitet vom Surren der Bogensehnen und vom schrillen Pfeifen der Pfeile.

Die *Saqqand* stieß in diesem Moment mit dem Bug gegen das nächstgelegene Floß im Außenring der Zitadelle. Die *Junsar* machte mit dem Bug am Steuerbordachterdeck des kleineren Schiffes fest, während Königin Alvandis *Douri Dejanai* sich seitwärts an das Backbordachterdeck der *Saqqand* legte. Andere Schiffe schlossen jetzt zu diesen drei Schiffen auf und legten sich der Reihe nach hinter sie wie eine Elefantenparade. Sofort warfen die Mannschaften Laufplanken von Reling zu Reling, so daß Truppen in gewünschter Stärke von hinten gegen die Verschanzung der Piraten vorrücken konnten.

Im Bug der *Junsar* stehend, hörte Barnevelt Geschrei und Kampfeslärm von den Außenrändern der Siedlung herüberbranden, als die Skitruppen die vordersten Schiffe erreicht hatten und versuchten, auf ihnen Fuß zu fassen und einen Brückenkopf zu errichten. Sehen konnte er indes kaum etwas. Hinter ihm nahmen seine Leute Aufstellung, um sich auf das Deck der *Saqqand* abzuseilen, während die Besatzung der letzteren bereits damit begonnen hatte, sich über den Bug ihres Schiffes auf das darunterliegende feindliche Floß herabzulassen.

In diesem Augenblick brach von der Zitadelle her der gewaltigste Geschoßhagel los, den Barnevelt je erlebt hatte: Schwärme von Katapultgeschossen, Bolzen, Pfeilen und Wurfmaschinenkugeln verdunkelten buchstäblich den Himmel und erfüllten die Luft mit ohrenbetäubendem Pfeifen und Zischen, das sich zu einem ununterbrochen auf- und abschwellenden Heulton steigerte. Der tödliche Hagel fegte über das Floß und prasselte über das Deck der *Saqqand*, die Vorwärtsdrängenden in hellen Scharen niedermähend. Die Überlebenden drängten von hinten nach, um ihrerseits niedergemäht zu werden. Die glücklich Davongekommenen stürmten über das Floß, um die Reling der kleinen Galeere auf der anderen Seite zu erklimmen. Dort bereiteten ihnen die Sunqarum einen heißen Empfang.

Barnevelt hörte sich schreien: »Vorwärts! Vorwärts!«

Als hätte der wütende Geschoßhagel noch nicht gereicht, bereicherte sich das Geschehen jetzt noch um ein weiteres neues Element: Von der Zitadelle her kam eine große Rakete mit einem Speerschaft oder Katapultpfeil als Träger den Kanal entlanggeflogen, eine dicke Rauchspur hinter sich herziehend. Sie ging daneben so wie die nächste, doch die dritte traf auch das Deck der *Junsar* vor der Achterhütte, wo sie mit einem lauten Knall zerbarst. Glühende Splitter zischten umher. Die Männer, die sich auf dem Laufgang aufgereiht hatten und auf den Befehl zum Angriff warteten, stoben auseinander, und die Mannschaft der *Junsar* hatte alle Hände voll zu tun, ein Dutzend kleiner Brände zu löschen. Eine andere Rakete traf den Bug der *Douri Dejanai*. Der Rauch und die Flammen brachten den Feuerschutz, den die beiden Schiffe den Angreifenden gaben, fast zum Erliegen.

Schließlich brach der Angriff zusammen. Die Krieger fluteten zurück. Dutzende wankten mit Pfeilen im Leib mit letzter Kraft an Deck, während weitere Dutzende auf der *Saqqand* und dem Floß liegenblieben, tot oder zu schwer verwundet, um fliehen zu können.

Unter dem mit unverminderter Heftigkeit fortdauernden Geschoßhagel von der Zitadelle dauerte es Stunden, um einen erneuten Angriff vorzubereiten. Barnevelt sorgte dafür, daß die Männer der Landungstruppen mit ebensolchen Schilden ausgerüstet wurden wie die Skitruppen. Immerhin war es letzteren gelungen, hier und da am Rand der Siedlung kleinere Stützpunkte zu errichten. Mehr konnte er leider nicht in Erfahrung bringen, da die Verbindung zwischen ihnen und den Schiffen, von denen sie gekommen waren, nur durch einen Melder aufrechterhalten wurden, der ebenfalls auf Skiern mühselig zwischen den Truppen und den Schiffen hin- und herstapfte.

Der zweite Angriff setzte kurz nach Mittag ein. Die Männer mit den großen Korbschilden drangen in die kleine Galeere auf der anderen Seite des Floßes vor und hätten es fast geschafft, die Piraten von dem Schiff zu vertreiben, doch ein Gegenangriff warf sie wieder zurück.

Der lange Krishna-Tag zog sich hin. Barnevelt ließ sämtliche Ruderboote der Flotte zusammenziehen und befahl einen gemeinsamen Angriff. Die Langboote sollten um die schwimmende Zitadelle herumrudern und ihre Leute an verschiedenen Punkten gleichzeitig absetzen.

Diesmal gelang es den Angreifern, auf der kleinen Galeere Fuß zu fassen, die dem Kanal am nächsten lag. Sie hielten ihre Position auch noch, als die Sonne unterging und die letzten Langboote über den Kanal zurückkehrten. Doch dann trieb ein im Dämmerlicht vorgetragener erneuter Gegenangriff die Truppen wieder aus dem Schiff, das sie so mühsam erobert hatten, und alles war wieder wie vorher.

Bei der abendlichen Lagebesprechung berichtete der Dasht von Darya, daß die Skitruppen den größten Teil der außenliegenden Schiffe eingenommen hätten. Königin Alvandi sagte: »O Ferrian, warum laßt Ihr nicht Eure kühnen Flieger mit ihren Drachen inmitten der Zitadelle landen und so unseren Feind an der einzigen Schwachstelle packen, die er uns bietet?«

»Das hätte wenig Sinn. Da sie einzeln herunterkämen,

dabei vielleicht noch ihren Gleiter zerschmettern und halbbetäubt und hilflos aus dem Wrack klettern würden, könnte der Feind sie abschlachten wie Unhas auf einer Dorfkirmes.«

»Oder fürchten sie etwa den Kampf Mann gegen Mann und ziehen es vor, aus sicherer Entfernung zu kämpfen? Eine große Zahl meiner tapferen Mädchen liegt tot da draußen, weil Eure zartbesaiteten Helden nur kämpfen, wenn sie anderen etwas auf den Kopf werfen können ...«

»Genug, du alte Punzel!« schrie Ferrian. »Wer hat denn die Flotte von Dur in die Flucht geschlagen? Ich werde meine Flieger gegen Eure Pseudokrieger antreten lassen, und dann werden wir ja sehen ...«

»Pseudokrieger, ha! Was seid Ihr denn? Ihr seid in meinen Augen kein Krieger, sondern ein verschlagenes, hinterhältiges Schlitzohr, das ...«

Barnevelt stellte die Ordnung wieder her, indem er auf den Tisch haute und brüllte. Trotzdem fuhren die Admirale fort, sich gegenseitig ihre Fehler vorzuwerfen und sich und Barnevelt anzumosern. Das Ganze dehnte sich über Stunden, und heraus kam dabei natürlich nichts. Barnevelt sah jedoch ein, daß die Idee mit den Skitruppen, wenngleich brillant, doch nicht gut genug war, die starke Befestigung mit einem Stoß zu durchbrechen, zumindest nicht mit der ihm zur Verfügung stehenden Truppenstärke.

Er erhob sich mit der Miene von jemandem, der lange genug zugehört hat. »Morgen greifen wir wieder an, und diesmal werden wir alle verfügbaren Mittel gleichzeitig einsetzen. Prinz Ferrian, bestückt Eure Gleiter mit Wurfpfeilen und Feuerwerkskörpern und besorgt Euch noch mehr Wasserkrüge mit Fondaqa. Edler Dasht, laßt Eure Skitruppen von ihren gegenwärtigen Positionen aus weiter vorrücken, und wenn Ihr sie dazu in den Hintern treten müßt. Und stellt entlang der Innenränder des Terpahla Ski-Bogenschützen auf, die die Zitadelle mit Deckungsfeuer belegen sollen. Königin Alvandi, Ihr ...«

Als die Admiräle auf ihre Schiffe zurückgekehrt waren, schlenderte Barnevelt hinaus auf das Deck der *Saqqand*. Er schaute hinauf zu den fahlen Sternen und mußte an Zei denken. Die wenigen Tage, die vergangen waren, seit er sie zum letzten Mal gesehen hatte, hatten nicht dazu beigetragen, das Feuer in ihm zu zügeln – im Gegenteil: Phantastische Gedanken gingen ihm durch den Kopf, zum Beispiel, mit ein paar verläßlichen Gefolgsleuten Ghulinde zu überfallen, Zei zu kidnappen und sie auf die Erde zu entführen. Albern natürlich ...

Geräusche in der Dunkelheit zeigten an, daß die Toten und Verwundeten von der *Saqqand* und dem danebenliegenden Floß geborgen wurden. Man würde die Verletzten versorgen und die Toten ihrer Ausrüstung – sofern noch brauchbar – entledigen, bevor man sie den Fondaqa überließ. Aus der Piratenzitadelle drangen Geräusche von Zimmermannsarbeiten herüber.

»Möchtest du eine Zigarre?« hörte er Tangaloas sonore Stimme hinter sich.

»Danke. Wenn ich könnte, würde ich die ganze Aktion auf der Stelle abblasen.«

»Aber wieso? Du könntest es doch gar nicht besser haben – du bist für die ein richtiger Held.«

»Was sollen wir hier noch? Wir haben Igor, wir haben unseren Film, und wir haben das Geld, das die Königin uns gegeben hat ...«

»Moment, *du* hast es, das wollen wir mal klarstellen! Es gehört dir, nicht der Firma.«

»Eine schöne Vorstellung«, sagte Barnevelt seufzend. »Aber ich bezweifle stark, ob Panagopoulos das auch so sieht.«

»Du mußt es ihm ja nicht auf die Nase binden. Apropos Geld, meinst du, wir könnten die Belohnung, die wir für das Aufspüren von Igor ausgesetzt haben, für uns beanspruchen? Ich meine, schließlich haben *wir* ihn ja geschnappt. Wenn jemand anders ihn aufgestöbert hätte, müßte die Firma ja schließlich auch bezahlen.«

»In dem Punkt läßt Panagopoulos mit Sicherheit nicht mit sich reden, da kannst du Gift drauf nehmen! Aber, wie ich schon sagte, das hier ist nicht mehr unser Kampf. Das einzige, was wir tun: diesen armen, unwissenden Krishnanern dabei zu helfen, sich gegenseitig abzuschlachten, und dabei riskieren wir auch noch, selbst draufzugehen. Warum pakken wir nicht einfach Igor in ein Boot und stehlen uns klammheimlich davon?«

»Ich möchte unbedingt noch ein paar gute Aufnahmen vom Innern der Siedlung haben. Was du gedreht hast, taugt nicht viel.«

»Und was ist mit denen, die du gemacht hast?«

»Auch nicht gut genug. Cosmic würde sie nicht akzeptieren. Aber um auf deinen Plan mit dem Abhauen zurückzukommen: Das würde sofort den Verdacht der Admirale erregen, und mit ihren Gleitern würden sie uns schnell entdecken und wieder einfangen. Einige von ihnen sind militant antiterranisch eingestellt, und ich mag gar nicht daran denken, was passieren würde, wenn sie uns kriegten und – äh – entlarvten.«

»Ich könnte ja sagen, daß ich mich der Aufgabe nicht länger gewachsen fühle, und den Oberbefehl an Ferrian abtreten. Der ist sowieso überzeugt davon, daß er alles besser kann als andere.«

»Du vergißt eins – Igor steht noch immer unter osirischer Pseudohypnose. Ich weiß nicht, ob das irgendwann nachläßt …«

»Das tut es«, sagte Barnevelt, »aber soviel ich weiß, bleibt man danach völlig neurotisch, es sei denn, man findet einen anderen Osirer, der den Bann wieder aufhebt.«

»Genau! Deshalb müssen wir Sheafase lebendig kriegen und ihn zwingen, Igors Verstand wieder geradezubiegen.«

»Ich weiß nicht. Es gibt auch noch andere Osirer, und ehrlich gesagt habe ich vom Kriegs- und Schlachtgetümmel einstweilen erst mal die Nase gestrichen voll.«

»Hör mal zu, edler Feldherr. Es widerstrebt mir zwar, den Vorgesetzten herausstreichen zu müssen, aber wenn's anders nicht geht ... Selbst wenn du der Admiralissimo der Flotte bist, vergiß nicht, daß ich bei Igor Shtain Ltd. immer noch dein Boß bin.«

Barnevelt war echt erstaunt. Es war das erste Mal, daß er den gutmütigen, behäbigen Tangaloa so knochenhart erlebte. Er mußte seine xenologischen Forschungen – im Gegensatz zu vielen anderen Dingen – wirklich verdammt ernst nehmen.

»Oh, *tamates*! Ich habe den größten Teil der Verantwortung getragen, das weißt du sehr wohl. Wenn du wirklich um jeden Preis auf einen Kampf erpicht bist – ich kann mir wahrlich Schlimmeres vorstellen, als nicht mehr bei Igor Shtain Limited zu arbeiten.«

»Dann machen wir es eben ohne Kampf«, sagte Tangaloa in beschwichtigendem Ton. »Wenn du dir was einfallen läßt, wie ich auf andere Weise in die Zitadelle komme und mich dort ungestört umsehen kann, um so besser.«

»Okay. Ich werde zusehen, daß ich das bewerkstelligen kann.«

»Prima. Und jetzt entschuldige mich bitte, ich habe eine Verabredung.«

»Du hast *was*?«

»Eine Verabredung. Mit einer von Königin Alvandis Amazonen, für ein paar xenologische Studien. Ich finde die Damen unter ihrer kriegerischen Aufmachung wirklich ganz feminin, in unserem Sinne des Wortes. Was – ähem – lediglich ein Beweis für das ist, was ich neulich bezüglich der Stabilität kultureller Grundhaltungen gesagt habe. Tschühus!«

15

Am darauffolgenden Tag fesselte dichte Bewölkung, gepaart mit Nebel, der kaum die Mastspitzen der Schiffe erkennen ließ, Ferrians Gleiter an ihren Träger und schränkte die Effektivität von Katapultfeuer auf ein Minimum ein. Im bleiernen Licht konnte man sehen, daß die Belagerten Schutzwände aus Holz (versehen mit Schießscharten für die Bogenschützen) rings um die Außenreling der Schiffe errichtet hatten, die die Zitadelle bildeten. Darüber hinaus hatten sie Enternetze aufgezogen und zahlreiche Piken mit nach außen ragenden Spitzen angebracht, um es den Angreifern so schwer wie möglich zu machen.

Nach den üblichen Verzögerungen bliesen die Trompeten zum Angriff. Erneut rückten die Männer vor. Bogen surrten, Katapulte dröhnten, Schwerter klirrten, Verwundete schrien.

Am Abend hatten die Verbündeten die Sunqaruma aus allen Außenstellungen vertrieben, und es war ihnen gelungen, sich einen kleinen Brückenkopf in der Zitadelle selbst zu sichern. Doch der Blutzoll, den sie für diesen vergleichsweise mageren Erfolg hatten entrichten müssen, war abermals sehr hoch gewesen, und die Sunqaruma konnten noch immer keinesfalls als besiegt betrachtet werden.

Die Admirale, zum Teil selbst nicht mehr ohne Schrammen, versammelten sich zur abendlichen Leichenzählung und Lagebesprechung in schlechterer Laune denn je zuvor und hackten aufeinander los wie ein Eimer voll Krabben. »Warum habt Ihr meine Männer nicht unterstützt, als ich nach Hilfe signalisierte?« »Lord Ferrian, was nutzen Eure verdammten Faulpelze, wenn sie an Bord der *Kumanisht* herumlungern, wenn zur gleichen Zeit tapfere Männer und Frauen im feindlichen Pfeilhagel fallen?« »Madame, soll ich zum Holzhacken vielleicht ein Skalpell nehmen? Ein einziger meiner Flieger ist soviel wert wie sechs gemeine Soldaten ...« »Wo bleibt denn der berühmte Genius des großen Generals Snyol?« »Wir sollten mit diesen sinnlosen Angriffen aufhören und die Feiglinge aushungern!« »Einen solchen Rat kann nur einer geben, der selbst ein Feigling ist!« »Wer ist hier ein Feigling? Ich werde Euch die Leber aus dem Bauch ...«

Barnevelt versuchte ohne viel Erfolg, die erhitzten Gemüter wieder zu beruhigen, als die Wache meldete: »Ein Boot der Sunqaruma, Ihr Herren, das um Verhandlungen ersucht!«

»Schickt sie herein!« sagte Barnevelt, froh über die Unterbrechung. Wenn der Feind schon so mürbe war, daß er nach Bedingungen für einen Waffenstillstand fragte, dann würde der Kampf bald vorüber sein.

Draußen erklangen Schritte. Der Wachtposten verkündete: »Gizil bad-Bashti, Großadmiral der Morya Sunqaruma!«

»Gizil der Sattler!« kreischte Königin Alvandi. »Elender Verräter! Warte nur, bis ich ...«

»Vizqash!« entfuhr es Barnevelt, denn der narbengesichtige kleine Bursche in der Tür war der Krishnaner, den er anläßlich einiger wenig erfreulicher Begegnungen als Vizqash bad-Murani kennengelernt hatte.

Der Mann, der das Gebaren eines hohen Herrn zur Schau trug, nahm seinen Helm ab und machte eine spöttliche Verbeugung. »Gizil bad-Bashti, alias Gizil der Sattler, alias Vizqash der Kurzwarenhändler – zu Euren Diensten«, schnarrte er. »Ich begrüße meinen alten Bekannten Snyol von Pleshch, alias Gozzan der Expreßkurier, alias ...«

Er verstummte kunstvoll und sandte ein vielsagendes Grinsen hinüber zu Barnevelt, der ihn der versammelten Runde vorstellte und fragte: »Seit wann seid Ihr Anführer der Sunqaruma, Gizil?«

»Seit der vierten Stunde des heutigen Tages, da unser früherer Anführer, Sheafase der Osirer, sein Leben an einer gestern erhaltenen Pfeilwunde aushauchte.«

»Sheafase tot!« sagte Barnevelt und wechselte einen konsternierten Blick mit Tangaloa. Wenn der Osirer nicht mehr lebte und somit Shtain auch nicht mehr von seiner geistigen Verwirrung heilen konnte, dann bedeutete das, daß sie zu einer radikalen Änderung ihrer Pläne gezwungen waren.

»So ist es«, fuhr Gizil-Vizqash fort. »Die Beförderung ist sehr schnell gekommen, denn wir hatten in jüngster Zeit unter unseren Kommandanten verheerende Verluste zu beklagen. Gavao ist bei unserem Überfall auf Ghulinde ums Leben gekommen, Qorf und 'Urgan wurden vom mächtigen Snyol erschlagen, als er die Prinzessin unseren Händen entriß. Und sogar der Erdenmensch Igor Eshtain, der seit seinem erst kürzlich erfolgten Beitritt in unseren Bund einen raschen Aufstieg nehmen konnte, wird seit dem ersten Kampftag vermißt. Nun, so bin ich denn nun zum Großadmiral aufgestiegen.

Und da wir gerade vom Überfall Snyols auf unsere Festung sprechen: Als wir im Zuge unserer Vorbereitung für die Belagerung eines unserer Versorgungsschiffe inspizierten, entdeckten wir auf einem Sack Tunesta einen schlafenden Jüngling in der Uniform eines Expreßboten. Das Verhör des jungen Mannes brachte zutage, daß er der Gefährte Eures Generals Snyol allias Gozzan der Expreßbote bei der Befreiungsaktion der Prinzessin war. Nachdem er von seinen Gefährten getrennt worden war, hatte er sich in besagtem Schiff versteckt und dort von unseren Vorräten ernährt. Er sagt, er wäre Zakkomir bad-Gurshamani, ein Mündel des Throns von Qirib. Ist das die Wahrheit, Königin Alvandi?«

»Schon möglich. Was habt Ihr mit dem Jungen gemacht?«

»Bis jetzt noch nichts. Er dient als Geisel für meine Sicherheit, falls Ihr auf die Idee kommen solltet, Ihr bräuchtet solchen wie uns keinen freien Abzug zu gewähren.«

»Interessant«, sagte Barnevelt trocken, »aber Ihr seid sicher nicht gekommen, um uns das zu sagen. Wollt Ihr Euch ergeben?«

»Ergeben?« Gizils Antennen richteten sich auf. »Ein scheußliches Wort. Ich würde eher von ehrenhaften Bedingungen sprechen, nach denen dieser blutige Konflikt beendet werden könnte.«

»Zum Henker mit diesem Herumgefeilsche!« rief der Admiral aus Suruskand. »Machen wir kurzen Prozeß mit ihm und setzen wir den Ansturm mit gnadenloser Härte fort! Sie müssen hohe Verluste an Leuten haben oder knapp an Munition sein, wenn sie schon kommen und nach ehrenvollen Bedingungen jammern!«

»Wartet«, sagte Königin Alvandi. »Ihr vergeßt, sie haben mein reizendes Mündel Zakkomir in ihrer Gewalt.«

»Was, Ihr werdet auf einmal weich?« rief Ferrian. »Ausgerechnet Ihr altes Schlachtschiff redet der Vernunft und der Mäßigung das Wort?«

»Sagt, was Ihr zu sagen habt, Meister Gizil«, unterbrach Barnevelt die Streithähne.

»Betrachten wir einmal unsere jeweilige Position«, fuhr der Piratenadmiral ungerührt fort. »Durch die Gnade Da'vis ist es Euch gelungen, unsere Retter, die Flotte von Dur, in die Flucht zu schlagen. Aber das heißt noch lange nicht, daß sie nun auch die ganze lange Strecke zurück in ihre stürmische Heimat hetzen wird. Viel wahrscheinlicher ist, daß ihr Admiral, sobald er sich von dem Schock erholt hat, angesichts des drohenden Verlust seines Rangs oder gar Kopfs, der ihn daheim erwartet, kehrtmachen und zu einem neuen Schlag ausholen wird.

Nun, man braucht nicht die Gabe zu besitzen, durch eine Planke aus Qong-Holz zu schauen, um zu wissen, daß Ihr in den vergangenen drei Tagen des Kampfes empfindliche Verluste hinnehmen mußtet; vielleicht ein Viertel Eurer gesamten Streitmacht ist gefallen oder kampfunfähig. Daher könnte ich mir denken, daß Ihr, selbst wenn Ihr sofort den Heimweg anträtet, einen großen Teil Eurer Galeeren nur teilweise bemannt finden würdet. Noch ein Tag in diesem Krieg, und Ihr findet Euch in der Tat in einer argen Klemme.

Und jetzt zu unserer Lage: Es ist wahr, daß wir umzingelt sind und, falls Dur nicht zurückkehrt, von unseren eigenen Vorräten zehren müssen, während Ihr Euch Proviant und Verstärkung holen könnt. Richtig ist ebenfalls, daß wir Leute und Munition eingebüßt haben. Es stimmt sogar, daß wir durch jene geniale Idee, Männer mit Brettern an den Füßen über die Ranken zu senden, von unseren Außenposten vertrieben worden sind. Wer sich das ausgedacht hat, muß eine wahre Wiederverkörperung von Qarar persönlich sein.

Gleichwohl haben wir durch geschicktes Nutzen unserer Deckung unsere Verluste gering halten können. Was Waffen und Geschosse betrifft, so haben wir beim Errichten unserer schwimmenden Zitadelle ausreichend Vorsorge getroffen, des gleichen bei Nahrung und Trinkwasser.

Nehmen wir einmal den für Euch günstigen Fall an, daß Ihr uns auf lange Sicht besiegen könnt. Aber was kommt dann? Bedenkt, daß Eure Truppen verzweifelten Männern gegenüberstehen, die nichts zu verlieren haben und deshalb auch den Tod nicht scheuen, während Eure Krieger – so tapfer sie auch immer sein mögen – nicht von einem solchen todesverachtenden Geist beseelt sind. Dies, in Verbindung mit dem Vorteil einer starken Verteidigungsstellung, bedeutet, daß Ihr für jeden, den Ihr von den unseren tötet, zwei oder drei der Euren verlieren werdet. Und Ihr könnt Euch glücklich schätzen, wenn ein solch hoher Blutzoll nicht zusätzlich zu dem Verlust, den Eure Reiche an ihren tapfersten Kriegern erleiden werden, zu Ungehorsam und offener Meuterei führt, noch ehe die Belagerung beendet ist.

Schließlich und endlich: Was sucht Ihr hier eigentlich? Königin Alvandi, so vermuten wir, trachtet nach dem Sunqar selbst und danach, ihr Mündel Zakkomir unversehrt zurückzubekommen. Ihr anderen wollt unsere Schätze und unsere Flotte, und außerdem wünscht Ihr, Euch der Plage unserer wilden Seeräuber zu entledigen. Ist es nicht so? Wenn Ihr daher dem Shaihan ins Auge treffen könnt, ohne weiteres Blut zu lassen, wäre es nicht schiere Narrheit, ja Wahn, abzulehnen?«

»Welches sind Eure Bedingungen?« fragte Barnevelt.

»Daß alle überlebenden Morya Sunqaruma unversehrt auf dem Festland abgesetzt werden und daß jedem erlaubt wird, seine Familie und seine persönliche Habe mitzunehmen, einschließlich Geld und Waffen.«

Gizil sah Barnevelt scharf an und wählte jedes seiner Wort mit Bedacht. »Snyol von Pleshch ist weithin bekannt als ein Mann von unbestechlichem Ehrgefühl, einer Eigenschaft, die bedauerlicherweise in unserer verderbten Welt nur noch sehr selten anzutreffen ist. Allein aus diesem Grund schlagen wir vor, uns Eurer Gnade auszuliefern, denn wenn der wahrhaftige Snyol versichert, daß er uns schützen wird, dann wissen wir, daß er das auch wirklich tun wird.«

Wieder dieser wissende Blick. Barnevelt war klar, was Gizil damit sagen wollte: *Halt du deinen Teil des Handels ein, wie der echte Snyol es tun würde, und ich werde das Maul halten und nicht verraten, daß ich dich in Novorecife als Erdbewohner kennengelernt habe.* Ein schlauer Fuchs, der Herr Gizil alias Vizqash!

»Würdet Ihr uns für eine Weile alleinlassen?« fragte Barnevelt. »Wir werden über Euren Vorschlag beraten.«

Als Gizil die Kabine verlassen hatte, begannen die Admirale sogleich zu tönen: »Es wäre eine Schande, sich die Beute entgehen zu lassen, wenn man sie schon fast in der Hand hat ...« »Nein, der Bursche beweist Verstand ...« »Die Bedingung, daß jeder sein persönliches Vermögen mitnehmen darf, ist ein fauler Trick. Was wird sie daran hindern, den gesamten Schatz unter sich aufzuteilen, sobald Gizil wieder zurückkommt?« »Dasselbe mit den Waffen ...« »Die müssen ziemlich am Ende sein. Ein letzter kräftiger Schlag ...« »Wir sollten wenigstens die Köpfe der Anführer fordern ...«

Nach einstündiger Debatte rief Barnevelt zur Abstimmung auf. Sie endete unentschieden. Die Königin votierte jetzt für den Frieden, da die Sunqaruma Zakkomir in ihrer Hand hatten.

»Ich bin ebenfalls für Frieden«, sagte Barnevelt. »Und was die Details angeht ...«

Als Gizil wieder hereingelassen wurde, sagte Barnevelt ihm, man würde die Bedingungen mit zwei Ausnahmen annehmen: Die Morya Sunqaruma dürften ihr Geld und ihre Waffen nicht mitnehmen, und diejenigen unter ihnen, die aus Qirib stammten, sollten so weit wie möglich von diesem Land entfernt abgesetzt werden – etwa an der Südostküste der Banjao-See. Letzteres hätte Alvandi zur Bedingung gemacht, da sie nicht wolle, daß sie wieder nach Qirib zurückkämen und dort Unfrieden stifteten.

Gizil grinste. »Ihre Hoheit scheint zu glauben, wir wären ungeheuer erpicht, unter ihr Joch zurückzukehren, nachdem wir ihm schon einmal entronnen sind. Wie auch immer, ich werde Euer Angebot meinem Rat vortragen. Sollen wir die Waffenruhe verlängern, bis die Sache entschieden ist?«

Der Vorschlag wurde angenommen, und Gizil verließ das Schiff.

16

Am darauffolgenden Tag lagen die gegnerischen Streitkräfte einander in unbehaglicher Ruhe gegenüber. Beide waren damit beschäftigt, Schäden auszubessern und ihre Positionen zu verstärken. Kurz nach Mittag kam Gizil wieder, und die Admirale wurden durch Flaggensignale an Bord der *Junsar* gerufen.

»Meine Herren«, begann Gizil, »Eure Gegenbedingungen sind hart, zu hart, um von hartgesottenen Kriegern mit Waffen in der Faust angenommen werden zu können. Daher unterbreite ich Euch einen geänderten Vorschlag, und zwar folgenden: daß unseren Männern erlaubt wird, pro Kopf eine Geldsumme in der Höhe von einem Goldkard mitzunehmen, damit sie nicht verhungern, während sie sich eine ehrliche Arbeit suchen. Und was die Waffen anbetrifft, so mögt Ihr ihnen gestatten, wenigstens ein Messer oder einen Dolch mitzunehmen, damit sie nicht völlig schutzlos sind. Des weiteren schlage ich vor, nur kräftige, unversehrte Ex-Qiribuma wie mich an jenen fernen Ufern auszusetzen, von denen Alvandi spricht. Verwundete sollten näher der Heimat in zivilisierten Regionen ausgesetzt werden.«

»Akzeptiert«, sagte Barnevelt schnell, bevor die Admirale noch Zeit hatten zu protestieren. Einige von ihnen sahen ihn denn auch recht grimmig an, insbesondere die Königin, die das Aussehen einer schnappenden Schildkröte annahm. Doch da er den Frieden so nahe vor Augen hatte, wollte er sich die Tour nicht mehr vermasseln lassen. Wenn es ihnen nicht paßte, gut – George und er würden bald fort sein, und es machte ihm wenig aus, wenn zukünftige krishnanische Geschichtsbücher ihn der Feigheit ziehen.

»Gebt Ihr darauf Euer feierliches Versprechen, o Snyol von Pleshch?« stieß Gizil sofort nach.

»Ich gebe Euch mein Wort.«

»Werdet Ihr mit mir an Bord meines Schiffes kommen

und Euer Versprechen vor meinen Unterführern wiederholen?«

»Gewiß.«

»*Ohe.*« sagte Prinz Ferrian. »Steckt Ihr dabei nicht den Kopf in den Rachen des Yeki? Bringt Ihr dem Schurken wirklich soviel Vertrauen entgegen?«

»Ich glaube, ja. Er weiß, was sie zu erwarten hätten, wenn sie in diesem Stadium irgendwelche faulen Tricks versuchten. Sollte ich nicht zurückkommen, seid Ihr der Boß.«

Barnevelt fuhr mit Gizil zur Zitadelle und kletterte durch die Piken und äußeren Befestigungen zu den großen Galeeren, die den Kern dieser schwimmenden Festung bildeten. Allenthalb sah er schwere Beschädigungen und tote und verwundete Piraten. Trotzdem waren viele am Leben geblieben. Gizil hatte die Wahrheit wirklich nicht sehr strapaziert.

Sobald er der Offiziersrunde vorgestellt worden war, wiederholte er vor ihnen sein Versprechen. »Natürlich müssen Eure Männer eine Leibesvisitation über sich ergehen lassen«, schloß er.

Gemeinsam setzten sie einen Vertrag über die Kapitulationsbedingungen auf, unterschrieben ihn und brachten ihn zurück, damit auch die Admirale unterzeichnen konnten. Dies alles war eine ermüdende und zeitraubende Sache.

Zakkomir, keck und geschniegelt wie eh und je, aber ohne die teddybärhafte Niedlichkeit und Weichheit von früher im Gesicht, wurde freigelassen. Barnevelt nahm ihn sofort beiseite. »Wollt Ihr mir einen Gefallen tun?«

»Mein Leben steht ganz zu Eurer Verfügung, Herr Snyol.«

»Dann vergeßt, daß die Piraten daran interessiert waren, Tagde und mich in ihre Gewalt zu kriegen. Kapiert?«

Das Durchsuchen der Piraten nach heimlich versteckten Waffen und Geldbeträgen, die das vertraglich zugestande Maß überschritten, sowie das Verladen der Durchsuchten auf die einzelnen alliierten Schiffe nahm den Rest des Tages in Anspruch. Da die Piraten aus Qirib – die fast die Hälfte der gesamten Morya Sunqaruma ausmachten – an einen besonderen, eigens für sie bestimmten Zielort gebracht werden sollten, lieh sich Barnevelt von dem Admiral aus Suruskand eigens einen Truppentransporter aus, die *Yars*.

Königin Alvandi bestand darauf, ihn mit ihren eigenen Leuten zu bemannen: zum Rudern Männer, zum Bewachen der Gefangenen Amazonen. »Ich werde erst dann Ruhe haben, wenn ich aus dem Mund meiner eigenen Mädchen bestätigt bekomme, daß diese Halunken an einem Ort abgesetzt worden sind, von dem aus sie Jahre bräuchten, um nach Qirib zurückzukommen«, verkündete sie.

Im roten Abendlicht Roqirs gingen die unversehrt gebliebenen Ex-Piraten in der Nähe der Kanalmündung an Bord der *Yars*. Es waren 397 Männer, 123 Frauen und 68 Kinder, die da in Dreierreihen die Laufplanke hinaufströmten und das Schiff schon ohne das qiribische Ruder- und Bewachungspersonal zum Bersten füllten.

Barnevelt aß allein, Tangaloa war draußen und filmte. Nach dem Essen ließ er sich von der *Junsar* kanalabwärts zu Alvandis *Douri Dejanai* rudern. Er hatte die Privatkabine der Königin noch nie zuvor gesehen. Sie war jetzt rauchgeschwärzt; eine der Raketen der Piraten hatte ein Feuer an Deck verursacht. Groß war seine Überraschung, als ihn ein wohlvertrautes heiseres Krächzen begrüßte: »*Baghan! Ghuvoi zu!*«

Es war niemand anderes als Philo, der Papagei, der, mit dem Fuß angkettet, auf einer Stange an der Seite des Raums hockte. Er guckte Barnevelt erst mit einem Auge an, dann mit dem anderen, und schließlich erkannte er ihn und ließ sich willig das Gefieder kraulen.

Dann kam die Königin herein und sagte: »Ihr und ich, wir sind die einzigen, die mit diesem Ungeheuer umgehen können. Ihr, weil Ihr eine geheimnisvolle Macht über solche Wesen habt, und ich, weil er mich fürchtet. Kommt, schenkt Euch einen Becher Falatwein aus der Karaffe dort ein, ein erstklassiges Tröpfchen! Ich nehme an, Ihr werdet heute abend der Versammlung vorsitzen, bei der über die Verteilung der Beute verhandelt werden soll.«

»Ja, und mir graut davor. Alle werden sich gleichzeitig darauf stürzen, und jeder wird versuchen, sich den größten Anteil zu raffen. Tröstlich für mich zu wissen, daß dies wohl meine letzte Amtshandlung als Oberkommandierender sein wird.«

»Nur keine Angst. Wenn Ihr es richtig anstellt, braucht es nicht zu Zwistigkeiten kommen, Verkündet ihnen Euren Beschluß und laßt nicht mehr daran rütteln. Ich für mein Teil verlange lediglich meinen gerechten Anteil: den gesamten Sunqar, dazu den mir zustehenden Anteil an Schiffen und Schätzen.«

»Genau das habe ich befürchtet.«

Sie machte eine wegwerfende Geste. »Wenn Ihr nicht ein Viertel für Euch selbst verlangt, wird es keine Mißstimmigkeiten geben.«

»Tatsächlich wollte ich gar nichts für mich selbst verlangen.«

»Was? Seid Ihr von Sinnen? Oder ist das vielleicht Teil irgendeines heimtückischen Plans, einen von uns seines Throns zu berauben? Trachtet Ihr vielleicht danach, den Laffen von Sotaspé zu stürzen?«

»An so etwas habe ich niemals gedacht! Ich mag Ferrian!«

»Was hat Mögen oder Nichtmögen mit hoher Politik zu tun? Ohne Zweifel mag Ferrian Euch auch, aber das würde ihn keinesfalls davon abhalten, Euch den Bauch aufzuschlitzen, wenn das zum Wohle Sotaspés wäre. Aber das ist eigentlich auch egal; ich habe nämlich andere Pläne mit Euch.«

»Was?« fragte Barnevelt alarmiert. Er wußte, wenn Alvandi sich erst einmal etwas in den Kopf gesetzt hatte, dann konnte sie weder der Teufel noch die Sintflut davon abhalten, es auch in die Tat umzusetzen.

»Wenn Ihr unbedingt wollt, dann verzichtet meinetwegen auf Euren Anteil an der Beute und spielt den Edelmütigen, der sich vor Ehrbarkeit fast in die Hose macht, so wie Abhar der Bauernlümmel in der Fabel. Aber dann sorgt wenigstens auch dafür, daß Euer Anteil an mich fällt. So bleibt er wenigstens in der Familie. Ihr habt mich heute nachmittag wahrlich schon genug Nerven gekostet, als Ihr auf die Forderung dieser Halunken eingegangen seid, die verwundeten Qiribuma auf dem nahen Festland auszusetzen.«

»Genau wegen dieser Sache bin ich hergekommen«, sagte Barnevelt. »Die Verwundeten stellen kein Problem dar, da sie mit den anderen zusammenbleiben. Aber es gibt ein anderes Problem, und zwar mit den Nichtverwundeten. Ich habe noch einmal nachgerechnet: mit dem, was die *Yars* an Proviant und Wasser an Bord hat, wird sie es mit dieser Riesenmenge an Passagieren niemals bis dorthin schaffen, wo Ihr sie absetzen lassen wollt. Wir müssen sie deshalb entweder auf zwei Schiffe verteilen oder ...«

»Unsinn!« fauchte Alvandi. »Glaubt Ihr etwa im Ernst, ich hätte die Absicht, dieses Raubgesindel an Land zu lassen, damit es sich wieder in meinem Reich einnistet und erneut umstürzlerische Intrigen spinnt? Bin ich denn verrückt?«

»Was wollt Ihr damit sagen?«

»Der Kapitän der *Yars* hat strikten Befehl von mir, diese Schurken mitsamt ihren Schlampen und ihrer Brut ins Meer zu werfen, sobald sie außer Sicht sind. Gegen ein Furunkel hilft nur das Messer.«

»Hehe! Das kann ich nicht zulassen!«

»Und warum nicht, Meister Snyol?«

»Ich habe mein Ehrenwort gegeben!«

»Und wer beim Hishkak seid *Ihr*? Ein ausländischer Vagabund, der es nur meiner Schlauheit verdankt, daß er zum Oberbefehlshaber dieser Expedition ernannt wurde! Aber jetzt ist unsere Arbeit getan, und mit der Herrlichkeit als Oberbefehlshaber ist es vorbei. Von jetzt an seid Ihr nichts weiter als ein gemeiner Untertan, mit dem ich umspringen kann, wie es mir beliebt. Und in diesem Fall beliebt es mir ...«

Barnevelt hatte plötzlich das Gefühl, als umklammerte eine kalte Hand seine Gurgel. Er sprang so heftig auf, daß er seinen Becher umstieß. »Übrigens, was wolltet Ihr vorhin damit sagen, von wegen es bliebe alles in der Familie?«

»Dann habt Ihr es also erraten? Es ist klar wie die Gipfel des Darya, daß meine Tochter Zei in Euch verliebt ist. Daher erwähle ich Euch als ihren ersten Gemahl, als welcher Ihr gemäß unseres alten und unabänderlichen Brauchs dienen werdet, bis Eure Aufgabe erfüllt ist. Die Auslosung ist natürlich bloßer Schwindel, um die Form zu wahren. Wollen wir hoffen, daß Ihr am Ende Eures Dienstes ein besseres Mahl abgeben werdet, als es der unbeweinte Kaj gewesen wäre!«

17

Barnevelt stand schweratmend da. Schließlich stieß er hervor: »Ihr vergeßt, Madame, ich bin kein Qiribu, und das hier ist nicht Qirib. Ihr habt also rechtlich keine Gewalt über mich.«

»Und Ihr vergeßt, Sirrah, daß ich Euch die qiribische Staatsbürgerschaft verliehen habe, als Ihr mit Zei nach Ghulinde zurückkehrtet. Da Ihr sie damals nicht abgelehnt habt, habt Ihr Euch zwangsläufig den damit verbundenen Pflichten unterworfen, wie jeder Rechtsgelehrte Euch bestätigen würde. Also Schluß jetzt mit diesem aufsässigen Gerede!«

»Verzeiht, aber ich bin da ziemlich anderer Auffassung. Ich werde weder Eure Tochter ehelichen, noch werde ich zulassen, daß Ihr die Qiribuma, die sich ergeben haben, massakrieren laßt.«

»So? Ich werde es Euch zeigen, Ihr Verräter!« Ihre Stimme steigerte sich zu einem Kreischen. Sie rannte quer durch die Kabine und kramte in einer Schublade.

Barnevelt argwöhnte sofort, daß sie einen Behälter mit dem berüchtigten Janru-Parfüm suchte – eine Flasche etwa oder eine Spraydose –, um ihn mit dem Teufelszeug zu besprenkeln. Ein gutgezielter Sprühstoß, und er wäre ihrem Willen unterworfen, als stünde er unter osirischer Pseudohypnose. Im Augenblick stand sie näher an der Tür als er. Was also tun?

»*Grrrrk!*« krächzte Philo, aufgeschreckt von dem Gekreisch Alvandis.

Blitzartig kam Barnevelt der rettende Gedanke. Er war mit einem Satz bei der Sitzstange, packte den verdutzten Vogel, grub seine lange Nase in das Brustgefieder und atmete tief ein.

Philo kreischte ungehalten, strampelte, wand sich und biß Barnevelt eine Zacke ins Ohrläppchen, so tadellos und sauber, wie ein Schaffner eine Fahrkarte knipst.

Barnevelt ließ den Vogel los, just als Alvandi mit einem Zerstäuber auf ihn losging und ihm mit der Düse gegen das Gesicht zielte. *Pfffft!* machte es, und Barnevelt stand im Nebel. Seine Augen waren rotgerändert, seine Nase lief, und aus der Scharte, die Philo ihm ins Ohr gestanzt hatte, tröpfelte Blut. Grinsend zückte er sein Schwert.

»Tut mir leid«, schniefte er, »aber ich kad dichts riechen. Geht zurück id Euer Schlafgebach, ud keide Widerrede, klar, sodst wird Zei Ködigid, ohde daß Ihr abdadken büßt!«

Als er der Aufforderung mit einem Knuff in ihr Zwerchfell Nachdruck verlieh, trollte sie sich von dannen, wobei sie Verwünschungen vor sich hinfauchte, die einem Müllkutscher die Schamröte in die Backen getrieben hätten. Im königlichen Schlafgemach suchte er sich Bettlaken zusammen und riß sie in Streifen, »... meine besten Laken, noch von der Großmutter geerbt!« jaulte Alvandi.

Bald wurde ihr Gejammer von einem festen Knebel gedämpft. Nach einer weiteren Viertelstunde hatte er sie verpackt, verschnürt und verknotet in ihrem Kleiderschrank verstaut und die Tür verschlossen.

Der Wache vor der Kabinentür sagte er: »Ihre Hoheit fühlt sich dicht wohl. Sie böchte udter keided Ubstäden gestört werded. Beid Boot, bitte.«

Er kehrte auf sein eigenes Schiff zurück, erfüllt von einem seltsam prickelnden Gefühl der Erleichterung, trotz der Gefahr, in der er schwebte. Ihm war, als hätte er in der Person der Königin gleichzeitig auch seine Mutter ein für allemal niedergerungen.

An Deck der *Junsar* empfing ihn Tangaloa mit den Worten: »Ich habe schon nach dir gesucht ...«

»Und ich habe nach dir gesucht. Wir müssen hier weg. Alvandi hat vor, alle Sunqaruma, die aus Qirib stammen, zu massakrieren und mich zu ihrem Schwiegersohn zu machen, so richtig mit allem Drum und Dran – einschließlich Henkerblock.«

»Mein Gott, das ist ja schrecklich! Was können wir denn jetzt tun? Wo steckt die alte Fledermaus denn überhaupt?«

»Wohlverschnürt in ihrem Kleiderschrank. Laß uns Igor ins Boot packen und ... Moment mal! Die *Yars* liegt doch an der Kanalmündung, nicht wahr? Da rudern wir jetzt hin. Du lenkst Alvandis Kriegerinnen ab, und in der Zwischenzeit vereinbare ich mit Vizqash – ich meine Gizil –, daß wir uns die *Yars* unter den Nagel reißen und zurück nach Novorecife segeln.«

»Mit den Ex-Piraten als Mannschaft?«

»Warum nicht? Es sind Heimatlose, die wahrscheinlich froh sind, uns als Führer zu bekommen. Sie werden mir glauben, wenn ich ihnen sage, daß ich lieber zu ihnen übergelaufen bin, als zuzulassen, daß man mich tötet, weil der echte Snyol sich nämlich in so einer Situation genauso verrückt verhalten würde.«

»Okay!« sagte der Xenologe. Sie liefen nach unten.

»Besorgt mir ein Paar Handschellen«, befahl Barnevelt dem diensthabenden Wachsoldaten. Mit selbigen bewaffnet, betraten sie das Schiffsgefängnis, in dem Shtain apathisch auf seiner Pritsche hockte.

»Strecken Sie die Hände aus!« sagte Barnevelt und ließ die Handschellen um Shtains Gelenk zuschnappen. »Und jetzt kommen Sie mit!«

Shtain, der in Lethargie versunken war, watschelte mit ihnen zurück an Deck und kletterte an Bord des Langboots.

»Den Kanal hinunter zur *Yars*!« befahl Barnevelt seinen Ruderern. »Aber leise!«

»Wie hast du es geschafft, dem Sprühnebel ihres *Nuit d'amour*-Parfüms zu entgehen, als du dich mit ihr herumgebalgt hast?« fragte Tangaloa. Als Barnevelt es ihm erzählte, brach er in schallendes Gelächter aus. »Herrlich! Das habe ich wirklich noch nie gehört, daß einer durch Federn von einem Schicksal bewahrt wird, das noch schrecklicher ist als der Tod!«

Um das Beladen einfacher zu machen, hatte man einen kleinen schwimmenden Steg den Kanal hinuntergeschleppt und an der Bordwand der *Yars* befestigt. Das Ruderboot legte am Steg an, und die Passagiere kletterten heraus.

Die Wache auf dem Steg leuchtete sie mit der Laterne an, rief sie an, stutzte und sagte: »Oh, verzeiht, General Snyol, Ihr seid's.« Und dann, mit einem hellen Leuchten in den Augen: »Oh, Taggo! Mädels, wir haben Besuch! Taggo ist hier!«

»Ist das dein neuer Spitzname?« frotzelte Barnevelt mit anzüglichem Grinsen. »Versuch sie ins Deckhaus zu locken. Erzähl ihnen, du würdest ihnen Strip-Poker oder etwas in der Art beibringen.« Er reckte den Hals und rief laut: »Admiral Gizil!«

»Ich bin hier. Was wünscht Ihr, General Snyol?«

»Kommt mal einen Augenblick herunter, dann erzähl ich's Euch. Ist schon in Ordnung, Mädels – alles unter Kontrolle. Geht nach oben und spielt ein bißchen mit Taggo. Ich habe eine Besprechung.«

Der Krishnaner klomm leichtfüßig über die Reling der *Yars* auf den Steg. Als die Amazonen außer Hörweite waren, berichtete ihm Barnevelt, was geschehen war.

Gizil schlug mit der Faust in die offene Hand. »Eine Riesendummheit von mir, ein solches Schelmenstück nicht mit einzukalkulieren! Doch nun, da wir's wissen: Was können wir dagegen unternehmen? Wir liegen hier unter Bewachung, eingekreist von feindlichen Schiffen, und die einzigen Waffen, die wir haben, sind Tafelmesser! Was sollte sie daran hindern, so mit uns zu verfahren, wie sie es geplant haben?«

»*Ich* werde sie daran hindern.«

»Ihr?«

»Jawohl. Werdet Ihr und Eure Männer mir folgen?«

»Heißt das, daß Ihr Euch auf unsere Seite schlagt, aus reinem Ehrgefühl?«

»Sehr richtig. Schließlich bin ich der, der ich bin«, antwortete Barnevelt, wobei er eine beliebte krishnanische Redewendung benutzte.

»Laßt mich Euren Daumen ergreifen, Herr! Denn jetzt erkenn ich klar, daß Ihr, wiewohl Ihr ebensowenig Snyol von Pleshch seid wie ich, jenen aufrechten, unbestechlichen

Geist besitzt, den die Legende jenem edlen Nyamadzener zuschreibt! Seid unbesorgt, Herr, Euer Geheimnis ist bei mir sicher aufgehoben. War es doch im Hinblick auf einen solchen Notfall wie den jetzigen, daß ich es bei der Verhandlung mit Euren Admirälen für mich behielt. Was sollen wir jetzt tun?«

»Sobald Tagde mit dem Frauensvolk in der Deckskabine ist, berufen wir eine Konferenz mit Euren Offizieren ein. Verfügt Ihr überhaupt noch über so etwas wie eine Organisation?«

»So ziemlich.«

»Wir sagen ihnen, um was es geht, und zur gegebenen Zeit verriegeln wir dann die Deckskabinentür, kappen die Vertäuung und legen ab. Und wenn einer Fragen stellt – das werde ich schon irgendwie hinkriegen.«

Aus der Kabine drangen Geräusche von frivol überschwenglicher Lustbarkeit. Barnevelt war nicht überrascht, daß die Disziplin in der Flotte in den letzten Stunden offensichtlich zum Teufel gegangen war. Vermutlich war dies ein ganz natürlicher Spannungsabbau nach den Mühen und Strapazen der vergangenen Tage.

Gizils Leute waren rasch informiert. Barnevelt gab letzte Anweisungen: »Teilt die Männer auf die Ruderbänke auf und weist sie an, die Ruder so bereitzulegen, daß sie sie auf Kommando sofort durch die Ruderlöcher stecken können. Wer hat ein scharfes Messer? Kappt die Taue und stoßt den Steg mit einem Bootshaken weg. So, jetzt das erste Paar Ruder raus ... Jetzt die Taue zum Tang kappen ... Und jetzt rudern ... sachte, ganz sachte, gerade soviel, daß sich das Schiff vorwärtsbewegt ... Schnell, stopft Lumpen in die Ruderlöcher, um das Knarren zu dämpfen! Was, ihr habt keine Lumpen? Dann nehmt die Kleider eurer Frauen. Und wenn sie was dagegen haben sollten, dann gebt ihnen einen Klaps auf den Hintern ... Ja, sehr gut, so ist's richtig. Jetzt das nächste Paar Ruder ... He, schafft das Kind da unter Deck!«

Als die *Yars* im Schneckentempo hinaus in die Fahrrinne

und den Kanal hinunter glitt, erscholl dicht neben ihnen ein Ruf.

»Was gibt's?« rief Barnevelt zurück, während er über die Reling zu dem Schiff hinüberspähte, an dem sie gerade vorbeiglitten. Im Schein einer Laterne konnte er den Kopf eines Mannes ausmachen. »Ich bin's, Snyol von Pleshch! Es ist alles in Ordnung!«

»Oh, Herr Snyol, Ihr seid's ... Verzeiht, ich dachte ... Ist das nicht die *Yars* mit den gefangenen Piraten?«

»Ja, es ist die *Yars*, aber mit ihrer regulären Besatzung. Die Gefangenen sind noch nicht an Bord gebracht worden. Wir fahren bloß zu einer kleinen Übungsfahrt raus.«

»Aber ich sah die Gefangenen doch heute nachmittag an Bord gehen ...«

»Schon, aber nicht an Bord dieses Schiffes. Wahrscheinlich habt Ihr gesehen, wie sie an Bord der *Minyan* von Sotaspé gingen. Wir haben nämlich beschlossen, sie einstweilen dort unterzubringen. Seht, sie liegt dort drüben!« Er deutete mit dem Finger kanalaufwärts auf die schemenhafte schwarze Masse von Schiffsleibern.

»Nun ja«, gab der Mann verwirrt zurück, »wenn Ihr sagt, daß alles in Ordnung ist, dann wird es wohl so sein.«

Gleich darauf tauchte das Schiff achteraus in die dunkle Masse der anderen Schiffe.

»Puh!« sagte Barnevelt und wischte sich den Schweiß von der Stirn. »Zwei Strich backbord – langsam, nicht so hastig! Alle Ruder jetzt zu Wasser! Drittes Backbordruder, du bist aus dem Takt! Jetzt eintauchen, und zieh! Hau-ruck, hau-ruck!«

Sie glitten aus der Kanalmündung, die Flotte, die entlang der Ränder des Tangteppichs festgemacht hatte, rasch hinter sich lassend. Die Schiffslaternen glommen wie ein Schwarm Leuchtkäfer, die mitten im Flug erstarrt waren. Da noch immer von Süden her eine Brise wehte, ließ Barnevelt die Segel setzen und ging auf Nordkurs. Unter der schwarzen Wolkendecke des sternenlosen Nachthimmels verschwand der Sunqar bald in der Dunkelheit.

Barnevelt sah ihn mit gemischten Gefühlen schwinden. Wenn ihr Glück anhielt, würden sie erst Majbur ansteuern und von dort aus den Pichide hinauf nach Novorecife segeln. Dort würde er die Sunqaruma abmustern.

Es gab Augenblicke, da dachte er mit Wehmut an zu Hause. Endlich wieder er selbst sein! Wie leid er es manchmal war, umgeben zu sein von blaugrünem Haar, olivfarbener Haut, klirrenden Schwertern, grellbunten enganliegenden Kleidern, im Ohr ständig diese langatmige, geschwollene Ausdrucksweise, vorgetragen mit pathetischen, theatralischen Gesten in rollendem, rhythmischem, gutturalem Gozashtando. Er schaute wehmütig zu dem Punkt am Himmel, wo Sol, die irdische Sonne, jetzt stehen würde, wenn sie sichtbar gewesen wäre. Er dachte an New York mit seinem labyrinthartig verzweigten Straßengewirr, seinem brodelnden, faszinierenden Getriebe, seinen gemütlichen Restaurants, seinen behaglichen Kneipen, seinen lockeren, witzig-geistreichen Wortgeplänkeln ... Wie schön es dort doch war ...

Tatsächlich? Er würde in ein New York zurückkehren, das fast fünfundzwanzig Jahre älter wäre als das, das er verlassen hatte. Seine Freunde und Verwandten würden zwar dank der modernen Geriatrie größtenteils noch leben, ja wären nicht einmal nennenswert gealtert, aber in alle vier Winde zerstreut und hätten ihn längst vergessen. Immerhin läge eine ganze Generation zwischen ihnen und ihm, und er würde mindestens ein Jahr brauchen, um sich wieder einigermaßen zurechtzufinden und einzuleben. Kurz vor seinem Aufbruch nach Krishna hatte er sich einen dieser spitz nach oben zulaufenden Hüte gekauft, wie sie zu der Zeit gerade in Mode gewesen waren. Wenn er zurückkam, waren diese Hüte wahrscheinlich so altertümlich wie Melonen – welch letztere wiederum vielleicht gerade wieder mal der letzte Schrei waren. Irgendwie verstand er jetzt, warum Leute wie Shtain und Tangaloa, bei denen interstellare Reisen zum täglichen Leben gehörten, eine ganz eigene Clique bildeten.

Und dann war da noch seine Mutter. Die Aufgaben, die man ihm gestellt hatte – das Geheimnis des Sunqar zu enträtseln, Shtain zu befreien und den Vertrag mit Cosmic Features zu erfüllen –, hatte er mit Bravour gelöst; noch nicht gelöst hatte er indessen seine persönlichen Probleme. Oder besser: Er hatte sein Mutterproblem dadurch gelöst (oder genauer: inexistent gemacht), daß er sich Lichtjahre weit räumlich von ihr entfernt hatte. Damit aber war er lediglich vor der Auseinandersetzung geflüchtet, und sobald er wieder zu Hause war, stand das Problem von neuem an, sozusagen in alter Frische.

Auch nagte und bohrte da noch ein anderes seltsames Gefühl in ihm, ein Gefühl des Verlustes, so wie wenn man eine Chance verpaßt. Einer seiner alten Professoren hatte einmal zu ihm gesagt, ein junger Mann müsse zumindest einmal in seinem Leben dem romantischen Impuls gehorchen, etwa indem er seinem Vorgesetzten die Brocken vor die Füße schmiß und sagte, er könne ihn kreuzweise, oder indem er sich einer radikalen politischen Partei anschloß. Und da stand er nun, Dirk Barnevelt, und ließ wieder einmal Klugheit und weise Voraussicht in sich die Oberhand gewinnen ...

Aber war nicht auch Tangaloas Vorschlag, ein Wesen einer anderen Spezies so mir nichts dir nichts auf die Erde zu verfrachten und dort mit ihm zusammen zu leben, wirklich ein wenig abwegig? Ein solches Leben brächte, da war er sicher, Komplikationen mit sich, denen er sich ganz einfach nicht gewachsen fühlte, besonders wenn seine Mutter ...

Zumindest schwor er sich, diesmal im Umgang mit seiner Schiffsbesatzung seinen Verstand zu gebrauchen: stets freundlich und zuvorkommend sein, dabei fest und konsequent, vor allem aber keine ungebührliche Kumpelei und allzu große Vertrautheit einreißen lassen.

Gizil kam, um Bericht zu erstatten. Barnevelt fragte: »Wart Ihr nicht der Maskierte, dem ich in Jazmurian den Krug an den Kopf warf?«

Gizil grinste verlegen. »Ich hatte gehofft, Eure Lordschaft

würde mich nicht wiedererkennen. Ich war es in der Tat. Ich sollte einen Tumult verursachen, was ich, wie Ihr Euch erinnern werdet, tat, indem ich mit dem Osirer einen Streit vom Zaune brach. Der Zweck war, Euch abzulenken, während Gavao Euch eine Betäubungsdroge in Euren Becher schüttete. Aber der Dummkopf muß statt dessen seinen eigenen Becher erwischt haben. So etwas Dummes kann auch nur einem Balhibu passieren.«

»Wolltet Ihr Sishen tatsächlich töten?«

»N-nein, das nicht gerade, obwohl ich zugeben muß, daß es mir in der Leber guttat, dieses Schuppenmonster vor Angst beben zu sehen.«

»Man könnte fast glauben, Ihr hättet etwas gegen Osirer, obwohl Ihr doch selbst für einen gearbeitet habt.«

»Gezwungenermaßen – denn als er uns erst einmal in seinen Krallen hatte, errang er mit Hilfe seiner Zauberkräfte solche Macht über uns, daß wir ihm nicht mehr entrinnen konnten, obwohl viele von uns voraussahen, daß sein rücksichtsloser Kurs uns letztendlich ins Verderben führen würde. Was sich ja nun auch bewahrheitet hat.«

»Was hattet Ihr mit Tagde und mir vor?«

»Wir wollten euch entführen, und wenn das nicht klappte, töten. Ich hoffe, Ihr werdet uns das verzeihen, denn wir handelten auf Sheafases Befehl, und diesem konnten wir uns aufgrund der geistigen Macht, die er über uns ausübte, nicht widersetzen. Durch seine Verbindungen mit der Erde war er genau über Igor Eshtains Pläne unterrichtet, nämlich den Sunqar zu erforschen. Und dementsprechend legte er seine Fallstricke aus.«

Alsdann erklärte Gizil Struktur und Operationsweise des Janru-Ringes, einer Organisation, die Erdbewohner, Osirer und Krishnaner umfaßte. Er berichtete, wie sie Shtain gekidnappt und noch auf der Erde unter Pseudohypnose gesetzt hatten; wie sie Gizil unter dem Namen Vizqash nach Novorecife eingeschleust hatten, um sofort informiert zu sein und Maßnahmen ergreifen zu können, wenn jemand auftauchte, der Shtains Spur verfolgen wollte.

»... einer der Anführer des Rings ist ein Offizier auf einem dieser Viagens-Schiffe – *Shefinjenjea*, so nennen sie ihn, glaube ich ... Was ist das?«

Höllenlärm aus der Kabine verriet deutlich: die Amazonen hatten entdeckt, daß man sie hereingelegt hatte.

Zwei Zehn-Nächte später lief die *Yars* in den Hafen des geschäftigen Majbur ein. Die Fahrt war recht abenteuerlich verlaufen: Einmal waren sie durch einen Ausläufer des ersten Wirbelsturms der Saison vom Kurs abgetrieben worden, und zweimal hatten sie vor unidentifizierten Flotten am Horizont die Flucht ergreifen müssen.

Barnevelt und Tangaloa gingen an Land. Sie schleppten Shtain mit sich und überließen Gizil die Aufsicht über das Schiff. Barnevelt hatte vor dem Ex-Piraten Achtung bekommen, trotz der hochnäsigen Art des Krishnaners, seiner räuberischen Vergangenheit und seiner mehrfachen Versuche, ihn zu ermorden.

Sie gingen unverzüglich zum Büro vom Gorbovast, dem offiziellen Bevollmächtigten König Eqrars von Gozashtand und inoffiziellen Bevollmächtigten der Viagens Interplanetarias.

»Bei allen Göttern!« rief Gorbovast, aus seiner gewohnten Gemütlichkeit aufgescheucht. »Die Flotte der Freien Stadt traf vor zwei Tagen mit einer wilden und wundersamen Mär ein, wie Ihr zwei erst die alliierte Flotte zum Triumph über die Sunqaruma geführt hättet und dann, nach einem unerklärlichen Streit mit der alten Alvandi, selbige wie einen Unha, den man zum Markt trägt, gefesselt und verpackt hättet, alsdann ein Schiff aus Suruskand, bemannt mit gefangenen Piraten, gestohlen und Euch mit selbigem in Luft aufgelöst hättet. Und nun steht Ihr plötzlich hier vor mir! Was verleitet einen Burschen von erprobter Rechtschaffenheit dazu, seinen Mantel in so erstaunlicher Weise nach dem Winde zu hängen?«

Barnevelt erzählte dem Bevollmächtigten von Königin Alvandis Plan, die gefangenen Sunqaruma zu töten.

»Ach ja«, sagte Gorbovast, »es ist ja allgemein bekannt, daß Ihr zu außergewöhnlichem Idealismus neigt. Wer ist denn dieser schmutzige Kerl in Fesseln? Die Freie Stadt verbietet die ungesetzliche Freiheitsberaubung freier Menschen, auch wenn es Erdenmenschen sind ...«

»Dieser Mann«, sagte Barnevelt, »ist jener Shtain, dem wir nachgejagt sind.«

»Igor Eshtain, hä?«

»Derselbe. Der Janru-Ring hat ihn gefangengenommen, und die osirischen Mitglieder des Rings haben ihn vermittels ihrer psychischen Kräfte zum Piraten gemacht. Und jetzt erkennt er seine alten Freunde nicht mehr, Sheafase ist tot, aber wir haben vor einigen Zehn-Nächten in Jazmurian einen anderen Osirer namens Sishen kennengelernt. Soweit ich mich erinnere, war dieser Sishen auf dem Weg nach Majbur. Wißt Ihr, ob er hier ist?«

»Nein, aber das können wir herausfinden. Gehen wir ins Amt des Chefsyndikus, direkt gegenüber.«

Der Chefsyndikus, dem sie zuletzt in Ghulinde begegnet waren, begrüßte sie mit noch größerem Erstaunen als Gorbovast. Als sie ihm die Situation geschildert hatten, ließ er seinen Polizeichef holen, der seinerseits nach einem seiner Untergebenen schickte. Dieser bestätigte: Jawohl, besagter Sishen sei im ›Chunar‹ abgestiegen und könne innerhalb einer Stunde vorgeführt werden.

»Erschreckt ihn nicht zu sehr«, sagte Barnevelt. »Er ist eine schreckhafte Seele. Sagt ihm, ein paar alte Freunde wären da und wollten ihn sehen.«

»Ähem«, sagte der Chefsyndikus mit einem verlegenen Räuspern. »So unangenehm es mir ist, einen solch glücklichen Augenblick zu trüben, aber die Pflicht gebietet es mir, gewisse unangenehme Angelegenheiten vorzubringen.« Er kramte in seiner Schreibtischlade. »Ich habe hier ein Schreiben des Präsidenten von Suruskand, der mich um Beistand bei der Wiederbeschaffung seines gestohlenen Schiffes ersucht.«

Barnevelt winkte mit lässiger Geste ab. »Er wird sein

Schiff zurückbekommen. Inzwischen zahle ich ihm dafür Miete. Habt Ihr ein Scheckformular?«

Nachdem er mit einiger Verwunderung das seltsame bedruckte Ding gemustert hatte, das so gar keine Ähnlichkeit mit einem irdischen Scheck hatte, schrieb Barnevelt den Scheck über fünfhundert Kards aus, zahlbar an die Republik Suruskand durch das Bankhaus Ta'laum und Fosq. »Schickt ihm dies und sagt ihm, daß ich den Rest später begleiche.«

»Ich bin sicher, er wird Eure – hm – etwas lockere Art, die Angelegenheit zu behandeln, mit Nachsicht aufnehmen«, sagte der Chefsyndikus. »Ich habe hier noch ein weiteres Schreiben, das Euch betrifft. Es kam erst heute morgen an, in diplomatischem Code verschlüsselt – von Zakkomir bad-Gurshmani, einem Mündel von Königin Alvandi. Nach der üblichen Einleitung heißt es hier:

Seit unserer Rückkehr nach Ghulinde bin ich zu einem schrecklichen Tod verdammt: Durch die gesteuerte Auslosung bin ich zu Prinzessin Zeis erstem Gemahl bestimmt worden und somit dazu verpflichtet, sie am Tage ihrer Inthronisierung, dem zehnten Sifta, zu heiraten.‹ (Das ist, wie Ihr aus dem Kalender dort ersehen könnt, heute in sechs Tagen.) *›Ihr wißt, Herr Syndikus, welches Los den, auf den diese Ehre fällt, am Ende des Jahres erwartet. Zei ist ebenso unglücklich wie ich über diese mißliche Situation, aber wir können nichts dagegen unternehmen, denn wir sind hilflose Marionetten in der königlichen Hand meines Vormundes, da sie auch nach ihrem nominellen Rücktritt alle Fäden in ihrer Hand behalten wird. Es gibt jedoch einen, der uns retten könnte: jenen mächtigen Erdenmenschen, der unter dem Pseudonym Snyol von Pleshch reist.* Damit, nehme ich an, seid Ihr gemeint, mein Herr.«

»Richtig«, sagte Barnevelt.

Der Chefsyndikus machte eine beschwichtigende Geste. »Fürchtet Euch nicht, diese Tatsache in der Zurückgezogenheit unserer Amtszimmer zuzugeben, denn sowohl Gorbovast als auch ich sind aufgeklärte Männer, die gegen die vorurteilsbeladene Abneigung ankämpfen, die viele den

Terranern entgegenbringen. Einige unserer besten Freunde sind Erdenmenschen, denn wir sind der Ansicht, daß man nicht eine ganze Rasse verdammen sollte, nur weil ein paar Lümmel ungebührliche Arroganz an den Tag legen und sich in prahlerischer Weise dreist der Überlegenheit ihrer eigenen furchteinflößenden Welt rühmen.

Wie dem auch sei, widmen wir uns wieder dem Brief. Ich zitiere: *Ich wußte nicht, daß dieser Held ein Erdenmensch ist, bis Zei es mir nach meiner Rettung aus dem Sunqar erzählte, obwohl ich schon vorher Verdacht geschöpft hatte. Aber nun zum Kern der Sache: Er ist Terraner, und Zei ist ebenfalls Terranerin, eine Tatsache, die ich lange als Hofgeheimnis gehütet habe. Sie ist kein Sproß von Königin Alvandi, die unfruchtbar ist wie die Felsen von Harqain, sondern eine irdische Weise, die ihr von Sklavenhändlern besorgt wurde. Sie wurde als Kind der Königin großgezogen. Von frühester Jugend an wurde ihr eingeschärft, sich als Eingeborene von diesem Planeten zu verkleiden. Qiribs Gesetz verdammt nämlich nicht nur alljährlich den Prinzgemahl zum Tode. Es verdammt gleichermaßen eine Königin, die innerhalb von fünf Jahren nach der Thronbesteigung kein befruchtetes Ei gelegt hat.*

Die Prinzessin hat mir erzählt, daß sie die wahre Natur dieses Pseudo-Snyol während ihrer Rettung erkannte und annahm, daß er gleichermaßen auch sie durchschaut hätte. Um so erstaunter war sie dann über die ungereimten Verhaltensweisen, die er ihr gegenüber an den Tag legte ...«

Der Syndikus schaute auf. »Ich nehme an, Ihr wißt, worauf er anspielt? Ich fahre fort: *Da er ein Erdenmensch ist, nehme ich mit großer Wahrscheinlichkeit an, daß er sich auf direktem Wege nach Novorecife zu seinen Artgenossen begibt. Wir ersuchen Euch daher mit aller Eindringlichkeit, nach ihm Ausschau zu halten. Sollte er wider Erwarten Novorecife erreichen, ohne daß Ihr ihn vorher abfangen könnt, dann versucht, ihm eine Nachricht in die Festung der Terraner zukommen zu lassen. Auf diese Weise rettet Ihr vielleicht nicht nur mein eigenes wertloses Leben, sondern das Glück meiner verehrten Prinzessin.*

Ich muß hinzufügen, daß Königin Alvandi ebenfalls die wahre Identität Snyols kennt und deshalb um so erpichter darauf war, ihn als Gemahl für ihre Tochter zu gewinnen, denn es ist ihr immer noch lieber, einen fremden Herrscher in Qirib zu haben, als ihre matriarchalischen Prinzipien gefährdet zu sehen. Da es ihr nicht gelang, ihn zu halten, hat sie mich als den Zweitbesten ausgewählt – eine Wahl, die mir eigentlich schmeicheln sollte, wäre da nicht das Bild des Richtblocks, das sich unablässig vor meine Augen schiebt. Da Zei – von einem Mann meiner Gattung nicht befruchtet werden kann, hege ich den Verdacht, daß Alvandi plant, einen weiteren männlichen Erdling einzuschmuggeln, um die Erbfolge zu sichern.

Das wäre es«, sagte der Syndikus. »Was Ihr jetzt tut, liegt ganz bei Euch. Ich möchte Euch indes darum ersuchen, daß Ihr, wenn Ihr dieser Welt den Rücken kehrt, über die Angelegenheit äußerstes Stillschweigen bewahrt, da sie höchst dunkle, subversive Möglichkeiten in sich birgt.«

Gorbovast sagte: »Ich habe da so einen Verdacht, wer Zei in Wirklichkeit sein könnte.«

»Ja?« fragte Barnevelt scharf.

»Kennt Ihr jenen irdischen Missionar eines Kultes von mehr als normaler Widersprüchlichkeit, Mirza Fateh? Dessen Frau getötet und dessen Tochter im Jahr des Bishtar von Räubern entführt wurde?«

Der Syndikus nickte. »Zei wäre jetzt genau im richtigen Alter und auch genau der Typ, obwohl meinen Informationen nach das Kind in Dur verkauft wurde und dort gestorben ist. Wo ist Mirza Fateh jetzt?«

»Er war in Mishé«, sagte Gorbovast. »Es sieht ganz so aus, General Snyol, als wäre es Euch beschieden, eine höchst rührende Familienzusammenführung zustande zu bringen.«

»Wir werden sehen«, sagte Barnevelt, dessen Kopf summte wie ein Generator. »Ich glaube, daß junge Paare besser dran sind, wenn nicht zu viele Eltern in der Gegend herumwieseln.«

Tangaloa sagte: »Wenn du sicher sein willst, mußt du zu Zei sagen: *Shuma farsi harf mizanid?*«

»Was heißt das?«

»Das heißt ›Sprichst du Persisch?‹ auf Persisch. Ich habe mal eine Weile im Iran gelebt. Aber dazu wirst du wohl kaum Gelegenheit haben, weil ich nicht weiß, wie du die Göre vor unserem Abflug zur Erde noch einmal sehen sollst.«

Barnevelt war noch immer dabei, den einen Satz zu üben, als Sishen hereinkam. Der Osirer, der aussah wie ein mannsgroßer zweifüßiger Dinosaurier, warf einen kurzen Blick auf Barnevelt und flog ihm in die Arme, so wie er es damals bei Tangaloa in ihrem Zimmer in Angurs Herberge gemacht hatte.

»He!« schrie Barnevelt und versuchte, sich der stürmischen Umarmung des Reptils zu entwinden.

»Oh, mein edler Retter!« zischte der Osirer. »Wie schön, Euch wiederzusehen! Nicht eine Sekunde hat meine Dankbarkeit seit dem Augenblick geschwankt, da wir in Jazmurian voneinander schieden! Ich liebe Euch!«

»Nun wollen wir's mal nicht so übertreiben«, ächzte Barnevelt und befreite sich mit sanfter Gewalt. »Wenn Ihr mir wirklich einen Gefallen tun wollt – hier ist ein Erdbewohner, der unter osirischer Pseudohypnose steht. Er hat sein Leben auf der Erde vergessen und hält sich für einen Piraten der Morya Sunqaruma. Könnt Ihr ihn heilen?«

»Ich kann es versuchen. Können wir einen Raum für uns allein haben?«

Während das Reptil Shtain hinausführte, erkundigte sich Barnevelt nach dem Verbleib der *Shambor*. Das kleine Schmugglerschiff mit dem Marconi-Segel schien indes spurlos verschwunden zu sein. Barnevelt hegte den Verdacht, daß die Meuterer das Schiff wahrscheinlich zum Kentern gebracht oder auf andere Weise zerstört hatten, weil sie mit der ungewohnten Takelage nicht klargekommen waren. Zumindest ersparte ihm das möglichen Ärger mit den Viagens.

Eine halbe Stunde später kam Shtain aus dem Zimmer, schüttelte den Kopf und rieb sich den borstigen Schädel. Er schüttelte Barnevelt und Tangaloa überschwenglich die Hand.

»Gott!« sagte er. »Ist es herrlich, wieder normal zu sein! Es ist ein verrdammtes Gefiehl, wenn ein Teil des Gähirrns genau weiß, was loss ist, aber nichts dagägen machen kann. Ihr Jungs wart grossartig, ächt grossartig. Bässer hätte ich es sälbst nicht machen kennen. Wann brächen wir auf?« Shtains harter russischer Akzent war so stark wie eh und je.

»Wann ihr zwei aufbrecht, weiß ich nicht«, antwortete Barnevelt. »Ich gehe jedenfalls mit meinen Piraten zurück nach Ghulinde.«

»Was?« schrie Shtain. »Du bist wohl iebergäschnappt! Du kommst mit uns zur Ärde zurick!«

»Das werde ich nicht tun!«

»Augenblick, Augenblick, ihr zwei!« schaltete sich Tangaloa beschwichtigend ein. »Laß mich das machen, Igor. Hör mal, mein Freund, jetzt komm mal wieder zur Vernunft! Du wirst diese Sache mit Zakkomir und Zei doch wohl nicht ernst nehmen! Wir haben unseren Film, wir haben unser Abenteuer und unseren Spaß gehabt, und jetzt kannst du zurück auf die Erde und dich erstmal auf deinen Lorbeeren ausruhen ...«

»Nein!« Barnevelt blieb hart. »Erstens lebt auf der Erde meine Mutter, und zweitens bin ich entschlossen, Zei zu retten.«

»Auf der Erde gibt's tausend andere Mädchen, die auch nicht schlechter sind.«

»Aber nicht das Mädchen, das ich will!«

»Angenommen, du rettest sie; wirst du sie mit dem nächsten Schiff zur Erde bringen?«

»Ich glaube nicht. Mein Entschluß steht so gut wie fest: Ich will hier auf Krishna mein Glück machen.«

Shtain, der schon die ganze Zeit mit vor Erregung zusammengeballten Fäusten von einem Fuß auf den anderen trat, konnte nicht länger an sich halten. »Bist du völlig iebergäschnappt? Was soll Igor Shtain Limited onne dich anfangen? Wo kriege ich je wieder einen solchen Ghostwriter här? Ich verdopple dein Gähalt! Du kannst uns doch nicht einfach im Stich lassen!«

»Tut mir leid, aber es hätte dir früher einfallen müssen, wie wertvoll ich für dich bin.«

Shtain brach in einen Schwall russischer Flüche aus.

Als er sich wieder beruhigt hatte, sagte Tangaloa: »Hm, Dirk, du weißt doch, daß diese irdischen Abenteurer, die sich auf irgendwelchen rückständigen Planeten herumtreiben und die Eingeborenen ausbeuten, verkrachte Existenzen sind, die zu Hause mit Ihresgleichen nicht klarkommen. Sie profitieren dabei von der fortgeschritteneren Kultur der Erde, zu deren Schaffung sie selbst nichts beigetragen haben ...«

»Ach, Unsinn! Diese Sprüche höre ich nicht zum ersten Mal. Nenn mich verkracht, wenn du willst, aber hier bin ich wenigstens ein Kerl und nicht ein verschüchterter, schizoider, ödipuskomplexbeladener Neurotiker, der Angst vor seiner Mama hat.«

»Es ist trotzdem kein Leben für einen Mann von Intellekt ...«

»Und überleg doch mal: Obwohl wir Sheafases Bande gesprengt haben, ist der Sunqar noch immer in krishnanischen Händen, womit das Janru-Problem noch immer nicht gelöst ist. Da Alvandi eine fantische – äh ...«

»Gynarchistin?«

»Danke – Gynarchistin ist, wird sie auch weiterhin die Droge herstellen und verkaufen. Sie war nicht etwa gegen Sheafase, weil er die Droge an die interstellaren Schmuggler verhökerte, sondern weil er den gesamten Profit aus dem Geschäft für sich allein beanspruchte.«

»Wenn schon! Wir haben unsere Informationen. Alles übrige liegt jetzt in der Hand der Weltföderation und des Interplanetarischen Rates.«

»Überleg doch mal, wie sehr es die Sache vereinfachen würde, wenn ich den Sunqar leite!«

»Da haben wir's.« Tangaloa wandte sich an Shtain, dessen Lippen noch immer slawische Gutturallaute ausspuckten wie ein Maschinengewehr. »Wir können ihn ruhig gehen lassen – ihn hat das Fieber der Romantik gepackt. In ein paar Jahren hat er wahrscheinlich die Nase voll, und dann treibt es ihn mit Macht wieder zur Erde zurück. Außerdem ist er verliebt.«

»Warum hast du das nicht gleich gäsagt? Das ist natierlich was anderes.« Shtain seufzte wie ein Ofen. »Als ich jung war, war ich auch värliebt – in drei odder vier Mädchen auf einmal. Läb wohl, mein Junge! Ich kännte dich in der Luft zerreißen, abär ich liebe dich wie meinen eigenen Sohn.«

»Danke«, sagte Barnevelt.

»Wänn du in einem Jahr wiederkommst, bräche ich dir zuerst das Gänick und gäbe dir dann deinen alten Job wieder. George, wie zum Hänker kommen wir nach Novorecife?«

18

Sechs Tage später liefen zwei Schiffe in den Hafen von Damovang ein. Das eine war die *Yars,* das andere ein Frachtschiff voller Ayas, die Barnevelt mit einem Teil von Alvandis Belohnung für seine Privatarmee gekauft hatte. Die Flagge, die von den Masten der beiden Schiffe wehte, verursachte bei den Bürgern von Damovang verblüfftes Kopfkratzen, denn es war die alte Flagge von Qirib, die vor der Ära der Königin Dejanai und dem Matriarchat gegolten hatte.

Die Schiffe glitten ruhig auf den leeren Kai zu. Ein Tau flog an Land und wurde von einem der Herumlungerer, die sich auf jedem Pier finden, aufgefangen und festgemacht. Alsdann ergoß sich aus dem ersten Schiff eine Schar bewaffneter und gepanzerter Männer. Vor ihren martialisch emporgereckten Speeren spritzten die Leute auf den Docks schreiend wie ein Schwarm aufgescheuchter Aqebats auseinander.

»Beeilt euch mit den Ayas!« brüllte Barnevelt, der von Kopf bis Knie in Stahl gekleidet war.

Aus dem zweiten Schiff wurden jetzt die Tiere auf den Kai getrieben. Als alle ausgeladen waren, stiegen die am schwersten Bewaffneten in den Sattel oder ließen sich hineinheben.

(Nach einer langen Debatte zwischen Barnevelt und Gizil über die Vorteile eines Angriffs zu Fuß vom Meer aus gegenüber einem Reitereiangriff vom Land aus hatten sie sich schließlich darauf geeinigt, beide Arten zu einer Art amphibischen Kavallerieangriff zu kombinieren. Dabei war es Barnevelts schwierigste Aufgabe gewesen, seine Leute dazu zu bewegen, Rüstungen anzulegen. Da der Großteil von ihnen Seeleute waren, hatten sie eine ausgeprägte Abneigung gegen das Zeug, da sie wußten, wie rasch sie darin ertrinken konnten, wenn sie bei einem Seegefecht über Bord gingen.)

»Mir nach!« rief Barnevelt. Gizil stieß hinter ihm in eine Trompete. Der Trupp setzte sich in Bewegung und klapperte in Doppelreihe die nächste Straße hinauf. Der Rest der Streitmacht stapfte per pedes hinterher.

»Was hat das zu bedeuten?« schrie eine Stimme, und ein Amazonen-Trio trat ihnen in den Weg.

»Die Männer von Qirib kommen zurück und fordern ihr rechtmäßiges Eigentum!« rief Barnevelt. »Aus dem Weg, Mädels, wenn ihr euch nicht weh tun wollt!«

Eine der Amazonen stieß mit ihrer Pike nach Barnevelt, der die Spitze mit einem blitzschnellen Schlag abhieb und dann die flache Seite seiner Klinge auf den Helm der Dame niedersausen ließ. Sie rollte über das Pflaster und blieb benommen liegen. Als sein Aya losstürmte, gab er dem zweiten Mädchen eins drüber. Die dritte Amazone gab erschreckt Fersengeld. Barnevelt beugte sich aus dem Sattel und bekam sie bei den Haaren zu fassen, die unter dem Rand des Helms hinter ihr herflatterten.

»Einen Moment, meine Schöne!« sagte er. »Wo findet die Hochzeit zwischen der neuen Königin und ihrem Auserwählten statt?«

»Im T-tempel der g-göttlichen Mutter in der Oberstadt.«

»Gizil! Du wirst uns dorthin führen! Und mach fix mit den Flugblättern.«

Ein paar von Barnevelts Leuten zogen dicke Packen Handzettel aus ihren Satteltaschen und ließen sie durch die Luft flattern. Ihr Inhalt lautete:

MÄNNER QIRIBS! ERHEBT EUCH!

Werft eure Ketten ab!

Der Tag der Befreiung ist gekommen!

Heute, nach fünf Generationen weiblicher Tyrannei, ist eine unerschrockene Gruppe Verstoßener nach Qirib zurückgekehrt, um die glorreiche Revolution für

DIE GLEICHBERECHTIGUNG DER MÄNNER

siegreich zu führen. Bewaffnet euch und folgt uns! Noch heute werden wir das häßliche Götzenbild der falschen Vampirgöttin von seinem Sockel stürzen, jenes schändliche Symbol der Weiberherrschaft, dessen erniedrigende Anbetung und obszöne Riten so lange als Vorwand für die sündhafte und ungerechte Unterdrückung gedient haben.

Barnevelt zähmte sein Verlangen, in wildem Galopp vorauszusprengen und die Fußtruppen hinter sich zu lassen. Als die Marschsäule sich mit fähnchengeschmückten Lanzen die Straße zu der vieltürmigen Stadt in Qunjars Schoß hinaufwälzte, blickte er sich um und sah, daß hinter seinen Fußtruppen eine ungeordnete Schar männlicher Zivilisten folgte, Stuhlbeine und andere improvisierte Waffen schwenkend. Einige Leute rannten beim Anblick des bunten Zuges erschreckt weg, andere drängten sich neugierig heran. Die Männer jubelten, während die Frauen die Fäuste schüttelten und Drohungen ausstießen.

Auf dem Platz vor dem Tempel Varzais zügelte Barnevelt sein Reittier. Auf der anderen Seite des Platzes hatte eine Abteilung Amazonen in einem Halbkreis vor dem Tempeleingang Aufstellung genommen. Eine Offizierin rannte hin und her und schubste die Mädchen in Reih und Glied. Alle hielten ihre Speere mit den Spitzen nach vorn, wie in der Nacht des Piratenüberfalls auf Ghulinde. Die in der hinteren Reihe hielten ihre Piken über die Köpfe der knienden vorderen Reihe.

Barnevelt gab Gizil ein Zeichen, die Männer zurückzuhalten, während er über den Platz ritt.

»Wie weit ist die Trauungszeremonie vorangeschritten?« fragte Barnevelt die Offizierin.

»Die Ehe wird gerade geschlossen. Was bedeutet dieses Eindringen?«

Barnevelt wandte sich um. Der logische Weg, die Amazonen anzugreifen, wäre der Einsatz der Bogenschützen gewesen, bei gleichzeitigem Zurückhalten der Kavallerie für den Fall, daß die Mädchen einen Angriff zu Fuß versuchen würden. Aber seine Speerträger und Armbrustschützen strömten erst jetzt auf den Platz, und das Organisieren eines solchen Speerfeuers hätte mehrere Minuten in Anspruch genommen. Sein Entschluß fiel blitzschnell.

»Aus dem Weg!« schrie er. »Wir kommen!«

»Niemals! Wir werden euch trotzen!«

Barnevelt riß sein Tier herum und galoppierte zurück. »Bildet ein Karree!« Er lenkte seinen Aya rückwärts in die Mitte der ersten Reihe und schloß mit einem metallischen Klirren sein Visier. »Seid ihr bereit, Männer? Dann vorwärts!«

Klapp-klapp hallten die Hufe auf dem Pflaster. Es würde schön sein, einen solchen Coup ohne Blutvergießen zu Ende zu bringen, aber hier war eben Krishna, wo man noch nicht jene Empfindlichkeit gegenüber gewaltsamem Tod kultiviert hatte, auf die man auf der Erde so stolz war.

»Trab!« Diese sechsbeinigen Reittiere hatten einen harten, rüttelnden Trab, da der Sattel sich genau über dem mittleren Beinpaar befand.

»Leichter Galopp!« Die Speerspitzen, die ihnen entgegenragten, sahen scheußlich scharf aus. Wenn die Mädchen nicht auseinanderspritzten, ehe sie sie erreichten, würde es kritisch werden, zumal nicht vorauszusagen war, ob die Ayas im letzten Moment vor den Speerspitzen zurückscheuten oder geradewegs in sie hineinrannten. Barnevelt hoffte inbrünstig, daß er nicht abgeworfen und unter ihren Hufen zertrampelt werden würde.

»Attacke!« Die Lanzen senkten sich. Der Galopp sechshufiger Ayas hörte sich wie dröhnender Trommelwirbel an. Barnevelt nahm seinen Aya ein wenig zurück, bis er aus den Augenwinkeln zu beiden Seiten die Lanzenspitzen seiner Männer erkennen konnte. Er mußte ja nicht unbedingt der erste sein, der in die lanzenstarrenden Reihen der Amazonen brach.

Näher, immer näher kam die erste Reihe. Er würde versuchen, das hübsche Mädchen, das ihm genau gegenüberstand, nicht zu töten ...

Krach! Das hübsche Mädchen flog zur Seite und verschwand. Barnevelt schlug eine Speerspitze mit dem linken Arm zur Seite, während eine andere gegen seinen Panzer schlug und wirkungslos abglitt. Sein Aya geriet ins Straucheln. Mit einem wütenden Ruck am Zügel, dessen Enden mit dem Schurrbart des Tieres verflochten waren, brachte Barnevelt ihn wieder hoch. Sekundenlang bestand die Welt um ihn herum aus wild durcheinanderpurzelnden Amazonen und Ex-Piraten. Der Mittelteil der Amazonenlinie brach zusammen, als die Ayas hindurchstürmten. Die übrigen Mädchen ließen ihre Schilde und Lanzen fallen und nahmen Reißaus.

Ein reiterloser Aya raste an ihm vorbei. Ein ayaloser Reitersmann drosch mit einem abgebrochenen Lanzenschaft auf eine Amazone ein. Ein anderer ebenfalls abgeworfener Reiter saß gerade wieder auf. Zwei Ayas waren tot, ein paar Amazonen lagen reglos auf dem Pflaster.

Barnevelt schob sein Visier hoch und gab Befehl, den Kampf einzustellen, sich um die Verwundeten zu kümmern und eine Wache um den Tempel und den Platz zu postieren. Dann ritt er selbst an der Spitze einer Abteilung in den Tempel.

Die Anwesenden saßen wie erstarrt da, als die Tiere mit samt ihren gepanzerten Reitern den Mittelgang entlangklapperten, dorthin, wo Königin Alvandi, Zei, Zakkomir und mehrere Priesterinnen der Varzai in einer Gruppe zusammenstanden.

»Gerettet!« schrie Zakkomir.

Alvandi trat ihm entgegen. »Niemals!« brüllte sie. »Niemals werdet Ihr dieses possenhafte Bubenstück zu Ende führen, elender Erdling! Mein Volk wird Euch in Stücke reißen!«

»Seid Ihr da so sicher? Dann kommt und schaut Euch an, was Euer Volk treibt, Madame.« Er schaute grinsend auf sie hinunter, dann wendete er seinen Aya und ritt an der Spitze seiner Gruppe den Mittelgang zurück zum Portal, vorbei an den dichtgedrängten Reihen seiner eigenen Leute, die ihm in den Tempel gefolgt waren. Am Portal angekommen, sagte er: »Seht Ihr?«

Seine Leute hatten um das Portal einen Sperriegel gebildet. Der Platz dahinter war vollgestopft mit männlichen Qiribuma. Gizil redete mit feurigen, beschwörenden Gesten auf sie ein, und nach der Art zu schließen, wie sie brüllten und ihre Knüppel schwangen, schienen sie seine Worte begeistert aufzunehmen.

»Was habt Ihr eigentlich vor?« fragte mit düsterer Miene Königin Alvandi. »Mich mit Drohungen einschüchtern? Mir Angst machen? Das könnt Ihr nicht! Denn meine überlegene soziale Ordnung ist mir teurer als das Leben selbst.«

»Madame, ich bewundere Euren Mut, auch wenn ich die Prinzipien Eurer Staatsführung nicht gutheißen kann«, erwiderte Barnevelt. »Erstens seid Ihr selbst widerrechtlich im Besitz der Krone, da Ihr niemals ein befruchtetes Ei gelegt habt und daher von Rechts wegen schon längst hättet hingerichtet werden müssen.« (Die Königin zuckte erschrocken zusammen.) »Statt dessen kauftet Ihr ein entführtes Erdenmädchen, ein kleines, unschuldiges, hilfloses Kind und zogt es als Euer eigenes auf. Zei, würdest du bitte den Beweis antreten? Etwa so?«

Er griff sich an die Stirn und riß die falschen Antennen ab. Zei folgte seinem Beispiel.

»Nun, denn«, fuhr er fort, »ich werde Euch nicht töten, bloß weil Ihr nach Eurem eigenen dummen Gesetz auf den Richtblock gehörtet. Doch da das gegenwärtige Regime erwiesenermaßen illegitim und unrechtmäßig ist, ist es an der Zeit, daß die alte Ordnung abgeschafft wird und einer neuen Platz macht. Ich werde der neuen Regierung helfen, eine Verfassung auszuarbeiten ...«

»Mit Euch selbst als Herrscher?« höhnte Alvandi bissig.

»Keineswegs. Den Job möchte ich nicht geschenkt haben. Ich werde lediglich Ratschläge erteilen, zum Beispiel den, Euch in die Verbannung zu schicken. Sobald diese Arbeit getan ist, nehme ich Zei, ein paar Schiffe und ein paar Freiwillige und nehme den Sunqar in Besitz.«

»Aber der gehört mir, laut Vertrag mit den Admiralen ...«

»*Gehörte,* meint Ihr wohl. Er ist jetzt Staatseigentum, und meine Gefolgsleute – die sowohl Qiribuma als auch Sunqaruma sind und daher sehr wohl berechtigt, über sein Schicksal zu entscheiden – haben ihn mir geschenkt.«

Die Königin wandte sich hilfesuchend an Zei. »Wenigstens du, meine Tochter, wirst doch nicht widerstandslos den dreisten und sündigen Aufdringlichkeiten dieses haltlosen Phantasten nachgeben.«

»Und warum nicht? Außerdem bin ich nicht deine Tochter, sondern Angehörige einer anderen Gattung, welche du zur Festigung deiner eigenen Macht als hilflose Marionette zu mißbrauchen trachtetest. Dabei hast du dich nicht einmal gescheut, mich zu einer genetisch verwerflichen Allianz zu zwingen! Ich ziehe meine eigene Gattung vor.«

»Und du, Zakkomir?« säuselte honigsüß Alvandi.

»Dasselbe gilt auch für mich.«

»Ihr seid also alle gegen mich«, stellte die Königin seufzend fest. Mit einem letzten Aufflackern von Trotz wandte sie sich an Barnevelt. »Was habt Ihr mit meinen Kriegerinnen gemacht, die Ihr weggeschleppt habt? Sie defloriert und den Fischen zum Fraß vorgeworfen?«

»Keineswegs, Hoheit. Sie sind alle mit meinen Ex-Piraten verheiratet.«

19

Nachdem er alles Notwendige zur Wiederherstellung der Ordnung in Ghulinde getan hatte – zum Beispiel ein paar Männer hängen zu lassen, die ihre wiedererlangte Freiheit durch Ladenplünderungen hatten feiern wollen –, stattete Barnevelt Zei einen Besuch in ihren Gemächern ab.

Als sie nach der stürmischen Begrüßung wieder zu Atem gekommen war, sagte sie: »Mein Herr und Geliebter, wenn du mich wirklich liebst, warum hast du dich dann, obwohl du wußtest, daß ich von irdischer Abstammung bin, so lange zurückgehalten, bis Zakkomirs Botschaft dich erreichte? Nur eine Minute später, und die Bande zwischen Zakkomir und mir wären geschmiedet worden.«

»Wie sollte ich wissen, daß du ein Mensch bist? Du hast doch wohl nicht erwartet, daß ich an deinen Antennen reiße, um zu gucken, ob sie auch echt sind!«

»Auf ähnliche Weise erkannte ich, daß du ein Mensch bist.«

»Wie das? Haben sich meine Ohrspitzen gelöst oder etwas ähnliches?«

»Nein, das nicht, aber als wir unsere Kleider zum Trocknen aufhängten, auf dem Floß im Sunqar – du erinnerst dich –, da sah ich, daß du einen Nabel hast!«

Barnevelt schlug sich mit der Hand gegen die Stirn. »Natürlich! Jetzt, wo du davon sprichst, wird mir erst bewußt, daß eine Person, die aus einem Ei ausgebrütet wird, ja gar keinen Nabel braucht!«

»Nun, da ich wußte, daß du wußtest, daß auch ich einen habe, folgerte ich, daß du alles wüßtest, und konnte keinen Grund für deine seltsame Zurückhaltung sehen. Vielleicht, dachte ich, ist er in Nyamadze aufgewachsen, so wie ich in Qirib, und fühlte sich mehr als Krishnaner denn als Terraner. Vielleicht ist er aber auch ein kleines Rädchen in irgendeinem großangelegten Komplott. Oder vielleicht findet er mich auch bloß häßlich.«

»Häßlich! Oh, Liebling …«

»Jedenfalls war es für mich so klar wie die Gipfel von Darya, daß du den Anschein aufrechterhalten wolltest, daß wir Krishnaner seien, obwohl wir beide um die wahre Natur des anderen wußten. Und obgleich die Neugier mich fast auffraß, wagte ich nur eine kleine Andeutung zu machen. Erinnerst du dich, wie ich sagte, wir wären beide von der gleichen Art, und keiner wäre genau das, was er zu sein schiene?«

»Ich erinnere mich daran, aber damals ist bei mir der Groschen nicht gefallen. Meine Gedanken waren … mit anderen Dingen beschäftigt.« Er verschlang sie mit den Augen, bis sie errötete.

»Nun, als diese Andeutungen bei dir ins Leere fielen wie ein Aqebat, den der Pfeil des Jägers durchbohrt hat, da fügte ich mich dem, was ich für deinen Wunsch hielt. Denn ich liebte dich so sehr, daß ich – trotz meines edlen Entschlusses, meine Keuschheit zu bewahren, wie es sich für eine Prinzessin geziemt – dir zuliebe meine Jungfernschaft aufgegeben hätte, wenn du mich dazu gedrängt hättest.«

Barnevelt holte tief Luft. »Jetzt begreife ich. Nun, stell es meiner Dummheit in Rechnung, obwohl es vielleicht auf lange Sicht gesehen ein glücklicher Irrtum war. Aber sag mal, wie hast denn du deinen Nabel verborgen – beim Schwimmen oder wenn du im Park als angebliche Statue posiert hast?«

»Ich habe ein Stück falscher Haut getragen, außer beim Kashy-Fest, da habe ich es weggelassen, weil ich es unter dem Zeremoniengewand nicht für nötig hielt.«

»Ich verstehe. Nun, da wir einmal dabei sind, uns unsere kleinen Flunkereien zu gestehen: Der Yeki, der damals auf der Straße nach Shaf gebrüllt hat, als du mich verlassen wolltest, war gar kein richtiger Yeki. Ich war es. Ich habe ihn imitiert.«

»Das habe ich doch gewußt«, sagte sie schmunzelnd.

Unvermittelt sagte Barnevelt: »Jetzt müssen wir überlegen, wie wir heiraten können ... Wir heiraten doch, oder nicht?«

»Ich habe mich schon die ganze Zeit gefragt, wann du mich das endlich fragen würdest«, sagte sie mit gespielt mißbilligendem Unterton. »Nun, mein Herr, da du dich nun endlich bequemt hast, um meine Hand anzuhalten – die Antwort ist ja, ja und nochmals ja. Aber wo siehst du die Schwierigkeit?«

»Wir sind Terraner, und ich habe irgendwo gelesen, daß Terraner nur von Terranern rechtmäßig getraut werden können. Die einzigen Leute auf Krishna, die uns trauen könnten – ich meine, die vom Gesetz her dazu befugt sind –, sind Commandante Kennedy und Richter Keshavachandra in Novorecife. Und wir wollen ja wohl kaum noch einmal den ganzen Weg bis dahin zurücklegen, wo der Sunqar genau in entgegengesetzter Richtung liegt, oder?«

»Und was ist mit Qvansel dem Astrologen oder mit einer der Priesterinnen?«

»Zwecklos. Deine Heirat mit Zakkomir wäre im übrigen auch nicht legal gewesen. Laß mich mal nachdenken ... Es gibt auf der Erde ein paar Gegenden, in denen eine Ehe dadurch rechtskräftig wird, daß der Mann und die Frau die Eheschließung in Anwesenheit von Zeugen bekunden. Man nennt so etwas Eheschließung nach Gewohnheitsrecht. Die Quäker haben eine ähnliche Praxis, und sie sind hochangesehene Leute. Zumindest hätte eine solche Form der Eheschließung nicht weniger Rechtskraft als alles, was unsere qiribischen Freunde für uns tun könnten. Warte hier.«

Ein paar Minuten später kam er mit Gizil, Zakkomir und dem Hofastrologen zurück in Zeis Gemach.

Als die drei feierlich Aufstellung genommen hatten, sagte Barnevelt: »Und nun steh auf und gib mir deine Hand, Liebling – die linke. Willst du, Zei bad-Alvandi, mich, Dirk Cornelius Barnevelt, zum Mann nehmen?«

»Ja. Willst du, Dirk, mich zur Frau nehmen?«

»Ja. Mit diesem Ring ...« (Er streifte sich die Hayashi-

Kamera vom Finger und steckte ihn auf ihren.) »... besiegle ich unseren Ehebund.« Er nahm sie in den Arm und drückte sie stürmisch an sich.

Zehn Tage später bereitete sich die in frischem Lack prangende *Douri Dejanai* an ihrem Kai im Hafen von Damovang aufs Auslaufen vor. Im Heck stand Barnevelt und sagte seinen krishnanischen Freunden Lebewohl.

Gizil sagte: »Wir alle schätzen Euch als einen Mann von übermenschlicher Selbstbescheidung, habt Ihr doch mich in das Amt des Präsidenten erhoben, statt es selbst zu bekleiden.«

»Ich bin kein Qirib, vergeßt das nicht«, erwiderte Barnevelt. »Sie wären es bald müde gewesen, von einem verdammten Erdling regiert zu werden, und hätten mich rausgeworfen. Außerdem haben sie Euch gewählt.«

»Vielen Dank für die Verfassung, die Ihr für uns ausgearbeitet habt.«

»Nun, Ihr batet mich um das neueste Modell einer republikanischen Verfassung, und da habe ich getan, was ich konnte. Trinkt aus, Freunde, es geht los!«

Die Besucher gingen wieder an Land. Das Schiff glitt aus seinem Becken, gefolgt von den restlichen zwei Schiffen von Barnevelts kleiner Flotte.

Als er die auf dem Kai Winkenden nicht mehr erkennen konnte und die Sonne hinter dem Zogha verschwand, wandte Barnevelt sich von der Reling, legte den Arm um Zeis Schultern und ging unter Deck. Er blieb an Philos Käfig stehen (die Königin hatte den Vogel bei ihrer Flucht aus Qirib zurückgelassen), kraulte dem Papagei das Gefieder und ging dann ein paar Schritte weiter zu dem Käfig, in dem sich seine jüngste Neuerwerbung tummelte, ein Bijara-Pärchen, das er in demselben Zoogeschäft in Ghulinde erworben hatte, in dem er seinerzeit Philo entdeckt hatte.

»Glaubst du, daß dieses neue Gesetz, das du den Qiribuma gegeben hast, Bestand haben wird wie die Felsen von Harqain?« fragte Zei.

Eingedenk Tangaloas Bemerkungen über kulturelle Grundhaltungen antwortete er nachdenklich: »In Anbetracht der Tatsache, daß sie keinerlei demokratische Tradition haben, wäre ich schon sehr angenehm überrascht, wenn diese strahlende neue Verfassung wenigstens für ein paar Jahre den Belastungen menschlicher Schwächen, menschlicher Ruhmsucht und Machtgier standhielte. Aber dieses kurzsichtige, noch unterentwickelte Völkchen wird seine Geschicke schon selbst leiten müssen.«

»Was für eine Form der Herrschaft wirst du im Sunqar errichten? Komm, mein Herr, ein wenig mehr Aufmerksamkeit meiner Person, und ein bißchen weniger deinen dummen Tieren, abgesehen davon, daß dich jenes irdische Ungeheuer immer zum Niesen bringt. Bei der derzeitigen Wachstumsrate deiner Sammlung sehe ich den Tag voraus, da der Sunqar Berühmtheit als zoologischer Garten erlangt.«

»Entschuldige.« Er rückte ihr einen Stuhl zurecht und schenkte ihr einen Drink ein. »Ich denke, ich werde das aufbauen, was man auf der Erde eine Aktiengesellschaft nennen würde, mit dir und mir als Mehrheitsaktionären. Wir werden Kapitalisten sein. Sag mal, Zei ...«

»Ja, liebster Snyol ... ich meine Dirk?«

Er lächelte über ihren Versprecher. Im selben Moment kam ihm der Gedanke, daß ›Zei‹ wahrscheinlich auch nicht ihr richtiger Name war, obwohl, wenn er ihnen beiden gefiel, kein Grund vorhanden war, irgendeinen vergessenen persischen Vornamen wieder auszugraben. Bei der Menge von Pseudonymen in seinem engeren Kreis – er selbst, Tangaloa, Gizil – war es schon schwierig genug, den Durchblick zu behalten. Das Ganze war nur noch komplizierter dadurch geworden, daß die Männer Qiribs allesamt ihre Mutter- in Vaternamen umgewandelt hatten.

Dennoch sagte er aus reiner Neugier: *»Shuma farsi harf mizanid?«*

Zei schrak ein klein wenig zusammen und schaute ihn verblüfft an. »Nun, äh ... *was* hast du da gesagt, Liebster?

Irgendwie kommt mir diese Sprache bekannt vor, aber es muß schon sehr lange her sein. Fragtest du mich nicht, ob ich irgendeine Sprache spräche?«

»Ich werd's dir eines Tages sagen«, antwortete er und strich sich mit der Hand über seinen beträchtlich wiedererblühten Stoppelhaarschopf. Seit Zei auch ihr Haar nicht mehr färbte, prangte es in seinem natürlichen glänzenden Schwarz.

»Warum nahm Alvandi ein irdisches Kind anstelle eines krishnanischen an?« fragte er.

»Sie adoptierte in der Tat zuerst ein krishnanisches Baby, jedoch starb es eine Zehn-Nacht vor der feierlichen Besichtigung des Erben. Daraufhin flehte Alvandi in großer Zeitnot den Sklavenhändler an, ihr rasch und unter strengster Diskretion Ersatz zu beschaffen. Der Sklavenhändler brachte ihr mich, verschwieg ihr jedoch meine irdische Herkunft. Als sie es entdeckte, war es bereits zu spät, und der Sklavenhändler war mit seinem Geld längst über alle Berge. Ich habe mich oft gefragt, wer meine wirklichen Eltern waren.«

Hier war die Chance, Schicksal zu spielen und eine Familie wieder zu vereinigen, denn jetzt hatte er keinen Zweifel mehr: Zei war in der Tat Mirza Fatehs Tochter. Aber vielleicht war es besser, schlafende Eshuna nicht zu wecken. Er würde sich erst einmal sorgfältig ein genaues Bild von Papa Fateh machen, ehe er ihn einlud, zu ihnen zu ziehen. Nach allem, was er bisher über den Missionar gehört hatte, bezweifelte er, daß dieser gegenüber Königin Alvandi oder seiner eigenen Mutter ein wesentlicher Fortschritt wäre.

Eine hektische, mit allen möglichen Verpflichtungen vollgestopfte Woche lag hinter ihm. Die Ausarbeitung der Verfassung sowie die damit verbundene Instruktion der neuen Regierung hatte ihn so sehr in Anspruch genommen, daß er kaum Zeit gehabt hatte, über die Zukunft nachzudenken. Um sein Sunqar-Projekt wenigstens teilweise finanzieren zu können, hatte er mit Shtain ein Abkommen getroffen, in dem er sich verpflichtete, zusätzliches Filmmaterial zu drehen und es in Abständen zur Erde zu schicken. Zu diesem Zweck hatte Shtain ihm bei der Bank in Novorecife ein Girokonto eingerichtet. Tangaloa war besonders interessiert an Filmmaterial und Daten über die geschwänzten Krishnaner von Fossanderan. Zu allem Überfluß, als hätte er nicht schon genug am Hals, hatte er sich auch noch mit einer Schadensersatzklage der Mejrou Qurardena beim Gerichtshof von Qirib herumschlagen müssen, weil er sich als einer ihrer Expreßboten ausgegeben hatte ...

»Dirk«, sagte Zei, »obwohl ich froh und glücklich darüber bin, daß wir jetzt ein ordentlich verheiratetes, friedvolles und glückliches Paar sind, muß ich gestehen, daß ich in gewisser Weise noch ein bißchen das prickelnde, aufregende Gefühl vermisse, das ich auf unserer Flucht aus dem Sunqar hatte. Nie zuvor habe ich so intensiv wie zu der Zeit gelebt. Glaubst du, daß diese Gefühle wiederkommen werden?«

»Keine Sorge, Darling«, sagte Barnevelt und steckte sich eine Zigarre an. »Das Prickeln geht jetzt erst richtig los.«

20

Ein Krishnajahr später erklärte ein besoffener Dickwanst in der Nova Iorque-Bar in Novorecife: »Alles Quatsch, sag ich, diese Barbaren gewähren zu lassen. Man müßte die Armee hinschicken und den Kerlen beibringen, was Zivilisation ist. Man muß sie dazu bringen, moderne Installationstechnik, Demokratie, Massenproduktion und all das andere Zeug anzunehmen. Und eine gescheite moderne Religion ... he, wer ist denn der da?«

Er zeigte auf einen großgewachsenen pferdegesichtigen Erdenmenschen in krishnanischer Gewandung, mit einer kleinen Kerbe im linken Ohr, der mit Commandante Kennedy und dem Stellvertretenden Sicherheitsoffizier an der Theke stand und einen trank.

Der Mann mit der Kerbe im Ohr sagte gerade: »... ich hab ihn nicht eingeladen! Er hat was über uns in dieser Zeitung gelesen, die sie da in Mishé rausgeben, und sich seinen Reim drauf gemacht. Das nächste war, daß er mit einem Schiff aus Malayer aufkreuzte und sich als mein langvermißter Schwiegervater bei mir vorstellte. Und da Zei ganz verrückt nach ihm ist, werde ich ihn nicht wieder los. Nun ja, eigentlich hab ich ja auch gar nichts gegen ihn. Immerhin war er in der Lage, uns ordentlich zu trauen, womit dieses Problem, ob wir nun rechtmäßig verheiratet sind oder nicht, nun endlich aus der Welt geschafft ist. Aber diese komischen Leute, die ihn andauernd besuchen kommen ...«

»Warum kriegen Sie ihn nicht mal ans Arbeiten?« fragte Castanhoso.

»Das hab ich auch vor. Sobald ...«

»Das«, sagte der Begleiter des Dicken, »ist der berühmte Dirk Barnevelt, Präsident der Sunqar-Handelsgesellschaft. Er hat eben mit dem Interplanetarischen Rat ein Riesengeschäft gemacht. Möchtest du ihn mal kennenlernen?«

»Klar. Ich möchte jeden kennenlernen, der auf diesem gottverdammten Planeten zu den Zivilisierten gerechnet werden kann.«

»Gestatten Sie, Senhor Barnevelt, darf ich Sie mit Senhor Elias bekannt machen? Ein Neuankömmling.«

»Freut mich, Sie kennenzulernen«, sagte Barnevelt und quetschte die schwammige Hand, die ihm der Fettwanst hinhielt.

»Sie sind also einer von den Jungs, die bei den Eingeborenen leben.«

»So kann man es auch sagen«, erwiderte Barnevelt kurzangebunden und wollte sich wieder seinen Gesprächspartnern zuwenden.

»Nichts für ungut, mein Freund. Ich wollte Sie nicht beleidigen! Ich wollte bloß fragen, ob Sie von denen mehr halten als von Ihrer eigenen Art.«

»Absolut nicht. Manche finden, daß man mit ihnen besser auskommt als mit Erdenmenschen, andere wieder behaupten das Gegenteil. Ich gehöre zu den ersteren, aber ich halte sie weder für besser noch für schlechter. Es kommt immer auf den einzelnen an.«

»Sicher, klar. Aber sind sie nicht fürchterlich primitiv? Ich meine, mit ihren Nationalstaaten und Kriegen und Adelshierarchien und all diesem Unsinn.«

»Ehrlich gesagt, mir gefallen sie so.«

»Dann sind Sie wohl auch einer von der romantischen Sorte?«

»Das nicht gerade, aber mir macht es Spaß, das Leben eines Pioniers zu führen.«

»Eines Pioniers!« echote der Dicke und versank in nachdenkliches Schweigen. Barnevelt, der seinen neuen Bekannten für einen Lümmel und Langweiler hielt, machte erneut Anstalten, sich wieder umzudrehen. Aber Elias kam ihm mit einer weiteren Frage zuvor. »Was hat es mit diesem neuen Geschäft auf sich? Wong hat mir schon davon erzählt.«

»Ach! Kennen Sie den Sunqar?«

»Eine Riesenmasse Seetang, wie?«

»Ganz recht. Früher gab es Leute, die machten aus dem Terpahla – so heißt dieser Tang – Janru, ein …«

»He, warten Sie, jetzt weiß ich, wer Sie sind! Sie sind doch der Bursche, der mit der eingeborenen Prinzessin durchgebrannt ist, stimmt's? Und hinterher entpuppte sie sich als Terranerin! Aber Verzeihung, Sie wollten was von dem Geschäft erzählen.«

»Nun, ich bin jetzt Oberster Dingsbums vom Sunqar. Ich hatte die Absicht, die Janru-Produktion einzustellen und die Namen der Mitglieder des Schmuggelrings preiszugeben. Aber ich wollte auch eine gewisse Gegenleistung und habe den Interplanetarischen Rat dazu gekriegt, mir technische Hilfe bei der Errichtung einer Seifenfabrik zu leisten. Der Tang liefert uns unbegrenzt Pottasche, und auf Krishna gibt es keine Seife. Also …«

Erneut wollte Barnevelt sich zurückziehen, aber der Dicke hielt ihn am Arm fest. »Dann werden Sie also bald der Seifenkönig von Krishna sein, was? Höhö! Und wenn Sie hier fertig sind, dann sind die alle so zivilisiert wie wir, und Sie müssen sich einen neuen Planeten suchen. Sagen Sie, wann haben Sie diese Dame – äh – geheiratet?«

»Vor ungefähr einem Jahr.«

»Und haben Sie schon Kinder?«

»Ja, drei. Würden Sie jetzt bitte meinen Arm loslassen?«

»Drei. Moment mal! Drei? Ist das hier der Planet, auf dem das Jahr doppelt so lang ist wie bei uns? Aber nein, im Gegenteil, es ist kürzer als auf der Erde. Drei, sagten Sie? Da kann aber was nicht stimmen, höhöhö!«

Barnevelts rötliche Gesichtsfarbe verwandelte sich in Violett, und seine klobige Faust versank mit einem satten Klatschen in dem feisten Gesicht des Fettwanstes. Elias machte eine Pirouette, warf einen Tisch um und landete auf dem Boden.

»Dirk, um Himmels willen!« schrie Kennedy und machte Anstalten einzugreifen.

»Ich lasse meine Frau nicht beleidigen!« knurrte Barnevelt.

»Aber«, mischte sich der Begleiter des Dicken ein, »ich verstehe nicht ganz. Sie sagten doch drei, und nach Adam Riese wären das ...«

Barnevelt schaute ihn an. »Wir haben Drillinge gekriegt. Was ist denn daran so komisch?«